オレたち花のバブル組

ikeido jun
池井戸 潤

文藝春秋

オレたち花のバブル組・目次

イラスト・木内達朗
デザイン・野中深雪

オレたち花のバブル組

第一章　銀行入れ子構造

1

「少々マズイことになりまして。会えませんかね」

時枝孝弘《ときえだたかひろ》のもとにその電話がかかってきたのは、六月三日の午後四時過ぎのことだった。

電話の相手は原田貴之《たかゆき》。伊勢島《いせしま》ホテルの財務部長である。

「私のほうは空いてますが、マズイとおっしゃいますと、どのような？」

時枝は、フロアに差し込んでいる夕日の眩しさに目を細めながらきいた。

「電話では少々申し上げにくいことでして――」

原田は言葉を濁す。「弊社の羽根《はね》と一緒に伺いたい」

「専務とですか？」

時枝は聞き返した。羽根夏彦《なつひこ》は、伊勢島ホテルの大番頭といわれる人物である。原田だけならともかく、羽根まで来るとなると、時枝ひとりで面談するというわけにもいかない。〝釣り合い〟がとれないからだ。

「戸原《とばら》の予定をきいて参りましょうか」

法人部長の戸原郁夫《いくお》は、取締役本部長を兼務する国内与信《よしん》のトップだ。

ところが原田は、「戸原部長はお忙しいでしょうから」と遠慮をみせた。普段厚かましい男の意外な遠慮は、時枝をさらに身構えさせるに十分だ。

さわりぐらいは電話できいておきたい。しかし、口を開きかけた時枝の先を越し、

「すぐに出ますから。お願いしますよ」

そういうと原田の電話は一方的に切れてしまった。

伊勢島ホテルの本社は京橋にある。実際、三十分もかからず、「伊勢島ホテルの羽根専務と原田部長がいらっしゃっていますが」と受付から電話がかかってきた。

「エレベーターで八階まで御案内してください」

受話器を置いた時枝は椅子にかけていた上着の袖に手を通すと、二人を出迎えるため、足早に法人部のフロアを出た。


応接室に案内された原田の顔が殺気だっている。

その上席に座った羽根専務は、一見余裕を繕《つくろ》ってはいるものの、表情には隠しようのない不機嫌が滲《にじ》み出ていた。

「このたび由々しき事態が発覚したので、それが公になる前にメーンバンクである御行のお耳に入れておきたい」

羽根が切りだした。「実は、運用失敗で百二十億円の損失が出ることが確定的となった」

「百二十億——」

時枝は啞然《あぜん》とし、唐突にこみ上げてきた焦燥感とともに、羽根の険しい表情を眺めた。

抱えてきたクレジットファイルは膝に置いているが、わざわざ開いてみるまでもなく、伊勢島ホテルの業績は頭に入っている。

ここのところ低迷を続けており、今期の予想最終利益は約十五億。年間売上八千億円のホテルチェーンの利益額としては、有るか無いかわからないぐらいの額だ。

「つまり、御社の今期業績も赤字になるということですか」

「まあ、そういうことになる」

だが、黒字化を前提に東京中央銀行は先日二百億円の融資を実行したばかりだ。

事態の大変さを悟った時枝は、思わず生唾を飲み込んだ。

これは大変なことになった。

渋る法人部長を説き伏せ、役員会で決裁した資金である。いまさら「実は赤字になります」では済まされない。こともあろうに、国内与信の本部長の膝元で起きた大失策である。

その融資に批判的だった役員らの顔がまざまざと記憶に蘇ってきて、時枝を動揺させた。

「大丈夫だろうな」

最後に稟議《りんぎ》を承認した中野渡《なかのわたり》頭取の発言はいまも耳の底に残っている。たしか、中野渡はこうもいったはずだ。「まあ、戸原君が見ているんだから、大丈夫か」

膝が小刻みに震えはじめた。

「どうして、そんなことに……」

思わずきいた時枝に、

「相場のことなのでね」

羽根は弁解にもならないことをいう。

「専務、お言葉ですが、単純ミスでは済まない話だと思います。何でこの大切な時期に、リスクの高い運用をする必要があったんです？」

硬い口調になった時枝に、「じゃあ、どうしろというんだ」と羽根は開き直った。

「場合によっては、先日の融資、一旦返済していただくことになるかも知れません」

「おかしなことをいうじゃないか、君」

羽根は目を怒らせた。「この前の融資のときには財務内容に関する詳細な資料も提出している。運用していることを隠したつもりはない。きちんと分析すればわかったはずだ。君はそれが仕事だろう。だったら御行にだって落ち度はあるんじゃないのか」

唇を噛んだ時枝は、「申し訳ありませんが、本件については行内で検討させてください」というに止めた。

ここで羽根とやりあったところでなんら事態が解決するものでもないからだ。

「この運用の件、他行は知ってるんですか？」

問うた時枝に返ってきたのは、憎々しげな羽根の眼差しだった。

「白水《はくすい》銀行はすでに気づいている。審査部の担当者が、独自に調査したらしい。おかげで予定していた支援がとりつけられなくなった。だからなおさら、御行から調達したカネを返すわけにはいかない」

「白水は、気づいたんですか……」

時枝の顔面から血の気がひいていった。ライバル銀行の担当者が気づいた運用失敗の事実に、時枝は気づかなかった。

東京中央銀行の行員として、絶対に避けなければならない事態が起きたのだ。

「今日はとりあえずご報告まで。あとは原田部長とやってくれたまえ。まったく私にしても降って湧いたような話で迷惑千万だ。急な話で申し訳ないが、御行のほうはうまくまとめてもらいたい」

頭の中が真っ白になった時枝に、身勝手な羽根の言葉が降ってきた。

2

「伊勢島ホテル？　あの運用損失の？」

半沢直樹《はんざわなおき》はきいた。

副部長の三枝裕人《さえぐさひろと》がうなずく。

「そう。その伊勢島だ。君に担当してもらいたい」

「ちょっと待ってください」

半沢は片手を上げ、真剣な顔を上司に向けた。「法人部はどうしたんです。そもそも、あそこの管轄じゃないですか」

「頭取命令だ」

「頭取の？」

予想外の発言に、半沢は思わず言葉を飲み込んだ。

「このたびの失態に対して、行内では法人部に対する風当たりが強くなっている。中野渡頭取もいたくご立腹でね。金融庁検査を見据えた場合、法人部には任せておけないという判断だ。今回の一件では、戸原本部長も立つ瀬がない」

半沢は眉間に皺をよせて三枝を見た。

「しかし、私の担当は同資本系列の大企業がメインなんですよ。伊勢島ホテルは大手であっても未上場の同族企業だし、当行のグループ企業でもなければ資本の関係もない。そもそもこのまま二期連続の赤字になるなら、審査部あたりを所管にするのが妥当だと思いますが」

審査部は通称、〝病院〟。業績が悪化した取引先を専門に担当しているセクションである。

「それはだめだ」

言下に三枝は否定した。「審査部を伊勢島ホテルの与信所管部にするわけにはいかん。そんなことをすれば、伊勢島ホテルが問題先だと認めるようなものだからな。金融庁に対して説明がつかない」

半沢は、だまって三枝のいわんとするところを受け止めた。

金融庁検査で、業績の悪化した伊勢島ホテルに対する融資に回収懸念があると判断された場合、東京中央銀行は巨額の「引当金《ひきあてきん》」を積まなければならない。その規模は、おそらく数千億円単位にも及び、東京中央銀行の業績を直撃する事態となる。

そうなれば、中野渡頭取のクビが危ない。

「しかもだ、今回の一件で当行の与信チェック機能に対する信頼が著しく傷ついた。これ以上の失態を晒《さら》すわけにはいかない。とにかく、伊勢島ホテルは営業第二部で預かってくれとの中野渡頭取直々《じきじき》のご命令だ。そして、来る金融庁検査を絶対に乗り切れとな。おい、聞いてるのか、半沢」

「もちろん」

半沢は呆れ顔で、ため息をついた。「で、どうして私なんです？　他の与信ラインでもいいじゃないですか。何度も申し上げるようですが、私の担当は同資本系列の――」

「そんなことは重々承知している！」

半沢を遮《さえぎ》った三枝は、短気な性格そのままに苛立った声を出した。「ここだけの話だが、中央商事が伊勢島ホテルがらみのビジネスを検討しているらしい。まだ同社内の企画セクションでリサーチ段階なので、担当の君のところには聞こえてきていないと思うが」

同資本の中央商事は、三大商社の一角で、半沢の率いる第二グループが担当していた。

「どんなビジネスなんです？」

「フォスターが伊勢島ホテルに興味をもっているそうだ。資本参加するかも知れない」

「フォスターが？」

米国最大のホテルチェーンだ。

「そう。世界中に最高級ホテルのネットワークを有するフォスターにしてみれば、名門伊勢島ホテルの看板は日本進出の足がかりとしてふさわしいからな。しかも、伊勢島には旅行会社や物販など一通りの道具立てが揃ってる」

「そんないい話があるんなら、検査は乗り切れるでしょう」

「そう簡単にいく話なら誰も苦労しない」

三枝は額の広いいかつい顔を半沢に近づけた。「いいか、よく聞け。伊勢島ホテルは創業一族の湯浅《ゆあさ》家による世襲制だ。先代の湯浅高堂《こうどう》は独裁者。いまの湯浅威《たけし》は厳格な経営者だが、いかんせん先代の遺産に苦しめられている」

「未上場ではＴＯＢも無理だと……」

株式市場で不特定多数の株主から株を買い集める方法、それがＴＯＢだが、伊勢島ホテルではやりようがない。

「ホテル業は、イメージが大切だからな。買収話で揉《も》めてガタガタしたくないとフォスターは考えているらしい」

「なるほど。ただ、伊勢島ホテルの社風がフォスターを受け入れるかは疑問ですね。これだけの損失を出しながら、財務関係の役員はそのまま留まっているというのもいただけません」

なんらかのケジメは付けるべきなのに、伊勢島はそれをしていなかった。担当課長を更迭《こうてつ》したという話をきいたぐらいだ。もちろん、その程度の処分で済ませられるほど、小さな話ではない。

「ここだけの話だが、そういうことも含めて伊勢島ホテルは問題を抱えている。面倒見てやってくれないか」

三枝に頭を下げられて、半沢はため息を洩《も》らした。

仕方がない。

「法人部との引き継ぎは？」

「おお、引き受けてくれるか」

破顔した三枝は、半沢の気が変わらないうちにと思ったか、「これからすぐにでも始めてくれ。実は話はつけてあるんだ。担当は——」

そういって手帳を覗き込む。「時枝調査役。この後こっちに来てもらうことになってるから」

「時枝？」

「知ってる相手か」三枝がきいた。

「ええ。同期です」

半沢と同じバブル入行組で、最近は付き合いがないものの、顔見知りだ。

「それなら話は早いな。引き継ぎは今週一杯で頼む。難しい仕事だということはわかっている」

三枝はふいに表情を引き締めて半沢を見た。「だから君にやってもらいたい。君以外に適任はいない」

部下に仕事を押しつけるときの常套句である。

伊勢島ホテルの引き継ぎ資料をもって時枝が半沢を訪ねてきたのは、三枝との打ち合わせが終了してまもなくのことだった。

「すまん、半沢」

半沢の顔を見るなり、時枝は詫びた。

バブル当時、四百人もの総合職を採用した旧産業中央銀行では、新人行員を約四十人のクラスに分け、神田、目黒、調布の三ヶ所にあった研修所で集合研修を行っていた。その研修で半沢は時枝と同じクラスだった。割り当てられた部屋も同じ。一日二十四時間一緒に過ごす仲間になった時枝は、素朴で温かみのある男だった。九州の国立大学で確かテニス部のキャプテンを務めた体育会系だったと思う。

時枝は憔悴《しょうすい》しきっていた。

「まあ、こうなってしまったものはしょうがない」

半沢はいい、時枝から受け取った伊勢島ホテルの事業計画に一通り目を通した。「気休めをいうわけじゃないが、運用損失は上っ面の数字をいくら眺めてもわからないからな」

「いまさらいっても始まらないが、同社から提出された有価証券明細は運用前のものでさ。あとで錯誤だったと弁明されたんだけど、もしかしたら意図的に古いデータを出したのかも知れない」

「だが、同じ状況で、白水銀行は見抜いた」

「その通りだ」

時枝はがっくりとうなだれた。

伊勢島ホテルの巨額損失は、同社が時枝に報告を入れてきた翌日、経済紙の東京経済新聞のスクープという形で世に出た。そもそも〝東経〟がそのスクープをものにしたのは、準主力銀行だった白水銀行が審査中だった数百億円の融資を取りやめたところに端を発しているという。

「とはいえ、白水はよく、見抜いたな」

半沢は引き継ぎ資料に入っている財務分析の数字を眺めながら、あらためて口にした。「これをいくら分析しても、百二十億円分の損失発生の事実を摑むことはできないだろう」

損失は経理処理されてはじめて財務に反映されるが、伊勢島ホテルは、それをしていなかった。ついでに明細まで古いものを提出していたとなると見抜くのは不可能に近い。

「白水には情報源があったとは考えられないか」

時枝が戸惑いを顔に出した。

「情報源?」

「財務部内の誰かにこっそり損失発生の事実を聞いたとか」

唖然とした表情になる。

「白水銀行が運用失敗を理由に支援を見あわせたのは、東経がスクープする二週間以上も前だったと聞いてるが……」

「伊勢島ホテルは、損失を隠蔽しようとしていたのかも知れない。ところが白水銀行に情報漏洩《ろうえい》して露見した」

「それじゃあ信義則違反になる」

時枝は顔色を変えた。

「伊勢島ホテルの企業体質にもよるだろう」

時枝の虚《うつ》ろな視線が揺れ、床に落ちた。

「噂はきいてると思うが、正直、クセのある相手ではある……」

「そのクセのある相手にどれだけ食い込んでいたかが、今回の明暗を分けた」

半沢がいうと、時枝は瞑目《めいもく》し、諦めたように短い吐息をついた。

「お前のいう通りだ」

やがてそういって、時枝は顔を伏せる。「ただ、言い訳するわけじゃないが、先方と人間関係を構築するほどの時間的な余裕もなかった」

「担当者替えか」

稟議書に捺印された印鑑を見て、半沢は察しをつけた。数ヶ月前の書類には、「時枝」ではなく、「古里《こざと》」という印鑑が捺してある。

「担当者というより、所管そのものが変更になった。もともと、伊勢島ホテルは京橋支店の取引だったんだが、担当先の見直しで、法人部の所管になった経緯がある」

「ついてないな」

半沢は嘆息し、気の毒な同僚を見た。「不運が重なったな。お前が悪いとは言い切れないさ」

「いまさらこんなことをいっても始まらないが、京橋支店との引き継ぎも通り一遍でね」

時枝は嘆息まじりに愚痴《ぐち》った。「後になって余計なことをいわれたくないのはわかるが、企業体質がどうとか、誰がどんな性格で要注意だとか、そういう引き継ぎはまるでなかった。ついでに〝今期黒字化するからそのときは支援よろしく〟、とそれだけだ」

伊勢島ホテルの決算は九月。業績が黒字化するとの予測を根拠に、時枝が同社に対する融資の稟議を出したのは三月中旬のことだった。役員会での承認は四月。実行は同月二十日となっている。

「この古里という担当者は、伊勢島の運用失敗について何も知らなかったのか」ふと疑問を抱いて半沢はきいた。

「それはオレも気になって、電話できいてみた」

興味を抱いた半沢の目に時枝の気落ちした表情が映った。「そんな事実は一切知らなかったし、そんな情報もなかったとさ。挙げ句、こっちの与信判断ミスを引き継ぎのせいにされては困ると、えらい剣幕で切られたよ」

なんとでもいえる、一度手が離れてしまえば。

それに、立場が変われば発言も変わる。時枝には気の毒だが、銀行とはそういうところだ。

その半沢に、いよいよ金融庁検査が入るという情報がもたらされたのは、折しもその翌日のことであった。

3

おおよそ〝お上〟の検査というのは、どんな業界でも似たり寄ったりだろうが、かつての大蔵省検査、いまの金融庁検査なども、検査対象となる銀行にしてみれば迷惑至極な話である。

検査ときいて半沢が決まって思い出すのが、新人の頃初めて経験した旧大蔵省検査のことだ。入行二年目。日本橋支店で新人融資係だった半沢に与えられた仕事は、愚にもつかない下働きであった。

たとえばファクシミリ番。

かつて、銀行が作成する書類は全て手書きで、しかも内容をチェックするためにファクシミリで本部に送信しなければならなかった。

融資部内に立ち上げられた検査準備チームに事前資料を送信し、その内容チェックを依頼するのである。

ところが、全店からファクシミリが集中するものだから、複数あるはずの融資部の回線もたいていふさがってしまい全く流れない。そこで下っ端の半沢はひたすらファクシミリの前に陣取り、運良く受信されたら「流れました！」と大声で知らせる。すると、あれもこれもと集まってくる書類をどんどん送信トレイに突っ込むというのが半沢に課せられた仕事なのであった。そんなことを連日深夜まで続けていたのである。

そもそも、護送船団方式であった当時の銀行業界においては、旧大蔵省検査そのものが茶番だった。いや、いまでもそうかも知れない。

まず、抜き打ちが建前の検査予定が、事前に洩れる。

この情報を運んでくる連中が、かつて「ＭＯＦ担《モフたん》」と呼ばれていた大蔵省担当のエリート行員たちである。ノーパンしゃぶしゃぶの破廉恥《はれんち》接待などで、「今度いつ来んのかなあ」「いいじゃん、ちょっと教えてよ」という、馴《な》れ合いで話を聞き出していたのだ。全くお下劣かつ実に不適切な話である。

かくして、不正に入手した内部情報に基づき、銀行内部では何ヶ月も前から、上を下への大騒ぎで検査対策が練られるのが常だった。半沢が経験したファクシミリ番などは可愛いもので、検査対策の中心は、なんといっても不都合な情報、不適切な融資の隠蔽工作である。簡単にいうと、お上に見られてはまずい書類を検査前に隠すのだ。集めた書類を段ボール箱に詰めて融資課長などが自宅にタクシーで持ち帰り、検査期間中隠し続ける。これを銀行業界の隠語で「疎開《そかい》」という。

こんなことは随分前から連綿と行われてきた当たり前の不正であり、表向き優等生ぶってみたところで「そうはいっても儲けてなんぼ」の銀行業界。これは必要悪、あるいは方便に近い。

ところが、先のＡＦＪ銀行を破綻に追い込んだ金融庁検査では、こうした「疎開」された資料が発見され、検査妨害で告発されるという予想外の事態になったのである。固唾《かたず》を呑んでこの様子を見守っていた競合他行の感想はといえば、

「なんでもっと気の利いたところに隠さなかった。ＡＦＪも大したことねえな」

と冷笑、失笑、憫笑《びんしょう》で、反省はしていないがひたすら後悔はしている当のＡＦＪ行員共々、これぞ〝目くそ鼻くそを笑う〟としかいいようのない状況となったのである。

さらにこのＡＦＪ銀行の検査妨害では、発見された隠蔽資料に慌てふためいた行員が、その資料を口に放り込んで食ったというおまけ付きで、これを新聞紙面で読んだ半沢は、「ヤギじゃないんだから、食ったら腹をこわすのではないか」とひそかに眉を顰《ひそ》めたのであった。

このＡＦＪ銀行の検査を取り仕切っていたのが、主任検査官の黒崎駿一《くろさきしゅんいち》という男であった。黒崎駿一はさらに名を馳せ、一躍、金融庁のスターダムにのし上がったわけだが、謎も残った。

なぜ、ＡＦＪ銀行の隠蔽資料が発見されたのかということである。

同行は、それを大手町にある本部ビル内の、目立たぬ一室に隠していたのだが、その情報がどういうわけか黒崎に洩れた。なぜ洩れたのか、誰が洩らしたのか、結局いまだ真相は闇の中であ

る。

確実なことは、黒崎という男が、一筋縄では行かない相手だということだった。

その黒崎が今回の検査でも主任を務め、さらに次の狙いが、伊勢島ホテルだというのだから、東京中央銀行上層部も穏やかではない。

ちなみに、金融庁検査のルールはまことに簡単だ。

全ての融資先を、「安全な先」「ちょっとアブナイ先」「かなりアブナイ先」「もうイッちゃってる先」の四つに分けるのだ。検査では、その分け方が正しいかどうかを議論するのである。

結論からいうと、「安全な先」であれば、なんら問題ない。

ところが、「ちょっとアブナイ先」以下になると、それぞれ「引当金《ひきあてきん》」という、倒産したときのための準備金を経費として計上する必要があって、これが銀行の業績を直撃する痛手となりかねない。

そのため、なんとか「この取引先は安全な先ですから」と主張する銀行側と、「それはちょっと違うんじゃねえか。アブナイ先に格下げしやがれ」という金融庁との丁々発止のやりとりが検査のメーンイベントになるのである。ちなみに「安全な先」のことを業界用語で「正常債権」、「アブナイ先」のことを「分類債権」と呼ぶ。

正常債権なのか、分類債権なのか。

判断が割れるのは、まさに伊勢島ホテルのような会社だ。

赤字——。それが「たまたま」なのか、「ずっと」なのか。その判断ひとつで、数百億、数千億円単位で銀行の収益が変わる。事は収益だけに止まらない。伊勢島ホテルが〝分類〟されたとなれば、さらに東京中央銀行に対する市場の信任まで低下する怖れがある。株安にでもなれば銀行株式の時価総額を引き下げることになって、経営問題にまで発展する可能性が高い。

頭取以下が今回の金融庁検査に神経を尖らせる理由はまさにそこにあり、東京中央銀行にとってこれこそ、〝絶対に負けられない戦い〟だ。

その責任がいま、半沢の両肩にずっしりとのしかかろうとしていた。

その夜、同期の渡真利忍《とまりしのぶ》から誘いの電話があって半沢は神宮前のなじみの焼き鳥屋でおちあった。

「時枝のことはオレもよく知ってるが、運がなかったな。でも、運がないといえば、半沢、あの伊勢島ホテルの担当を押しつけられるなんざ、お前の不運もここに極まれりだ。まったくもってご愁傷様」

「なにかあるのか」

渡真利の言い方に含みを感じた半沢はきいた。

「金融庁検査の具体的なスケジュールが決まった。来月の第一週からだ。それだけじゃないぞ」

渡真利は、店の片隅で声を落とした。「黒崎が主任検査官として任命されたらしい。知ってるよな、黒崎のことは」

半沢は黙ってうなずいた。金融庁では英雄。銀行業界では名うてのフダ付きといったところか。

「企画部の奴らによると、金融庁の目当ては、伊勢島らしい。巨額損失、連続赤字。それにも拘わらず実行した二百億円の融資――突っ込みどころ満載だ。どうする、半沢。〝分類〟でもされてみろ、営業第二部次長の椅子からもおさらばだぞ」

「客観的に見て、〝分類〟されても仕方がないような内容なら、あえて守ることはしない」

「それで頭取が納得するわけねえだろ。いいか、お前がひいたのは、空前絶後の貧乏くじだ。まあ、それを当たりくじに代えられるとすれば、やっぱりお前ぐらいしかいないだろうがな」

「お前、代わってくれ」

半沢がいうと、渡真利は目を丸くした。

「冗談抜かせ。お前の代わりなんかやったら、命がいくつあっても足りないんだよ」

「ちぇっ」

半沢は、ジョッキのビールを飲み干した。

「ところで半沢、伊勢島ホテルは以前京橋支店の担当だったよな。京橋っていやあ、あいつ大丈夫かな」

「近藤のことか」

同窓同期の近藤直弼《こんどうなおすけ》は、昨年十月に関西のシステム部から異動になり、取引先の中小企業へ出向していた。

バブル時代に入行した同期行員の中で、取引先企業への出向第一号だ。入行して数年は仕事ぶりを評価された近藤だったが、バブル崩壊後にまかされた新店舗で思うような成績を上げることができなかった。結局、それが原因で心の病に冒され、その後一年間の休職を余儀なくされたことがその後のキャリアに響いた。

銀行にいると長期の病気療養で戦線離脱し、出世の階段から転げ落ちていく人間をたまに見かけるが、近藤もそんな連中と同様のコースを歩んでいるといって過言ではない。合併による相対的なポスト減で、行き先のなくなった行員がただでさえ溢れているいま、こうした〝過去〟のある近藤が真っ先に出向させられたのは、残念ながら納得できないことではない。

出向先は京橋支店の取引先企業で、確か総務部長職というのが近藤の肩書きだったはずだ。

「部長っていっても、小さな会社だから、銀行でいえば課長か係長ぐらいだよ」

出向が決まったときの、はにかんだような近藤の顔はいまでも半沢の胸に残っている。

「結構、苦労してるらしいぜ」

渡真利が真剣な顔でいった。

「話したのか、近藤と」

「昨日、電話がかかってきた。なんでも融資を渋られてるとかで、その相談。担当者が悪いんじゃねえかとはいったんだが。なんせ近藤の担当は旧Tだっていうんでさ」

東京中央銀行は、産業中央銀行と東京第一銀行の合併行である。合併からまもなく三年近くが経ち、たすき掛けの人材交流で行内融合も進んではいるが、ことあるごとに旧Sと旧Tの軋轢《あつれき》は顔を出していた。東京中央銀行という一つの看板でありながら、産業中央銀行と東京第一銀行という二つの銀行が入っている入れ子構造である。

「頭取は融和路線を強調しているが、実態は看板は一つ、銀行は二つだ。なんせ京橋支店は、旧Tの名門店だからな」

都市銀行同士が合併すると、同じ場所に二つの店舗が重なってしまうことがある。そういうとき、有力なほうの店をひとつ残して、片方を廃店にする。東京中央銀行でも、この作業を合併後の数年で進めてきた。

「そういえば、旧Tの京橋支店を存続店舗にする代わり、大口取引先の伊勢島ホテルは召し上げて、旧Sが主体になっている法人部へ引き渡したんじゃなかったかな」

渡真利の話で、京橋支店から法人部へ所管部が変更になった背景が、ようやく半沢にもわかってきた。

「旧Tの担当者にしてみれば、せっかくの大口取引先を奪われるわけだから、いい気はしなかったろうさ。引き継ぎがうまく行かなかったっていうのも、そういう背景があったからかもな」

渡真利の話には合併行の難しさが滲んでいる。

「うまく乗り切ってくれるといいけどな」

半沢がいうと、渡真利が真顔でうなずいた。

「なんとかするさ。近藤だもん。もう、病気も治ったんだからさ」

「だといいが……」

半沢は、喧噪《けんそう》を増す店の片隅でつぶやいた。

4

「資料、これでどうでしょうか」

近藤直弼は、プラスチックのブリーフケースから三年分の業績予測を出すと、カウンターの上に置いた。半沢と渡真利が神宮前の焼き鳥屋で飲んだ翌朝のことである。

古里は黙ってそれを取り上げ、椅子にふんぞり返って足を組んだ。顎の張った老《ふ》け顔の中からいつも発火寸前を思わせる目が、油断なく資料と近藤との間を動き回っている。

「この数字の根拠は大丈夫なんでしょうね」

すぐに刺々《とげとげ》しい質問が飛んできて、近藤は身構えた。

「向こう三ヶ月ぐらいでしたら売上は読めるんですが、正直、それ以降はわかりません。一応、社長と営業担当にヒアリングして、適当と思われるものを作ってきましたが」

「適当ねえ――」

皮肉っぽくいった古里は、書類から近藤へと視線を上げた。

「だいたい、中期計画がないなんてねえ、それどころか、年度計画だってろくなものがない。どうなってるんです、お宅の会社」

「すみません」近藤は詫びる。

「あなたももうタミヤ電機に出向して八ヶ月でしょう。その間に三月の本決算をまたいだんだからさあ、事業計画書ぐらい作らないと銀行から出向した意味ないんじゃないですか？　旧Sではそんないい加減なことでも融資を受けられたんですかね」

古里は蔑《さげす》むような眼差しを向け、旧Sというところを強調した。反論したい気持ちはあったがここは我慢だ。この年輩の行員を怒らせてしまっては進む話も進まない。従って、いつものようにひとしきり続く古里の嫌味が途切れるまで待った。

「それで融資の見込みはどうでしょうか」

「そうやってすぐに結果を知りたがる」

近藤としては思い切ってきいたつもりだが、返ってきたのはため息だ。「あなた銀行員でしょう。とりあえず、この売上予測の内容をじっくり検討させていただきますよ。結論云々なんて話はそれから！」

ぴしゃりと話を打ち切ろうとする古里の態度に、近藤は慌てた。

「ちょっと待ってください。今月末には三千万円の資金が必要なんです」

「だからさあ」

立ち上がった古里は、近藤の提出した資料を丸め、手のひらをぽんぽんやり始めた。「そういうことが心配だったらね、もうちょっとしっかり仕事してくださいよ。そもそも旧Ｓの人に、こういう大事な取引先の担当は無理なんじゃないかな。うちの取引先は旧Ｓの腰掛けじゃないんですからね。この前、田宮《たみや》社長も嘆いていらっしゃいましたよ」

田宮の名前が出て、近藤の気持ちはいよいよ落ち込んだ。

近藤が三千万円の支援を依頼したのが五月半ば。それからもう三週間もかかっているのに、あれやこれやと難癖を付け、古里は、稟議書を書くのを渋っていた。

社長の田宮基紀《もとき》からは、今日こそ、いつ融資できるかきちんと回答をもらってこいといわれていたが、どうやらそれは無理なようだ。

田宮も田宮で、古里相手に近藤のことをあれこれ品定めし、悪口はいうくせに、融資のことになると全く話を詰めてきはしない。

古里の前を辞去し、銀行ビルを出てきた近藤は、冷たいものが胃の底に落ちてくるような不快感に空を見上げた。

薄い雲が皮膜のように東京上空を覆い、向かいのビルの上空が銀色に輝いている。

それとは裏腹に、いま近藤の脳裏にこぼれ、這い出してきているのは、どろどろに溶けたコールタールだ。

それが近藤の頭の中にゆっくりと流れ出してくる。その感覚は、かつて近藤をすっぽりと飲み込み、思考の全てを真っ黒に塗りつぶしてしまったあのときと同じだ。

それは、近藤が昇格をひっさげて、秋葉原東口支店へ赴任したときだった。

業績を上げることだけを至上命題として毎日早朝から深夜まで働き続けたあの地獄の日々。近藤の精神世界に湧き出し流れ出したコールタールは、一ミリまた一ミリというようにゆっくりと、しかし確実に浸食を開始し、やがて全ての感覚を飲み込んで近藤を闇の世界に閉じこめてしまった。

「もう、治ったんじゃないのか」

歩き出した近藤はビルの上空に恨みの目を向け、ひとりつぶやく。年商百億円の取引先ときいたとき、それなら自分の居場所を見つけられるだろうと期待したのに。

しかし、いま辛いからといって、辞めるわけにもいかなかった。家族は、近藤の仕事のために、ようやく馴染んできた大阪の土地、それにやっと出来た友達とも別れを告げて、一緒に東京にやってきたのだ。それを無駄にすることはできない。

だが、辞めるか辞めないかは、自分で決められる。

本当に心配なのは、病気だ。

これぱかりは自分の意志の力ではなんともならない。

もし再び、病気になったら——?

際限のない不安が押し寄せてきて、胸をふさいだ。近藤はいま再び精神の迷路に彷徨《さまよ》い込もうとしていた。

5

「新しく担当させていただきます者をご紹介します。こちらが営業第二部の半沢です」

時枝の紹介で一歩前へ進み出た半沢は、「よろしくお願いします」と頭を下げ、部下の小野寺《おのでら》順治《じゅんじ》を事務担当として紹介した。小野寺は、半沢のグループにいる若手ではピカ一の男だ。仕事はできるし、歯に衣着せぬ物言いは半沢と似たり寄ったり。そういう性格もあってか、半沢とはウマが合う。

「東京中央銀行さんってのは落ち着かない銀行だなあ。ころころと担当が代わって。またすぐにあんたも代わってしまうんじゃないか」

引き継ぎの挨拶のために初めて訪問した伊勢島ホテルの本社だった。渡された名刺を眺めながらそういった専務の羽根は、冷ややかな眼で半沢を見た。

「それに、追加の資料が必要だとか。修正済みの決算予測ならとっくにお渡ししたはずですが、まだ必要なんですか」

「金融庁検査が迫っていますので、ご協力お願いします」

半沢がこたえると、小野寺が何ページにもわたる追加資料のリストをテーブルに滑らせる。

「こんなに？」

原田が顔色を変えた。

「今回の検査では、御社への与信が焦点になります。対策を講ずるためにも、ご協力いただかないと困ります」

「君さあ、運用の失敗は故意じゃないし、本業とは関係ないんだよ」

羽根は顔をしかめる。「あまり大袈裟にする必要はないんじゃないか」

「大袈裟にしているつもりはありません」

半沢はにべもなくいった。「ですが、今回の検査は当行が今まで融資した運転資金の流用まで疑われかねない事態で、これは極めてマズイ。ただでさえ御社は、二期連続の赤字になります。金融庁もそこを突いてくるでしょう。事業計画を見直していただけませんか。何か業績の柱になるようなものが欲しい」

半沢の発言に、羽根は薄茶色の瞳に怒りを浮かべた。

「検査のために計画まで見直せというのはいかがなものか。我が社はおたくの都合で事業をしているわけじゃないんだよ。金融庁検査などというものは、銀行の問題じゃないか」

「与信がストップしてもいいんですか。〝分類〟されてしまえば、そうなります」

脅しでもなんでもない。だが、羽根にその深刻さは伝わらなかった。

「いい加減にしたまえ。そんなことにならないようにするのが、君たちの仕事じゃないか」

「その通りです。でも、それには御社の協力が欠かせません。お願いしている資料の件もしかり。それともう一つ。できれば先日の融資、一旦ご返済いただけないでしょうか」

「なんだと？」

羽根の頬に怒りの朱が差した。

「黒字前提で融資した資金です。赤字であったのなら、一旦ご返済いただき、あらためて審査させていただけませんか。それなら検査も乗り切れる。あるいは返済すると確約いただくか――」

「おいおい、半沢次長さん」

横から原田部長が割って入った。「それは銀行内の合意あっての話か」

「いえ、私からのお願いです」

「冗談じゃない！」

羽根が吐き捨てた。「いまさら返せだなんて、無理に決まっている」

「運用損失の穴埋めに使ってしまったからという理由は通用しません」

羽根が目を剝いた。

「今日は顔つなぎで来たんだろう。我が社の認識として、返済するしないはおたくらと話すべきスジ合いのものではない。直接、おたくの大和田《おおわだ》常務と弊社の湯浅の間で話し合わせてもらう」

大和田の名前を出せば、銀行員たちが少しは引くかと期待していたのかも知れない。だが、多少の動揺を見せたのは時枝だけで、「よろしくご検討ください」と言い残し、半沢も小野寺も平然としてその場を辞去してきた。

「マズイことにならないかな」

伊勢島ホテルから出ると、時枝が心配してきいた。

「構うもんか」

半沢はさらりといった。「なにが〝落ち着かない銀行〟だ。そんなことをいう暇があったら、謝罪のひと言でも口にするべきだろう。どう思う、小野寺」

「同感です」

むっとして小野寺がいった。「大和田さんがうまくいいくるめてくれるといいんですが」

「まったくだ。正義は我に有りさ。金融庁と対決するのは羽根さんじゃない。オレたちなんだからな」

汗かきの半沢は上着を脱いでハンカチで額の汗を拭《ぬぐ》い、蒸し暑い六月のオフィス街を歩き出した。

6

旧Sだの旧Tだのという出身に、半沢自身、過剰反応しているつもりはまったくない。産業中央銀行出身だろうと東京第一銀行出身だろうと、肝心なのは銀行員としての姿勢であり資質である。出身銀行で色分けすることに何ら意味のあるはずもない。

ところが、行内世論がそうならないのは、イザ相手と膝を交えて仕事をしたとき、往々にして互いの企業文化がすれ違いを生むからである。結果的に、一枚看板にまとめられたはずの銀行員の間に、出身行別の一線が引かれることになる。

お互いの違いというのは、大きなことではなく、むしろ日常業務の小ささなことに起因して、意識付けされる。たとえば、業務上の用語の違い――信用保証協会の保証付き融資のことを産業中央銀行は「協保《きようほ》」と呼んでいたが、東京第一銀行では「マル保《ほ》」。「代金取立手形《だいきんとりたてがた》」は、旧Sが「代手《だいて》」で、旧Tが「取手《とりて》」。

ちなみに旧Sの呼称である「代手」は、新入行員として銀行に入ったときに耳にすると最初、目が点になる。先輩のお姉さん行員から、「ねえ、だいてちょうだい」といわれるからである。「こんな昼間からですか」という失言もあったりする。そこで合併に伴い、余計な間違いが起きないように、新銀行では旧Tの「取手」に統一されたというのは嘘のようなホントの話だ。

ちなみに、稟議書の文体も違う。

不可思議な役人言葉が連綿と使用され、無様に変容してきた産業中央銀行の行内文書には、東京第一銀行の行員からすると理解不可能な難解な言葉が並ぶ。たとえば――。

「この度《たび》の支援申し出については、同社必須の資金であり、主力先として親密な取引を継続してきた経緯を勘案し、何卒《なにとぞ》支援致し度《た》くご承認賜《たまわ》り度《た》い」という文は、旧T的に書けば、「長い取引の歴史もあるので、ここは融資しておいたほうが無難だと考える」、ぐらいのものになる。

旧Sの変容役人言葉は、文語体のようで文語体でないのがミソでさじ加減が難しい。よって旧

T出身の行員には非常にわかりづらく、単純に「古い言葉を使えばいいのだ」という誤解も生む。合併当初のたすき掛け人事で、旧Sの与信セクションに異動した旧Tの行員がこの誤解に基づき、「此《こ》の度《たび》の支援申し出は非常に遺憾にて候《そうろう》。故に断るべき筋合いでござる——」と書いて笑われた。

笑われれば拗《す》ねる。拗ねれば、「ちきしょう。旧Sの奴らは」と仲間に悪口のひとつもいいたくなる悪循環だ。

こうしたつまらぬことから始まり、与信判断や双方に蔓延《はびこ》る様々な習慣——朝、みんなで体操をするとかしないとか、夏休みや賞与をもらった後に上司に礼をいうのはヘンだとか当然だとか——、こうした企業文化の相違は、朝の八時前から夜はときに終電近くまで共存する銀行という職場では次第に大きく、やがて埋めがたい差となって行員の間に染み込んでくるのである。

そうやって少しずつ、旧Sと旧Tという呼び方にある程度のリアリティが生まれ、差別意識が顕在化してきたというのが、偽らざる経緯であり現状なのであった。

なにかあれば、「あいつは旧Sだから」と納得、いわれたほうも「それじゃあしょうがねえな」となり、「まったく旧Sの連中は」となる。

むろん、全部が全部そうした旧《ふる》い意識で凝り固まっているわけではない。あるいはむしろ、少数なのかも知れない。ただ一ついえるのは、旧Sにせよ、旧Tにせよ、その看板に誇りを抱いていた行員ほど、出身銀行にこだわる傾向が強いということだ。

考えてみれば、今回の伊勢島ホテルの一件についても、そうしたコミュニケーション不足に端を発した伝達情報の疎漏《そろう》が与信判断を誤らせ、事態を悪化させてしまったといってもいい。

東京中央銀行京橋支店は、伊勢島ホテルから目と鼻の先、徒歩数分の表通りに看板を出していた。

「おやおや、時枝さんもいらっしゃったんですか。もう担当ではなくなったのに、ご苦労なことですねえ」

応接室に入ってきた支店長、貝瀬郁夫《かいせいくお》の大袈裟な口調には、どこか小馬鹿にしたような雰囲気があった。時枝の犯した失態がいかに情けないか、仄《ほの》めかしているかのようだ。

その貝瀬の視線がようやく営業第二部のふたり——半沢と小野寺に向けられた。

「お聞き及びだと思いますが、いろいろと問題がありまして」

と半沢は相手の目を直視していった。

「今回の金融庁検査では焦点のひとつだそうで。君が営業第二部の担当次長？」

貝瀬がおもしろいものでも眺める目で半沢を見た。「悪いことをしてしまいましたねえ。本来、ウチで管理していた会社なのに。まあ、本部へ移管してくれというのは別にウチがお願いしたことではありませんからね」

貝瀬は、さっそく嫌味をいった。

「移管していただく分には問題ないんじゃないですか。ただ、それまでの管理がどうだったのかなと思いましてね」

「管理？　なんだか悠長な話、というか、本筋から外れたことをされてませんか、あなた」

貝瀬が棘々しくいったとき、ノックがあった。接客に追われていたらしい担当者が入室してくると、「じゃ、私は打ち合わせがありますので。その管理については、担当に直接聞いて下さい」

と貝瀬は席を立っていく。

「わざわざ雁首《がんくび》そろえてお出ましですか」

代わりに入室してきた担当の古里則夫《のりお》は、痩せた白髪交じりの男だった。目は鋭く、鼻先が尖った風貌は、どこか猛禽類《もうきんるい》を思わせる。課長代理という役職だが、歳は半沢よりも相当上。五十歳前後だろう。

「お忙しいところ恐縮です」

半沢は、簡単に自己紹介した。「伊勢島ホテルの件は古里さんもご存知だと思いますが、今回、法人部からうちへ担当を引き継ぐことになりました。何かの節にはよろしくお願いします」

「何かってなんです？」

のっけから、古里は突っかかってきた。「引き継ぎは時枝調査役からお願いしますよ。私のところからはとっくに手が離れているんですから。そうですよね、時枝さん」

「まあ、事務的には」

渋い顔でいった時枝に、古里はむっとした表情を見せる。

「事務的にはってなんですか。事務的に引き継ぎが完了していたら、他になにがあるっていうんです」

「まあ、そうかも知れませんが」

半沢はとりなすようにいった。「いろいろ古里さんのお知恵を拝借しないといけない場面もあるかと思いますので、よろしくお願いします」

「知恵？　管轄が替わったんですから、もういい加減そっちで責任を持ってやってくださいよ。それとも、今回の運用失敗を見つけられなかった責任がこっちにあるとでも？」

「いえ、とんでもない。まあ、いくつか気になることはありますが」

半沢はいって、古里を見た。「伊勢島ホテルには、支援するために黒字化が条件だとは伝えてあったそうですね。同社から業績が黒字になると最初に聞いたのはいつですか」

「それはたぶん、第一四半期の内容が見えてきた頃でしょう」

伊勢島ホテルは、九月決算だから、昨年十二月だ。

「だからなんなんです」

古里は目をつり上げた。「引き継ぎの時に、黒字化したら支援して欲しいと私がいったから、巨額損失に気づかなかったとでも？」

「伊勢島ホテルは損失を隠蔽しようとしていたフシがあります」

半沢はいった。「損失に気づいた白水銀行には、情報源があったとは考えられませんか」

「なんだって？」

古里の目が見開かれた。「情報がなかったから、担当者としての責任はないってことにはならないでしょうが。与信判断に定評がある旧Sの皆さんの言葉とは思えませんね」

「ちょっと気になっただけですよ」

半沢はさらりと受け流した。「ただ、金融庁検査もありますから、そうした経緯も含めて再調査していくつもりです。またお尋ねすることもあるかと思いますので、よろしくお願いします」

頭を下げた半沢に、古里は腕組みをしたままそっぽを向いた。

7

営業第二部長の内藤寛《ないとうひろし》から、急遽《きゅうきょ》呼び出しを受けたのは、伊勢島ホテルを訪問した翌朝のことであった。

「伊勢島ホテルへの融資を返済してもらう件だが――」

内藤は、浮かない顔でちらりと半沢を見た。「少し待て」

「大和田常務あたりからの要請ですか」

「ウチにはウチで行内融和という課題がある。それはわかるな。検査のために当部の事情をゴリ押しするのもどうかという意見もある」

半沢は押し黙った。行内融和は、中野渡頭取が掲げている一大テーマである。

「役員会の意向としてそれでいいのであれば、しばらく様子は見ましょう」

半沢はこたえた。「でもそれは、結論として間違っています。伊勢島ホテルが誰に顔がきこうと、スジを曲げるような事はすべきじゃない。逆に大和田常務から同社をたしなめていただけるものと信じていたんですが」

「大和田さんは元京橋支店長で、羽根専務とは親しい」

内藤はため息まじりにいった。「羽根さんからのたってのお願いというわけで、根回ししてきた」

半沢は思わず天を仰いだ。大和田は判断を誤っている。

「部長はどうお考えですか」

「聞くな、半沢」内藤はいった。

「行内の不協和音を恐れて判断を曲げるとは、いい銀行になったもんです。それで検査は乗り切れると？」

「だから急に担当を頼んでる」

半沢は嘆息した。

「貸出金の回収のことはしばらくおいておけ。どうしてもというのならそのとき回収すればいい。その前に、やることがあるはずだ。伊勢島ホテルを徹底的に洗い直せ、半沢。そして打開策を探るんだ。難しい仕事だということは百も承知だが、君ならできる。いや、君にしかできないといったほうがいいか。とにかく、まかせたぞ、半沢」

内藤はいうと、これで終わりとばかりに眉を上げてみせてから、デスクに広げた書類を読み始めた。

8

「旅行に行けないってどういうことよ！」

花は怒りで青ざめた顔を半沢に向けた。「理由は何なの？」

「金融庁検査だ。来月早々から入るらしい」

「冗談じゃないわ、ほんと」

許し難い暴挙だとでもいいたげに、花は吐き捨てた。気の早い花は、すでに夏休みの海外旅行を予約していた。金融庁検査はそれに重なる。

「もうとっくにお金払っちゃったのよ。キャンセルすればキャンセル料払わなきゃいけないじゃないの。そのお金、銀行が払ってくれるの？」

「なわけないだろ」

アホか、と思いつつ半沢はいなした。

「そんなの無茶苦茶じゃない。だいたい、夏休みになんで検査なのよ。金融庁の役人にデリカシーってものはないの」

「そりゃないでしょう」

失笑した半沢を、世にも恐ろしい形相で花は睨みつけた。旅行を楽しみにしていたことはわかるが、別に半沢のせいでそうなったわけではない、これも仕事だ。一番休養が必要なのは半沢本人なのに、専業主婦とはいいつつ、テニスだランチだと遊んでいる妻がキレるというのは考えてみればおかしな話である。だがそれをいうと花は、「あなたは自分の意思で働いてるのよ」というのだった。だから、疲れようがなんだろうが、それは自分の責任であり、その一方で家族を放っておくのはけしからんとなるわけだ。

遊んでいる奴ほど遊びたがるものだと納得してみるが、「だったら金融庁にキャンセル料払ってもらおうよ」とのたまう花に、さすがの半沢も真面目にいっているのかと疑いの目を向けた。

「それは無理でしょ」

「検査っていつまでやるのよ」

「今回はたぶん一ヶ月近くはやるだろうな」

伊勢島ホテルの件があるから、という言葉を飲み込んで半沢はこたえた。金融庁検査の日程が決まった後、それは渡真利からの電話でいわれたことだ。

「一ヶ月！　冗談じゃないわ。夏休みもいいとこ終わっちゃうじゃない」

花は気絶するのではないかと思うほど絶望的な声を出した。

「だから、オレのせいじゃないっての」

半沢がいったとき、花がはっとして「ねえ、あなた」と真剣な顔を向けた。

「旅行の五日間だけ、他の人に代わってもらうってのはどう？」

こういう思考回路の人間にどう説明していいか、半沢はその術《すべ》を知らない。学校でも教えてくれなかった。経済とか法律とかじゃなくて、こういう、ベースとなっている常識が異なる相手を納得させる方法を教えてくれるのなら、もう一回大学に通ってもいいと思うくらいだ。

「そら無理だ、花」半沢は応じた。

「ひどいよ、そんなの」

拗ねる妻に半沢は途方に暮れ、この日最高に重たい吐息をついたのだった。

第二章　精神のコールタールな部分

1

近藤直弼が出向を命じられたタミヤ電機は、京橋に本社を置く中堅電機メーカーである。中堅といっても、売上はようやく百億円に届くかというぐらいで、都心にある会社としてはそれほどの規模ではない。

社長の田宮基紀は、十年前に創業社長が亡くなってから社長業を継いだ二代目。同族企業だ。社長になるまで某大手電機メーカーに勤めていた田宮は、苦労知らずで育ったせいではあるまいが、どこか勘違いしたところがある二代目経営者だった。

田宮が取引のあった東京中央銀行から打診された出向者を受け入れたのが、三年前。ちょうど合併によるポスト減にあえいでいた銀行の人事部にしてみれば渡りに舟で、今まで三人ほどの出向者がタミヤ電機にやってきたものの長くは続かなかった。

理由はいろいろあったと思う。だが、一番大きな理由は、出向して社員になろうとする者に対しても「銀行さん」と呼んで距離を置く田宮の処遇かも知れない。そしてその田宮の接し方に右へ倣《なら》えとばかり、距離を置く部下の存在。

近藤が関西のシステム部から銀行に籍を置いたままタミヤ電機へ出向したのは、去年の十月だ。このとき近藤は、大阪を終《つい》の棲家と決めて契約した一戸建ての手付け金を流し、家族と一緒に銀行が用意してくれた築三十年の借り上げ社宅に越した。

「結局、何のために手付けまで払ったのかわからないわね」

妻のひと言はいまでも胸にひっかかっている。

引っ越しの荷物を送り出し、二年間慣れ親しんだ大阪の社宅を去るときだった。二人の子供達と共に居間の窓に立ち、そこから見える小さな庭を眺める。「短い間だったけど、楽しかったわね。このお庭でも、よく遊んだわ。忘れないように見ておこうねえ」。そんな由紀子《ゆきこ》の言葉に子供達は素直に頷いたが、近藤にとってその光景はやけに残酷に見えた。

出向の話があったとき、単身赴任を考えた近藤に、家族で行こうよといってくれたのは由紀子だった。

もう離ればなれになるのは嫌なのよ、と由紀子はいった。

だが、近藤が家族と離ればなれに暮らしたことはいままで一度もなかった。入院していたときを除いて。あのとき、精神の闇に閉じこもってしまった近藤は、由紀子にとって遠くの存在だったのかも知れない。

一緒に東京に来てくれたことは感謝している。だがそのために、家族につらい思いをさせてしまったことは近藤の心に重しを一つ運んできた。そして、聞き覚えのある、心の軋《きし》む音も。

そのとき――慌てて心の耳をふさいだ近藤は自分に言い聞かせたはずだ。

大丈夫だ。オレはもう銀行員じゃない。小さな会社で、自分の場所を見つけるんだ。もう終わったんだと――。

最近、近藤は、かつて産業中央銀行への就職が決まったときに聞かされた、ある先輩の言葉をたまに思い出すことがある。

「これで君たちは一生安泰だ」

その背景にあったのは旧大蔵省の護送船団方式であり、銀行不倒神話だった。盤石だと思われていた旧金融時代の象徴は、予想だにしない形で破壊され、当時、十三行あった都市銀行は、いまやわずか三行のメガバンクへと収斂《しゅうれん》されていった。

安泰ってどういう意味だろう？

銀行の建物を出て、京橋にある雑居ビルの三階に入っている会社へと戻りながら、近藤は考えを巡らせた。

食いっぱぐれないっていう意味か。

その意味なら、確かに近藤は食いっぱぐれてはいない。病気をしても、こうしてなんとか仕事の口は与えられている。

だが、入行当時持っていた夢や希望、そしてプライドは、食うことの代償としてどこかに置いてきた。

人生において大切なものは失われ、最後に残された「食いっぱぐれない」という保証だって、いまや風前の灯火だ。

いまの近藤は、銀行に籍を置いたままの「ひも付き」出向という立場だ。

しかし、頼みの「ひも」もあと二年で、切れる。つまり、その時点で、銀行からタミヤ電機に、正式に転籍するということだ。

タミヤ電機という、ちっぽけな会社の一員になって病気が再発しても辞めないでいられるか、田宮がそれを許す保証はどこにもない。田宮は、いつも銀行から来た近藤の言動を冷笑まじりに見ているような男だった。

近藤には、頼るものは何もなかった。近藤の家も由紀子の家もサラリーマンで、親たちはなんとか老後を過ごすぐらいの余裕しかないのだ。隔絶した孤海で、小さい子供たちを抱えて漂うゴムボートに近藤家は揺られているような心境だった。しかもそのゴムボートには、いつまた開くかも知れない穴がある。

染み出したコールタールがまた一ミリ、近藤の脳を浸食した。

「近藤さん、どうでしたか」

会社に戻った近藤の姿を見つけると、田宮は右手をひらひらさせて呼びつけた。

「一応、古里さんからいわれた書類は出したのですが、確約はもらえませんでした」

「ええっ」

大袈裟に、田宮は驚いてみせた。

フロア奥にある社長のデスクの前に近藤は立っている。田宮はのけぞり、「どうするんですか」と呆れたようにきいた。

「引き続き交渉しますので、もうしばらくお待ちください」

「あのね、もうしばらくったって、申し込んだのは先月でしょう。かれこれ三週間近く経っているというのに結論が出ないなんて、おかしいんじゃないですか。教えて下さいよ、銀行員なんだからわかるでしょう。なんで融資が出ないんです」

銀行員。田宮は決して、近藤のことを社員とは呼ばない。

「なんでといわれましても、支店で判断することなので、中味まではちょっとわかりません」

「それじゃあ、用心棒失格だなあ」

田宮は腹立たしげにいった。

用心棒はないでしょう——そういいたかったが、黙っていた。借りられないのは近藤のせいだといわんばかり。会社の経営そのものに問題があるのだ、とはっきりいえばいいようなものだが、長くこの会社にいなければならないと思うと、つい遠慮が出てしまう。

「合併する前は借りられたんですよ。五年前ですけどね。じゃんじゃん貸してくれた。当時の東京第一銀行の支店長さんがいい人でねえ。いま常務の大和田さんですよ、あなたも知ってるでしょう」

大和田のことは直接知っているわけではないが、やり手だという評判だけは、それとなく聞こえていた。

「何がネックなんです」

田宮は椅子の背から体を起こすと、デスクの上で指を組み、ぎょろりとした目を近藤に向けた。

「事業計画書もないし、経営が行き当たりばったりということをいうんです。まあ、古里さんが求めているものほど詳細な事業計画書が必要かどうかは別ですが」

田宮は、ウチには事業計画など必要ないと、常日頃豪語しているような男だった。計画の全てはこの頭の中に入っているから、と。

親から会社を引き継いだとき、長く勤めていた大企業感覚が抜けきらなかった田宮は、こんなちっぽけな会社などどうにでもなる、と悟ったという。それも酒の席などでよく聞かされる話だ。

「はっ、計画ですか」

案の定、田宮は吐き捨てた。「まさか、近藤さん、ほら見たことかなんて思ってるんじゃないでしょうね」

古里にいわれるまでもなく、事業計画書を作成すべきだと、近藤は折に触れて田宮に上申していた。聞く耳を持たなかったのは他ならぬ田宮で、そのときの激しい拒絶ぶりを見た者なら計画書がないのも近藤の責任だとは思わないだろう。

「私はね、モーツァルトの気持ちがわかるんですよ」

田宮は再び椅子の背にもたれかかると、いきなりそんなことをいった。『アマデウス』という映画があるじゃないですか。あのとき、注文していたオペレッタを催促にきたシカネーダーにモーツァルトはこういうんです。〝心配するな、もうできた。曲はここにある〟」

経営の天才にでもなったつもりか、田宮は人差し指でこめかみのあたりをとんとんと叩いて笑った。

「同じことなんですよ。このぐらいの会社規模ならなんとでもなる」

なんとでもならないから資金繰りに窮することになっているのに、田宮はそれに気づいていない。

「とにかく、あなたに来てもらったのは、資金繰りをきちんとやっていただくためなんですから、よろしくお願いしますよ。それとも、旧Sの人には、やっぱり無理なのかなあ」

旧S、旧Tという〝行内用語〟は、古里あたりの入れ知恵に違いない。

「いや、あまりそういうことは関係ないと思います」

「だったら」

突如、怖い顔になって田宮は近藤を睨みつけた。「早く、融資するよう、銀行に働きかけて下さい。あなたの知り合いに頼んで裏から手をまわしてもらうとか、いろいろあるでしょう。頭を使って下さいよ、頭を」

「すみませんでした」

いったいオレは何を謝っているんだ？

突如、己の立ち位置を見失いそうになりながら首を傾げた近藤の脳裏で、コールタールの闇は黒光りした背を蠢《うごめ》かせた。


「部長。困りますよ」

近藤が自席に着くや否や迷惑そうな声を出したのは、部下の野田英幸《のだひでゆき》だった。総務課長の野田は、先代がまだ社長をしていた時代から二十年近くタミヤ電機の経理をとり仕切ってきた男である。

近藤は、古参社員の嫌悪を滲ませた眼差しに気づき、また心のどこかが蝕《むしば》まれていく感覚を味わった。近藤の肩書きは、前任者と同じ総務部長。部長といっても、部下は野田を筆頭に四人しかいない。

「うちの資金繰り、どうするんですか。本当に間に合うんですか」

何か返事をしなければならないと思うのだが、まっさきに近藤の口をついて出たのは嘆息だ。

「いま銀行で審査中なんで、もう少し時間をくれませんか」

「そんなことは聞いてません！」

小さくデスクを叩いた野田はぴしゃりといった。部下ではあっても、歳は野田のほうが十五歳も上。どっちが上司かわからないお小言だ。「私は結論をきいてるんです、結論を。今月末なんですよ、資金が必要なのは。間に合わなかったらどうするつもりなんですか」

お前にいわれなくてもわかってるよ——。そう言い返したかったがいえない。

総務部長でいる限り、この野田と二人三脚でやっていかなければならない現実があるからだ。

下手に反論してこの男の機嫌を損ねるようなことになったら困る。そうなるぐらいなら、いわせておいたほうがいい。

だが、野田の態度には、憎悪のようなものまで感じられた。理由はなんとなくわかる。

野田は二十年も精勤して課長職。前職の部長が定年で退職し、次は自分かと期待したところへ、銀行からの出向者が降ってきた。それでも前任者たちはなんとか撃沈。今度こそ、というところへ近藤だ。

出向者の受け入れは、東京中央銀行からの強い要請によるものだと承知していても、容易に心の折り合いはつけられるものではない。「なぜだ」、という思いは野田の中に根強く残っているはずだ。

それだけではなく、野田が反発する理由は他にもある。

銀行嫌い。

長く銀行交渉をしてきた中で随分苛められ、「全く、銀行員って奴らは」、とは酒の席で必ず野田の口から出るセリフだ。

その憎い銀行員がいま、上司となって自分の上にいる。腹が立たないはずはない。

どんな会社に行っても、〝合わない〟人間というのはいる。

そのぐらいのことは近藤もわかっているし、覚悟もしていたつもりだ。

それでも、野田は始末に負えなかった。近藤への敵愾心《てきがいしん》もさることながら、自分の仕事を抱え込んでしまう縄張り意識も障害になっている。

こんなことがあった。

野田が外出しているとき、近藤が経理のパソコンを操作して試算表を出力したことがあった。後でそれを知った野田は、烈火のごとく怒り狂ったのだ。

経理の正確性、機密性を保つために、たとえ部長でも容易に踏み込んでもらっては困ると主張する野田は、近藤の説得を頭ごなしにはねつけ、田宮もそれを黙認する態度をとった。

困るのは近藤のほうだ。

なにしろ、銀行から提出を求められた業績計画や資金繰り表——それを作成するための資料は全て野田が握っているのだから。試算表ひとつ出力するにも、野田に頼まないと出てこない。

オレは名ばかりの総務部長だと、そのとき近藤は思った。デスクと肩書きだけを与えられた置物だと。

小さな会社にいけば、もっと自由に力が発揮できるのではないか。そう期待していたのに、突き付けられた現実はまるで違う。

期待はずれ。場違い。精神の歯車はいま再び軋み始め、少しずつ近藤を迷走させようとしている。

逃げようにも、退路はない。冷や汗が全身からどっと吹き出し、息苦しくなってネクタイを緩めた。

だが、近藤の異変に気づいてくれる部下は誰もいない。

未決裁箱に入っていた書類を手に取ったまま、近藤の視線はその上を何度も素通りしていた。

2

「お帰りなさい。──大丈夫？」

玄関まで出迎えてくれた妻の由紀子は、一目で何かおかしいと気づいたらしかった。

心配している由紀子を見て、近藤は、自分がどんな顔をして帰ってきたのか、初めて気づいた。

戸田公園駅に近い借り上げ社宅だった。木造モルタル造りの一戸建てだ。家賃は安いが、水回りの古さなどは如何ともし難い。

「お仕事、大変なの？」由紀子は眉を寄せた。

「うん、まあ」

「大丈夫？」とまた由紀子がきいた。

「心配しなくていいから」

心配するなといったところで、どだい無理。そんなことはわかっている。近藤は上着を脱いで玄関脇にある部屋のハンガーにかけると、深々とため息をついた。

ため息ばかりだな、オレは。

ふとそんな事を思い、面白くもないのに、短い笑いを洩らす。

笑えてるうちは大丈夫か。

今度はそんなふうに考えて、また笑う。

自作自演の悲喜劇の主人公。近藤劇場はまだまだ続くってわけだ。やれやれ──。

客観的に自分を眺めてみるのは、ここ何年かで近藤が学んだ、感情コントロールの方法のひとつである。

三人称で考える。

一人称では考えない。

主人公ではなく、その主人公を動かしている作家や脚本家の立場でものを考えるのだ。

小説はあまり読んだことはないけれど、自分にだってできるはずだと近藤は言い聞かせた。誰もが人生という劇場の舞台を踏んでいるのだから。

そう考えることで、近藤の精神のどこかに逃げ込める余地ができる。ほんの僅かばかりのスペースが。

コールタールは流れ出してはいるが、全てを覆い尽くしてはいない。

「もう少し頑張ろうぜ」

ネクタイを外し、汗をかいたワイシャツのボタンを外しながら、近藤は一人、小さな声でいってみた。

ちょっとだけだが、できる気がした。台所へ行くと、疲れた近藤を気遣って「ビール飲む？」と由紀子がきいてくれた。

しかし、抗鬱剤を飲もうかという迷いがあった近藤は、一瞬返答に窮す。

「ああ、飲もうかな」

由紀子がロールキャベツを温める間、三百五十ミリリットルの缶ビールを近藤は飲んだ。アルコールが喉を伝っていく感触は心地よかったが、期待した酔いは、いつまでたっても訪れてはこない。妙に頭だけが冴えて、その日起きた様々なことを、断片的に近藤の脳裏に運んでくるだけだ。どれも無惨な白日夢である。

食欲はなく、料理も、平板な味にしか思えない。それを無理矢理口に入れた近藤は、由紀子に申し訳ないと思いつつ、「ごちそうさま」と小さな声でいった。

「ちょっと相談があるんだけど」

由紀子がそう切り出したのは、淹《い》れてくれた熱いお茶を一口すすったときだ。

「洋弼《ようすけ》が塾に行きたいっていうのよ」

近藤は湯飲みをランチョンマットの上において妻を見た。

「塾？」

「それが、進学塾なの」

「へえ」

最初に出てきたのは感心したような声。そういってから、由紀子が相談といった意味に気づいた。

「タカオ君が今年から四谷大塚へ行き始めたのよ。マサコちゃんはサピで、トモヒサ君は早稲田ゼミ」

四谷大塚、サピックス、早稲田ゼミ。どれも進学塾の名前だ。「皆さん結構熱心なのよね。別に中学も公立でかまわないと思ってたんだけど、勉強したいから塾に行かせて欲しいっていうのよ」

「ほう」

またもや感心したような声。そして、「塾代高いよね」という、喉元まで出かかった言葉を飲み込む。

「まあ本人が勉強したいっていうのなら、いいんじゃないかな」そう近藤はこたえた。

進学塾の話題は銀行時代によく出ていたから、それがいくらぐらいかかるものなのか、近藤もわかっている。

結構な出費だが、親の経済的な理由で「行くな」とはいえない。むしろ、どんなに経済的に苦しくても、子供にはいい教育を受けさせてやるべきだと近藤は思う。

「本当にいいの、あなた」

由紀子が遠慮がちにきいた。

「いいって」

気持ちよくそうこたえてやりたかったのに、返事には微《かす》かな苛立ちが混じった。

「なんとかなるさ」

取り繕うようにいった近藤に、由紀子の不安が伝わってくる。

了承はしたものの、これで近藤は、またひとつ重石を抱え込んだ。

でも、しょうがない。

どこから考えても、勉強したいという洋弼の塾通いに反対する理由は見当たらない。ただ一つ、近藤の病気という要因を除いて。だが、それを理由にしてしまったら、何か大切なものが失われていく気がする。

人生なんだからさ、と近藤は思う。

苦しいときだってあるよ。それを乗り越えれば、楽しい未来があるはずさ。

綺麗事かな。何かのコマーシャルソングみたいだ。それとも、古くさい青春ドラマの主題歌？

オレにいま必要なのは、勇気と希望。それ以外に何がある？

「風呂はいってくる」

近藤は無理矢理、思考を断ち切った。

3

「近藤の奴、ちょっと嫌な感じだったんだ」

渡真利はいうと、運ばれてきたビールのジョッキを最初の一口で三分の一ほどのみ干した。

小糠《こぬか》雨の降り続いた日の午後十時過ぎである。神宮前にあるいつもの焼き鳥屋のカウンターで、半沢はその「嫌な感じ」の理由を待った。

この日の午前中、近藤から連絡があり、融資の相談を受けたのだと渡真利はいった。二度目だ。

「京橋支店の稟議登録は見たか」

半沢はきいた。どこでどんな稟議が準備されているかは、コンピュータのオンライン登録を確認すればわかる。

「もちろん。登録されてなかった」

「登録されてない？」

半沢は驚いてきいた。「どういうことだ、それは」

オンライン登録されていない稟議は、着手すらされていないことを意味する。

「こっちが知りたいぜ。一応、京橋支店はオレの担当先でもあるからちょっと聞いてみた。タミヤ電機の担当ってのが出てきたんだが、稟議はまだ書ける段階にないって平気でぬかしやがる。まず書類がだめだっていうんだ。将来の業績予測が、デタラメだっていうんだな。それともう一つ。タミヤ電機の業績が悪すぎると」

渡真利は渋い顔でいった。

「少なくとも出向者を受け入れるぐらいの会社だろ。そんなはずはない。誰だ、担当は」

「古里って課長代理」

半沢は顔を上げて渡真利を見た。

「京橋で伊勢島ホテルの担当だった御仁だ」

渡真利は顔をしかめた。

「近藤が作成した資料がデキがそんなに悪いとはちょっと考えにくい。古里が稟議さえ上げてくれれば、承認は間違いないと思うんだ。実際、早く稟議を出せといったんだが、余計なお世話だとさ。くそったれが」

渡真利は怒りの表情で焼き鳥の串を串入れに放り投げた。「ああいう奴がいるから、旧Tの連中は、ってことになるんだよ」

「つまらんことをいうな、渡真利」

半沢がたしなめると、「いいじゃねえか。どうせ、お前とオレだけの話だ」といってジョッキのビールをかっくらった。今日の渡真利は、疲れが溜まっているのか少々酔いの回りが早いらしい。

「勢力争いじゃあオレたちに勝てないもんだから、そんなところで憂さ晴らししてるんだろうよ」

渡真利は決めつけ、半沢に酔眼を向けた。「で、問題の伊勢島ちゃんはどうよ。大丈夫なのか、検査」

「正直なところ、いまはまだ出口が見えない」

半沢もまた相手が渡真利ということもあって、率直にこたえた。

「見込みはどうなんだ」

「資料もろくに出てこないような状況だ」

「マズイじゃんか」

渡真利はいった。「いかなる理由があったとしても、検査は結果が全てだからな」

「いまはとにかく情報収集の段階だな」

半沢はいった。「その上で解決策の道筋を模索するしかない」

「おい、あんまり悠長なことをいってる時間はないぞ。今度の金融庁検査、黒崎対東京中央銀行といわれてるが、そうじゃない。本当のところは、黒崎対半沢だ。奴は手強いらしいぜ。心して準備しておけよ」

こたえる代わり、半沢は無言で焼酎のグラスを掲げた。

4

その土曜日の午後六時過ぎ、定休日の会社で、近藤はひとり自席で書類を広げていた。

前の週、職務のほとんどを銀行との融資交渉に割いた。京橋支店の担当者古里が、今後のこともあるので中期事業計画を作ってくれと申し入れてきたからである。

自慢じゃないが先のことはわからない中小企業だ。

田宮の協力を得られない中、根拠のある数字で作り直せといわれても限界がある。

六月末日——それが、近藤が古里に申し入れている融資の希望日だったが、近藤の焦りをよそに、古里の提案は容赦なかった。

「定期預金を崩してつかってくれだと？」

案の定、それを伝えたときの田宮の怒り様は激しかった。

近藤を取り巻く環境は、我慢していればそのうち風向きが変わるというような悠長な段階ではない。近藤にとって、いまこの会社での評価は惨憺《さんたん》たるものであり、このまま行けば、今までの出向者同様、「出戻り」もあり得る。

「そのほうがいいかも知れないわよ」

とは由紀子の意見。無理していまの会社に勤めるより、他の出向先を探してもらったほうがいいんじゃないか、というのである。

「そうすれば、もっといい職場に巡り会えるかも知れないじゃない」

そうだろうか？

一旦銀行に戻り、再度出向する。はたしてそれで都合よく良い会社に巡り会うことができるだろうか。もしまた、タミヤ電機と同じような会社に当たってしまったら？　そのときもまた、出戻るのか。

仕事っていうのはそんなもんじゃない、と近藤は思う。

第一、こんな状況で不当に評価された挙げ句に放り出されたら、わざわざ手付け金まで流して東京に越してきた甲斐もない。妻や子供たちの犠牲を無にするようなことはしたくなかった。

そんな近藤が、いままでの八ヶ月という窮屈な日々を通じて最も問題だと思ったのは、やはり社内の風通しの悪さだ。

社長の田宮に認められないのは仕方がない。この会社でたいした実績もないのだから。問題は、田宮よりも、むしろ野田だ。

資料ひとつ作成するにしても野田の許可がいるような状況では、近藤が本来持っている能力やノウハウの半分も生かすことができない。

普段から、野田はキャビネットに鍵をかけていた。銀行では一日の終わりに机やキャビネットに施錠するのは当たり前だが、一般企業では珍しい。社内で「鉄のカーテン」と揶揄《やゆ》される徹底した情報管理ぶりである。

「何を探そうと大きなお世話だ」

近藤はつぶやき、いまそのキャビネットを開けた。鍵は、野田に知られないよう事前にスペアを入手しておいた。

一昨年の経理資料を引っ張り出し、自分が探している数字を拾っていく。

だが、近藤はふと数字を書き写す手を止めた。

なにか、おかしい。

はっきりとは説明できないのだが、銀行という職場で長く企業財務を見てきた勘だろうか。以前見たときと、受ける印象が違った。

再びキャビネットの前に立ち、そこに並んでいる元帳の背表紙を眺めた。

同じ年度の、全く同じラベルの背表紙をもう一つ発見したのはそのときだ。

コピーか。いや――。開いて中味を見てみると数字が違っていた。

午後八時過ぎ、発見した帳簿を抱えてオフィスを引き揚げた近藤は、地下鉄とＪＲを乗り継いで帰路についた。

埼京線に揺られながら、暗い荒川の川面を見下ろす。

よく働いた。その充実感の代わり、いま近藤の脳裏にあるのは、疑惑だ。

野田が自分の仕事の領域を不可侵として聖域化する理由は、近藤に知られたくない秘密があるからではないのか。

毎朝まるで税理士か弁護士のようにずっしりと重い鞄を提げて通勤してくる野田の姿が瞼に浮かんだ。

「どうしたの、怖い顔して」

麦茶を持ってきてくれた由紀子が心配して覗き込む。

「ちょっと問題が起きてさ」

そう告げた途端、妻の表情が曇った。

「無理してない、あなた？」

「心配しなくていい」

近藤はこたえた。己の精神を浸食してきていたコールタールが、ほんのわずかばかり後退していく。

ただひたすら辛いだけの環境、耐えるだけの関係に、新たな地平が出現した気がする。

タミヤ電機には何か秘密がある。銀行出身の近藤には決して知られたくない秘密が。

だから、野田は、ああいう態度をとっていたのだ。

その事実が、長い間忘れていた闘争心の欠片《かけら》を近藤に運んできた。

時間の経つのも忘れ、近藤は二年前の帳簿に目を通した。

5

「なんだい、近藤さん。融資がダメで預金の取り崩しになってもなお、こんなものを用意しないといけないのか」

月曜日、近藤が再作成した中期計画を一瞥《いちべつ》した田宮は、顔を歪《ゆが》めて拒絶反応を示した。

「今後のこともあるので作成してくれといわれてまして」

「銀行がなんていってるか知りませんけどね、いわれるままなんでも〝はいはい〟じゃなくてさ、当社としての自己主張っていうの？　そういうのを前面に押し出してもらいたいんですけどね」

「銀行にいわれなくても、中期計画は必要だと思いますが」

返ってきたのは、嘆息。

「どういったらわかってもらえるのかなあ」

それはこっちのセリフだと思ったが、近藤はあえて反論はしなかった。黙ったまま辛抱強く、社長のデスクの前に立ち続ける。背中に野田の冷ややかな視線を浴びているのもわかっていたが、構いはしない。

心のどこかでまた、黒いコールタールがその存在を主張しはじめた。だが、気配で終わる。オレは変わったんだ。そう近藤は自分に言い聞かせる。

「とにかく、これをたたき台にして社内できちんとした中期計画を練りませんか」

「くだらないでしょう、そんなもの」

二代目社長ははねつけ、椅子にふんぞり返ったまままこれ見よがしのため息で応じた。「計画なんてのは、経営者の頭に入っていれば十分じゃないですか。計画を立てると、もうそれだけでやり遂げたような気になる安っぽい経営者もいますけどね。違うんじゃないですか。計画はあくまで計画でしょう。形式じゃない。中味ですよ、大切なのは」

計画はあくまで計画——そう思っているうちは、会社経営はうまくいかない。計画通り、あるいはそれ以上実績を上げようという意思があってこそ、方向性が生まれるのではないか。

「計画は形式じゃありません、社長。将来の設計図ですよ」

「だったら大工は私じゃないですか」

田宮は失笑した。「私がわかっていれば間違うことはない。いってるでしょう、そんなものはここに入っているって」

そういって、また頭をさす。

近藤は天を仰ぎたくなった。

その田宮の頭に入っているという設計図は、全くのデタラメだ。そのことをこの二日間の調査で近藤は痛いぐらい思い知った。

土曜日に帳簿を発見した近藤は、翌日曜日も密かに出勤し、再び「鉄のカーテン」を開けたのだ。

そうして発見した裏帳簿は全部で五冊。五年分のそれには、大もうけはしていないけれどもそこそこの黒字を確保している表向きの決算とは全く違う、タミヤ電機の真実が隠されていた。

近藤は黙って、まだ自分の頭を指さしている天才気取りの男を見下ろした。

銀行を騙《だま》し、そして出向してきた自分を騙そうとしている男の顔には、いま近藤を卑下するニヤついた笑いがこびりついている。

表と裏。二つの帳簿の違いを探る作業は、様々な情報と感情を近藤に運んできた。わかったことも、わからなかったこともある。だが、そうした事実とは別に、近藤が忘れていたものもまた思い出させてくれた。

銀行員としての誇りと怒りだ。

「いまさら、中期計画なんて」

とりあえず検討しておくと口約束した社長の前から下がってきた近藤に、野田が吐き捨てた。

「いままでなかったことのほうがおかしいんだ。そう思わないか、野田さん」

「テキトーな数字を書いて一覧表にしたものなんて、計画といえるんですか」

「いえないね、もちろん」

近藤は答える。「でもそういうのは、きちんとした計画を作ったことのない人がいうことだ。ウチには中期計画どころか、年度計画もろくにないからそれも仕方ないけどね」

野田は窺うように、近藤を見た。

いつもの近藤とは違う雰囲気を微妙に察しているのだ。構うことはない。近藤は、いま自分の心にはまっていた枷《かせ》が外されたような気がした。ひと言でいえば——

楽になった。

「それと野田さん、ちょっと教えてもらえるかな」

野田は立ってくる気配はなく、聞こえなかったのか、無視しているだけなのか、パソコンに向かったまま手を動かしている。

「野田さん」

もう一度近藤は呼びかけてみる。少々強い調子で。

「なんですか」

　ぶっきら棒な返事がある。

「ちょっと教えてくれるかな、決算のことで」

　聞こえよがしの舌打ちをひとつ。まるで不良中学生が教師に呼びつけられたような緩慢な動作で、野田は椅子を立ってきた。

「前期の決算書のこの数字、おかしくないか」

「おかしいですって？」

　野田は、はっ、と短い笑いを飛ばし、「どこが」と挑戦的な物言いをした。

「たとえば、ここ――」

　近藤は野田の前でその年の決算書の数字をボールペンで叩いた。在庫だ。

「ウチの棚卸《たなおろし》管理表と合わない、この数字。なんでだ」

「棚卸管理表？」

　不意に野田の目に警戒の色が浮かんだ。

「そう。棚卸管理表」

　近藤は野田の目を覗き込んだ。猜疑心《さいぎしん》が滑り込んできている。

「そんなもん、部長に渡した覚えはないですけどね」

「自分で確かめた」

　野田の目が怒りと疑惑に染まっていくさまを近藤は眺めた。今までの近藤なら、狼狽していた。どう取り繕おうかと戸惑ったかも知れない。だがいま――。

　近藤はなんの遠慮もためらいもなく、部下が怒りを表現するさまを眺めている。

「どこで見たんです」

「別にいいじゃないか」

近藤はあえてはっきりとは答えなかった。

「勝手なことはしないでもらえませんかね」

「勝手なこと？」

近藤はいった。「今まで黙っていたけれども、部長が資料を見て何が悪い。納得できる理由があるのなら聞こう」

「その前に、私から質問させてもらえませんか。部長、あなた経理実務についてどれだけ知ってるんです。銀行ではそういうこと、教えないって聞きましたけど」

「だからなに？」

近藤は涼しげな顔できいた。

「だから――」

野田の頭からは湯気が立ちそうな気配だ。「だから、門外漢が触ったら何がどこにあるかわからなくなったり、資料が散逸したりする。そうなったら迷惑だからやめてもらいたいといってるんです！」

デスクのひとつでも叩くかというえらい剣幕で、野田はがなりたてる。同じフロアにいる全員が近藤と野田とのやりとりを眺めている。その奥、社長のデスクからは田宮もまた、こちらを見ていた。

「あいにく、私はそこまで門外漢ではないんで、心配はいらない。で、私の質問に答えてもらえるかな、野田さん。なんで数字が一致していないんだ」

野田と睨み合ったとき、「近藤さん、ちょっと——！」という田宮の声がした。野田の表情ににんまりしたものが浮かぶ。振り向くと、田宮が手招きしていた。

「困るんですよね、そういうことをされては」

田宮は椅子の背もたれに体重を掛けたまま近藤を見上げた。

「どう困るんですか」

「ですから、経理は野田君に任せてあるんです。総務部長のあなたに、越権行為はしていただきたくないんです」

「経理は総務部内にあります。それなのに越権行為っていうのはおかしくないですか、社長」

「それは組織上、便宜的にそうしているだけの話ですから」

理解し難いことを、田宮はいう。

「便宜的に？」

「不明な点があるのなら野田に聞けばいい。とにかく、経理には手をださないでください。いいですね」

田宮は鋭い眼差しを近藤に向けた。

「では、そういってもらえませんか、銀行に」

「なんですって」

田宮はむっとした。

「経理は見せたくないと、そう説明してください。銀行からは、経理も含む総務部長職だという説明を受けて来ましたから。それでは話が違います」

「それは銀行とあなたの問題でしょう、近藤さん。そんなことを私にいわれても困るな。私があなたに期待しているのはあくまで資金調達です。でも、それも満足にやっていただいてない。でも良かったです、試用期間内で。ねえ、近藤さん」

田宮は、伝家の宝刀をちらつかせた。田宮がその気になれば銀行に戻すこともできるといいたいのだ。

「出向者を引き受けてくれといわれて、仕方なくそうしているだけなんですよ。そういうことをおっしゃるのなら、これはもう勘弁していただくしかないいんじゃないですか。これ以上、銀行さんにかき回されたくないんで」

銀行さん、か。

「決算におかしなところがあって、それを正すことが社内をかき回すことだとおっしゃるのなら、どうぞ。でも、それでは会社は良くなりません」

「知ったような口をきかないでもらえませんか。会社経営については、あなたにいわれなくてもわかっているつもりです」

田宮と真っ向からやり合うのは初めてだった。

いつも遠慮してきた。いや、卑屈になっていた。嫌味だろうが、理不尽な振る舞いだろうが、とにかく受け流して穏便に済まそうとしていた自分がいた。

すべてに及び腰だったのだ。この会社に捨てられたら困るという気持ちが受け身にさせ、近藤が本来持っていた積極性を奪っていた。

いや、近藤が受け身に回ってしまったのは、もっとずっと前のことだったかも知れない。

期待とともに配属された秋葉原の新店舗で、貼り付けられた目標に追い立てられ、支店長の罵《ば》詈《り》雑言《ぞうごん》を浴びせられたあの頃から、近藤の人生は受け身に回っていたのだ。

前向きだった二十代。後ろ向きの三十代、俯《うつむ》くだけの四十代。

だが、この週末、近藤は変わったのだ。

銀行さん、と呼ぶ田宮に、なんで社員として扱ってくれないんだと、今までの近藤は思っていた。オレは社員になりたいのに、と。

だがいま、オレはやっぱり銀行員だと、近藤は悟った。もっというと「精神的銀行員」だ。そういう精神的な部分まで理解した上で、近藤を社員として受け入れてくれない限り、どこにいっても終の棲家にはできないと、気づいたのだった。

経営計画など頭の中に入っていると小賢《こざか》しいことをぬかす田宮。小莫迦にし、事あるごとに反発してくる部下の野田——。

遠慮ばかりしていても、認められることはない。だったら思い切り本音で行こうじゃないか。本当の自分をさらけ出し、それで認められなければしょうがない——。

そう思ったとき、暗く後ろ向きだった近藤の精神に、どこからともなく一筋の光が差してきた。近藤にとって俯くだけの四十代は、顔を上げる四十代へと変貌したのだ。

「じゃあお伺いしますが、前期はいくらの赤字ですか」

近藤はきいた。

田宮はまじまじと近藤の顔を見て、しらばっくれた。

「前期の赤字？　なにいってるんです、黒字じゃないですか、前期は」

「ならば、その前期末決算で、当社の在庫はいくらありました、社長。教えてください」

田宮は黙りこくった。代わりに近藤がこたえる。

「二億四千万円ですよ。これは五年前の一・五倍の水準です。売上は横ばいなのに、なんででしょう。野田さん――」

近藤と田宮のやりとりを、背後から固唾を呑んで見守っているに違いない野田を呼んだ。

「前期の棚卸管理表を持ってきて」

遠くのデスクから、不愉快極まる表情で近藤を見ていた野田は、ゆっくりとデスクを立つと背後のキャビネットを開ける。動作はのろい。近藤にたいする反発が顔に浮かんでいるのが透けて見える。

「早く持って来い、野田！」

近藤の怒声に、社内の視線が一斉に向けられた。

野田は雷にでも打たれたように背筋を伸ばし、目を剝く。キャビネットからファイルを一冊つかむと、猛然たる足音と共に近藤の斜め後ろに立った。屈辱で、顔は真っ赤だ。

「見せろ」

近藤はいい、その管理表を開けた。

「なにか問題でもあるんですかね」

怒りに蒼ざめた田宮は顔を引きつらせた。

近藤が開いたその管理表には、二億四千万円分の製品在庫が記録されていた。

つまり、決算書に記載された数字を裏付けているニセの資料である。

「これは誰が作った？」

「誰がって」

野田は憎々しげに吐き捨てる。「私に決まってるでしょう。他に誰が作りますか、こんなもの」

「社長の指示で作ったのか」

野田はちらりと田宮を一瞥し、「指示もなにも、決算でしょうが」

「社長は、この数字で納得してるんですか」

田宮は腕組みをして頬を膨らませたまま近藤を見上げた。

「当たり前でしょう。あなた、なにを――」

「本当のことをいってくれませんか」

近藤のひと言に、田宮は瞬きを忘れた。見つめてきた眼差しは、近藤の腹の底を探ろうとするそれだ。

近藤は、野田を振り向いた。

「棚卸管理表、もうひとつあるだろう。出せ！」

五十五になる野田は生え際が後退した額を朱に染め、精一杯の虚勢を張る。

「な、なんのことといってんだか、わからないね！」

「そうか。ならいい」

近藤は踵《きびす》を返すと、野田のデスクのほうに向かって歩き出す。キャビネットだ――！　気づいた野田が追いかけてくる。近藤を追い越し、その扉の前に立ちはだかった。

背後から田宮も追いかけてきた。

「近藤さん、あなたね、何を考えてるんです」

「黙っててください！」

近藤は田宮を一喝すると、キャビネットの前に立っていた野田を力任せに押しのけた。総務課長が床に尻餅をついたのも構わず、キャビネットの扉を開け放つ。

場所は全て把握していた。

抜き出したグリーンのファイルを野田のデスクに力任せに叩きつけるまであっという間だった。そのファイルを開き、記載された数字を田宮に見せる。在庫だ。

二億円――。

「どっちが正しいんだ、野田！」

四千万円分の嵩《かさ》上げは、会社の損益を計算するルール上、利益になる。前期、タミヤ電機の儲けは黒字ながらトントンに近い。実際にこの架空在庫がなければ四千万円の赤字になっていたはずだ。

野田の目から光が失《う》せた。

顔面蒼白になって愕然《がくぜん》とした面をぶらさげている田宮を振り返った。

「知っていたんでしょう、社長」

「それは、その――」

狼狽しはじめた田宮は、必死で言い訳を考えている。モーツァルトの気持ちがわかるといった余裕綽々《しやくしやく》の表情は欠片もなく、不正経理がバレてうろたえるばかりの愚かな男の姿がそこにあった。

「どうなんです。知っていたのかどうか、聞いてるんですよ」

田宮がたじろいだ。

「こ、これはあくまで内輪の資料ですから、ね、近藤さん――」

「じゃあ、これはなんですか」

近藤は自分のデスクまで行き、一番下の抽斗《ひきだし》に入っていたものを取りだした。立ち上がってきた野田が「あっ」と短い声を上げたまま顔面を硬直させる。田宮の顎が完全に落ちた。

もはや説明は不要だった。

どう言い訳しようにも言い訳できない代物だからだ。

デスクの上に並べた裏帳簿を前にした近藤は、ゆっくりと椅子にかけると、腕組みをして田宮と野田の二人を静かに見つめる。

売上八十億円、従業員三百名。業歴四十年。その会社はいま、わずか数千万円の利益をも偽装しなければならないほど、業績は悪化している。

目一杯強気を装い、出向者の近藤にモーツァルトと気取ってみたところで、タミヤ電機の本質は、銀行から融資を受けなければ立ちゆかない、業績ジリ貧の泥船だ。

田宮にとって、銀行からの出向者受け入れは、諸刃の剣だったに違いない。

受け入れれば親密になれる。だが同時に、不正経理が暴かれる危険性を抱え込む。

総務部長として迎えながら、田宮が決して経理の実務を任せようとしない——いや、任せられない理由はまさにここにあったのだ。

出向者を「銀行さん」と呼び外様《とざま》扱いする田宮にとって、それは決して知られてはならない秘密だった。「鉄のカーテン」はそのために田宮と野田が築いた、防護壁だったのだ。

だがいま、近藤はそのカーテンの向こう側にあるものを白日の下にさらした。

田宮の目は空洞と化し、両に垂らした腕はだらんと力なくぶら下がっている。コンクリートのオブジェのようになった野田は、ムンクの『叫び』から飛び出してきた男のようだった。

「ぎ、銀行に——ばらすのか——？」

どれぐらいそうやって対峙した後だったろうか、ようやく田宮の口から声が出てきた。細く途切れそうなかぼそい声は、近藤の鼓膜に届く前に床に墜落してしまいそうだった。

そうきいた田宮の、怯えきった目の奥は、いまにも消えそうな線香花火のように揺れている。

「どうするかは、あなた次第だ」

田宮の視線が揺らいだ。「こんな小細工じゃなく、この会社を本当に再建していこうという気構えがあるのなら、協力はする」

田宮に選択の余地があるはずはない。

「どうすればいい」

やがて田宮がきいた。

「さあ。どうすればいいんですか、社長。あなた、モーツァルトなんだろう？」

近藤は冷ややかにいい、二代目経営者を睨みつけた。

「もちろん、前向きに再建しようと思っていますよ」

田宮は作り笑いを浮かべた。「あなたが一緒に頑張ってくれるというのなら、ぜひお願いしますよ」

「じゃあ、最初にあなたの頭の中に入っているという経営計画を文字と数字に落としてもらえませんか。明日までにお願いします。その後、課長以上の幹部全員でそれを練り上げます」

経営計画と聞いた瞬間、田宮は顔をしかめた。

「明日ですか。ちょっと時間をいただけませんかね、近藤さん」

「シカネーダーに催促されたときモーツァルトがそんなくだらない言い訳をしますか？」

近藤はいった。「口じゃなく、行動で示してください。できなきゃ、そのときはこの裏帳簿を持って私は銀行に帰りますよ。試用期間はそれで終了です」

田宮の啞然とした顔を眺めた近藤の中で、コールタールはその影を消した。

6

渡真利は悲鳴を上げた。

「まったくどこもかしこも。まともな会社はねえのか！」

水曜日の夜十時。新宿駅に近い和食の店で三人はテーブルを囲んでいた。

「そらどっかにあるだろうよ。探せばな。ただ、ここにはなさそうだ」

半沢は軽く受け流し、近藤にきいた。「それで、裏帳簿は解明できたのか」

「表と裏を照合したという意味では。タミヤ電機は、五年前にすでに赤字に転落してたんだ。そのとき、どうしても融資が必要で、粉飾に手を染めたのがきっかけだったらしい」

「一度やると、元に戻すのが難しいからな、粉飾は」

渡真利がいう。架空在庫を元に戻せば、翌年、その分だけ利益が減る。粉飾で嵩上げした分は、どこかで帳尻を合わせなければならないのだが、そもそも万年赤字の会社にとってそれは難しい。

「粉飾は在庫だけか」

半沢はきいた。在庫を嵩上げする粉飾は、いわば古典的な手法だ。

「いや。架空売上もあれば仕入れの未計上や売掛金のちょろまかしまで、粉飾のデパートだな。あんまりひどいんで覚えきれない。だから裏帳簿を作って管理していたってわけだ」

「大丈夫かよ」渡真利があきれた。

「話はつけた。当面、再建できるかチャレンジしてみるさ」

「ダメなら銀行に戻ってこいや、近藤」

そう声をかけた渡真利に、近藤は「そんな考えで出向者がつとまると思ってんのか」と思いがけない反論をした。

「もちろん、ダメなら銀行に戻るしかない。だけどさ、それはそれで悲劇なんだ。誰も得しない。オレは出向して初めて、自分がいかに銀行員であるか悟った。だけど、帰りの切符は捨てたと思ってる。退路を断つぐらいの覚悟がなきゃ、あの会社は良くならない。体を張らないとな」

半沢はひそかに驚嘆した。近藤の自信に満ち溢れた様子は、かつてのどこか暗い翳《かげ》を引きずった男とは似ても似つかない。

「だけど、粉飾のことはいわないわけにはいかんだろう。知ってしまった以上、隠すわけにもいくまい」渡真利が心配する。

「京橋支店の担当者には明日、話す。田宮社長には、話さない以上本当の解決はあり得ないと説得した。改革の第一歩だな。脱秘密主義さ」

「それは正しいね」と半沢。

「だけどな近藤、一般論としてそこまでの粉飾をした会社がどうなるかわかってるんだろうな」

渡真利が釘を刺した。

「取引打ち切り」

近藤は平然とビールの入ったコップを口に運んだ。「だが、オレが居残る限り、そんなことはさせない」

「おお。いいねえ、大先生」

渡真利が破顔していった。「あんた、成長したじゃん」

「元に戻っただけだろ」

半沢がニヤリとしていい、店員に野菜スティックを注文する。「実に喜ばしいかぎりだ」

「伊勢島のほうはどうなんだ、その後」

近藤が話題を変えた。

「明日、社長と面談する」

後の二人が思わず顔を上げて半沢を見た。

「湯浅さんか。悩み多き同族経営者の代名詞みたいな御仁だぞ」

「知ってる。だが、財務関係の窓口だけを相手にしても、事態は解決しそうにないんでね。このままだと、オレが検査官でも分類する」

「おいおい。頼むよ、半沢先生。分類されたら数千億円の利益が吹き飛ぶんだよ」

嘆いてみせた渡真利の口調に、半沢は真顔になった。

「運用損失をなんとかするだけのアイデアが出てこない。ただ傍観するだけの無為無策では話にならん。湯浅社長が気むずかしいのか、わがままなのかは知らないが、トップダウンで改革を進めてもらうしかない」

伊勢島ホテルとは何度かやりとりを繰り返してきたが、羽根も原田も、企業業績に対する認識が甘かった。

「抜本的な打開策がない限り、一過性の赤字と言い逃れるのは難しいかもな」

渡真利の言う通りだ。分類債権になったら最後、新たな銀行支援は難しくなる。伊勢島ホテルの資金繰りを直撃する問題だ。

「伊勢島の連中だって分類されたらマズイことぐらいわかるだろうに」

「連中には連中の事情ってものがあるのさ」と半沢はいった。

「事情？」

近藤が身を乗りだす。「なんだそれは」

「羽根専務以下、伊勢島の財務を取り仕切っている連中は、先代時代から不満を抱えてきた連中だ。同族経営から脱皮しようとする動きがあるらしい。いまのまま分類されれば、伊勢島ホテルの経営は危機に瀕するだろう。そうなれば湯浅社長の退陣が視野に入ってくる。連中にしてみれば、それはそれで好都合ってわけだ」

「肉を切らせて骨を切るってか。なあ半沢、いっそ、そっちに加担したほうがいいんじゃないのか？」

渡真利がいった。「オレもそんな同族経営が継続していくのはイマイチ気乗りしないな」

「羽根は経営者にはふさわしくない。融資を受けるために損失を隠蔽するような野郎だ」

半沢はいった。「そんな奴を信用できるか。経営手腕以前の問題だ」

「その状況から、伊勢島ホテルの分類を阻止するのがお前の仕事かよ。正直——難しいな」

渡真利は大きく嘆息した。「もしオレがお前のポジションだったら、心労で入院しそうだぜ。ところで、お前の役に立つかどうかわからんが、白水銀行の人間に会ってみないか」

「白水の？」

「この前、学校時代の連中と酒を飲んだんだが、そこに白水の審査部にいる男がいた。伊勢島の担当だ」

半沢は思わず顔を上げた。

「その男に聞けば、なにかわかるんじゃないか」

「もし、不都合でなければ、頼む」

「まかせろ」

鞄から手帳を出した渡真利は、空いている日を探し始めた。

7

田宮は、白金にある邸宅の自室で、その男の携帯電話にかけていた。

「粉飾の件を、銀行に話すというんです。大変、困ってましてねえ、なんとかなりませんか」

電話の向こうが静まり返った。

「認めたんですか、粉飾を」

相手がやや驚いた口ぶりできいた。

「ええまあ」

渋りきった声を田宮は出す。「証拠を握られてしまったので、致し方なく……」

「証拠？」

「隠していた帳簿を押さえられました」

「まさか――」

電話の向こうで息を呑む気配が伝わり、背景に流れているオーディオのアコースティック・ギターの音が聞こえた。

「知られたのは裏帳簿だけですか？」

「ええ、まあ。あの件については、まだ気づいていないようです」

「裏帳簿を押さえられているのなら、知られるのも時間の問題じゃないんですか」

「その前にうまく差し替えておきますから」

受話器を通じて、ほっと安堵の気配が流れ出す。

「頼むよ、田宮さん。あんなものが外に出てもらってはちょっと困る」

「承知しております。それでウチの件なんですが、なんとかしていただけませんか」

電話の向こうで考え込むような間ができた。

「以前からいっているように、こちらも組織で動いているのでね。スジを通すべきところは通さざるを得ないし」

今度は田宮が押し黙る番だった。

「だがまあ、なんとかやってはみますよ」

「ご迷惑をおかけします」

田宮は受話器を置くと、ほっとため息を洩らした。

第三章　金融庁検査対策

1

　通された部屋には灯りがついていなかった。

　カーテンが開かれた室内には、午後五時過ぎの空から西日が差し込み、眩しいほどの陰翳を付けている。

　その窓に背を向けた大きなデスクにひとりの男が掛け、入室してきた半沢を、逆光の中から見つめていた。

「東京中央銀行の半沢と申します」

　返事はない。ゆっくりと立ち上がった男は、だまって半沢にソファを勧めた。お茶を持ってきた秘書が灯りをつけると、厳しく、鋭い目をした痩身の男がそこにいた。伊勢島ホテル社長、湯浅威《たけし》その人だ。

「半沢次長に、弊社はどう映る？」

　低い芯のある声で湯浅は尋ねた。歳は半沢と二つしか違わない。まだ若いが、社長業という職業柄のせいか、仕草や口調には威厳があった。

「攻め手を欠いている巨象、ですか」

半沢はこたえた。「打開するにはなにかアイデアがいる。それをお持ちですか、湯浅社長」

瞑目した湯浅から、しばらく返事はなかった。唐突な質問ではあったが、半沢の意見も歯に衣着せぬものだった。ともすれば怒り出してもおかしくない場面だが、湯浅は黙考を続けた。

「アイデアを出しても業績の回復には時間がかかる。支えられるか、銀行が」

「支えます。信じていただけるかどうかは、わかりませんが」

半沢に迷いはなかった。湯浅は真意を推し量ろうと、じっと、目を覗き込んでくる。おそらくこの男に、リップサービスは通用しない。通用するのは、本音だけだ。

後先になりましたが、と断って半沢が名刺を出す。

受け取った湯浅はそれをテーブルに置き、なにを思ったか黙って自分のデスクに戻ると、抽斗から一枚の名刺を出してきた。

湯浅本人の名刺だろうと手を伸ばしかけた半沢は、ふと止める。

なんとそれは、半沢自身の名刺だったからだ。肩書きは、本店営業第四部調査役。かれこれ十年近く前になるだろうか。かつて半沢が在籍していた部署の名刺である。

驚いて湯浅を見つめた半沢に、

「中野渡頭取に、半沢次長を担当に据えてくれるよう内々に頼んだのは、私だ」

そう湯浅はいった。

「これを、どこで――？」

「私はかつて、大東京ホテルの企画部にいたことがある。そのときのものだ。私は以前、君に会っている」

半沢は名刺から顔を上げ、湯浅をまじまじと見た。大東京ホテルは、当時の半沢が担当していた取引先の一社だった。

「大東京ホテルの企画部というと、あの時の……？」

「そうだ」

重々しく湯浅はこたえた。「学校を卒業してから、あのホテルで修業していた」

大東京ホテルは、伊勢島ホテル以上の格式を誇る老舗ホテルだ。しかし、格式を重んじる余り、集客に苦しんで業績が悪化。主力銀行からの資金供給が厳しくなり、資金繰り難が囁《ささや》かれるようになっていた。

やがて経営内部でクーデタが起こり、創業者一族が追われ、生え抜きの社員による新たな経営陣が発足したのだが……。

「あのとき、主力銀行をはじめ、今まで付き合いのあった銀行が揃って手を引く中、ほとんど取引らしい取引のなかった産業中央銀行だけが、積極的に支援して窮地を救ってくれた。そのときの担当者は、支援をとりつけるために銀行内部に根回しし、挙げ句、我々の経営企画会議にまで顔を出して意見をいい、再建に力を貸してくれた。私はいままで様々な銀行員を見てきたが、後にも先にも、そんな銀行員は初めてだ。それが君だった。この名刺は、その企画会議の時に、私にくれたものだ」

「そうだったんですか」

いわれてみれば、湯浅の顔にはどこか見覚えがある。

「よく、あのとき支援してくれた」

そういって湯浅は、頭を下げた。

「大東京ホテルは、経営者に問題がありました。だが、その問題が何なのか、どうすれば解決するのかということを新たな経営者たちは理解していた。あとは具体的なオペレーションをどうするかという問題だけだった。だから支援したんです」

半沢は淡々と説明した。

「君は将来を見ていた」

湯浅はこたえる。「銀行というところは過去しか見ないところだと、私は父からもいわれていたし、実際、大東京ホテルが苦境にあったとき、身をもって知らされた。だが、君だけは違っていた。あの経営陣の刷新でどんなことが起きるのか、大東京ホテルがどうなるのか、正確に見抜いていたのは君だけだ。だから、他行が引いても、勇猛果敢に支援してくれたんだと思う」

「お言葉はありがたく頂戴します。でも、そんな大したもんじゃありませんよ。あえていえば、バンカーとしての嗅覚みたいなものです」

「仮にそうだとしても、そんな嗅覚をもっている銀行員はいないと思う」

「いるんですよ、社長」

半沢は真顔で修正した。「あのとき、大東京ホテルが立ち直るだろうと思っていた銀行員はいたはずです。ですが、助けようとはしなかった。なぜか？　万が一、うまくいかなかったとき、責任が生じるからです。それが怖い」

「でも、君は融資した。なぜだ」

「立ち直ると信じたから。あるいは、力ずくでも立ち直らしてやろうと思っていたのかも知れません。なにせ、まだ若かったですからね」

「なるほど」

湯浅が笑いを浮かべた。強面《こわもて》からはちょっと想像のできない、悪戯《いたずら》っ子がそのまま大人になったような、笑みだった。

それからふと笑みをひっこめると、大きなデスクに広げられていた資料をとってきて半沢に見せた。

「うちはいままで高級老舗ホテルの看板を大事にしすぎてきた。その意味で、大東京ホテルの二の舞になっていたのかも知れない。四月から事業開発部と私との間で新たなプランを練ってみた。これがそうだ。どう思う？」

その資料に目を通した半沢は、少々驚いた。

「空室率が下がってますね」

つまり、客足が伸びているということだ。

四月からの空室率は三月の半分以下だ。さらに五月はほとんど満室に近い状況にまでなっている。

「今月も五月並みの実績で推移している。狙っていた顧客層を広げただけで、これだけの差が出る。――アジアだ」

「アジア？」

「とくに中国本土と香港、台湾。いままでの、国内富裕層と、主に欧米の上客を主要顧客とする戦略を練り直してみた。いまや中国には、日本を遥かにしのぐ大金持ちが大勢いる。手はじめに上海に本部がある大手旅行代理店と契約したところ、客単価は多少落ちるが空室をほぼ埋められることがわかった。これにともない、中国での知名度を上げるために広告費をかけ、さらにＩＴ網を整備してインターネットで直接予約できるシステムと会員制のサービスを開始する。空港までの送迎リムジン、都内有名レストランとのコラボレーション、国内観光での優遇サービス。さらに、中国で発行されているクレジットカードでの決済も可能にする計画だ」

「この計画は、あえていえば伊勢島ホテルという格式と伝統の解放、ですね」

半沢はそう評した。

「その通りだ」

同時に、先代の社長で、いま会長に退いた湯浅高堂が展開してきた殿様商売との決裂をも意味する。

「三年、社長業を続けてきた」

椅子の背もたれに体重をかけた湯浅は、遠くを見つめる目になった。「苦闘の連続だったよ。オヤジが作った殻を破りたいという欲求。オヤジが残した役員たちとの葛藤。その中で、自分の経営とは何かをずっと考え続けてきた。ヒントをくれたのは、大東京ホテルでの経営危機だ。悩んでいるうちに修業していた当時のことを思い出したんだ。ああはなりたくない。そう思った。結局、ホテルは人をもてなす商売だ。もてなしをするのに相手を差別する。これで本当のもてなしといえるだろうか。そう思えたとき、この発想が生まれた」

「おそらく、これは成功するでしょう」

半沢は目の前に提示された詳細な実績から顔を上げた。「ＩＴ関連のシステム開発はいつ完成しますか」

「年内には完成させて稼働まで持っていきたい。君に、この話をきいてもらいたかった。それと――」

湯浅はいうと、姿勢をただして頭を下げた。「運用損失の報告が遅れたことを謝罪したい。申し訳なかった」

「運用で利益を上げようなどと、もう考えないでください」

「お恥ずかしい話だが、私自身、そんなことを考えたことはなかった」

唇を噛んだ湯浅が洩らした。

「それはつまり、羽根専務の独断だと……？」

「羽根が考えていることはわかる。本業不振の経営責任をあげつらう一方、財務部で一旗揚げようと思ったのだろう。それに同調する役員も少なくない」

湯浅は、社内で厳しい立場に追い詰められようとしていた。

「処分すべきだと思いますが」

「もちろんそうする。だが、その前に社内の交通整理が必要だ。羽根ひとりを処分しても、恨みを残すことになりかねない。私の腹づもりでは、今年の決算終了後の株主総会で羽根解任に動くつもりだが、その前に業績を固めたい」

そのためには、湯浅の経営計画の実現が鍵になってくる。

「運転資金も必要になる。もし金融庁に分類されるようなことにでもなれば、資金調達面で窮地に立たされる」

「いえ、そうはさせません」

半沢は相手を見据えていった。「検査は、なんとかします。どこかに、解決策があるはずです」

2

渡真利の手配で、白水銀行審査部の板東洋史《ばんどうひろし》と会ったのは、六月最後の土曜日だった。

検査対策で抜けられない半沢と渡真利のために、わざわざ休日に出てきてくれた板東は、待ち合わせの午後六時よりも先にきて、二人を待っていた。初めて会うのに、どこか親しみを感じさせる雰囲気の男だ。

「すみません。せっかくの休みなのに」

板東とは、同じメガバンクの与信セクション、しかも同年代の行員ということもあって話が弾んだ。バブルの頃、当時十三行あった都市銀行に就職したなかで、四十過ぎてまだ出世のレールに乗っている人物は限られている。その意味で板東もまた、コースに残っている銀行員に違いなかった。

銀行に入った者は皆、見えないレールの上を走るジェットコースターの乗客だ。

最初はゆっくりと走り出すが、次第に行程はきつくなり、やがて急流の上を渡り、断崖絶壁を疾走する。難所急所の連続する長旅だ。

入行四年目辺りで現れる最初のカーブで振り落とされた者たちは、次の昇給ですでに基本給に差が生じ、課長代理への昇格レースにも後《おく》れをとる。

出世する者としない者との見極めはすでに二十代から始まっており、四十を越えるとすでにコースターの同乗者は閑散としてくるのが現実だ。

バブル入行組という空前の大量採用時代の者たちでさえ例外ではなく、むしろ、大量採用だけにセレクションは厳しく、いまだコースターの手すりを握りしめている者はもう何分の一かの人間しかいない。そしてコースターの搭乗組と脱落組との間には、経済的にも心理的にも埋め難い溝ができる。

「実は今日、板東さんを誘ったのはちょっとワケ有りなんだ」

渡真利がそう切り出したのは、ひとしきり世間話に花を咲かせた後であった。

すでにビールから芋焼酎に切り替わっているテーブルで、板東はアルコールに少し頬を赤くして、「例の伊勢島の件かな」といった。

「なんでわかった」渡真利は目を丸くした。

板東は笑い、半沢の名刺をとんとんと人差し指で叩く。

「東京中央銀行営業第二部といえば、伊勢島ホテルの新担当部署だ。ついでにいうと、伊勢島ホテル内での悪評も高い。ウチほどじゃないけれど」

半沢は思わず笑ってしまった。

「誰がそんなことをいってました？　羽根専務あたりかな」

「そこは想像にお任せします。だけどそれでもまだマシですよ。私なんか、ほとんど仇敵《きゅうてき》扱いだ」

白水銀行は、運用失敗を指摘し、予定していた融資を実行しなかった。大事には至っていないが、それで伊勢島ホテルの資金繰りが悪化したことはいうまでもない。

「それにしても、どうして法人部から営業本部に担当が替わったんですか」

板東は鋭いところを突いてきた。

フォスターの出資話が進行している件について話すわけにもいかない。「暇なところに押しつけたんでしょう」ぐらいのことをこたえておく。

板東がそれを真に受けるはずもない。「たしか、東京中央銀行の営業第二部は資本系列企業がメーンでしたね。その関係かな」

勘のいい男である。

「その目利きの板東さんに伺いたいんだが、恥ずかしながら当行法人部ではあの損失を見抜けなかった。いったいどうして板東さんがそれを見抜くことができたのか、それをご教示願えないかと思ってさ」

板東から返事が出てくるまで、しばしの間があった。

「内部告発ですよ」

その答えに、半沢も渡真利も、思わず顔を見合わせた。

「その告発は、直接、白水銀行にあったんですか」半沢はきいた。

「不思議ですか」板東はきいた。

「メーンバンクのウチを差し置いて、というのは納得できない」

と渡真利。「それに、告発ってどういうことなんだい」

「ある人物から、運用失敗で巨額の赤字がでているという情報提供があったので」

「いつです」半沢はきいた。

「三ヶ月ほど前だったかな」

渡真利と顔を見合わせた。

東京中央銀行が伊勢島ホテルに二百億円の支援を実行する前のことだ。だが、伊勢島ホテルは運用失敗の事実を報告しなかった。

「くそっ。融資を受けたいがために隠蔽しやがった」

渡真利が吐き捨てた。「それにしても準主力銀行の白水に告発するというのはスジが違うんじゃねえか。おたくに告発したというのは、なにか理由があるのかな」

「東京中央銀行は信用できないとさ」板東は低く笑った。

「随分ないわれようだ。嫌われたもんだな」

渡真利がむっとした。「告発者はわかってるのかい。それとも、板東さんと親しい経理部員かなにかか」

どうこたえたものか、板東は少し考えたようだ。

「誰が告発者かを特定することに、銀行として何の意味もないでしょう」

「そうかも知れない」

半沢はいった。「ただ、告発の内容がどんなものであったか、どうして当行に知らせてくれなかったのか、ということは知っておきたい。いまの伊勢島ホテルと当行の問題点がそこに凝縮されているような気がするので」

「なるほど」

板東はしばしグラスの縁を見つめてから顔を上げた。「伊勢島ホテルの物販子会社に伊勢島販売という会社がある。そこの戸越《とごし》という社員と会ってみるといい」

「戸越？　子会社の社員、ですか」

「あの運用資金を預かっていて、飛ばされたことになっている人ですよ。はたして真相がどうなのか、本人に聞いてみるといい」

怪訝《けげん》な顔をした半沢に、板東は意味ありげにうなずいた。

3

伊勢島販売は、新宿駅南口に近い雑居ビルに入居していた。

受付を済ませた半沢と小野寺の二人が案内されたのは、経理課のあるフロアの応接室だ。

約束の時間は午前十時。

入室して間もなくするとノックがあって、現れたのは顔色の悪い不健康そうな男だった。

「お待たせしました。経理の森下でございます」

禿《は》げた頭をさげて挨拶したとき、新たにドアがノックされ、もうひとり、男が入ってきた。

伊勢島ホテルの原田だ。

「おはようございます。これはこれは、ふたりお揃いで」

原田は卑屈な笑いを浮かべたまま、森下がかけている椅子の背後を回り込んでくると半沢の前に腰を下ろした。「私も同席させていただきますわ」

「それはお忙しいところ、ご苦労様」半沢は多少の皮肉を込める。

「いえいえ。こちらこそ仕事を増やしていただきましてありがとうございます」

原田は嫌みで返すと、加えていった。「そうそう。先日は、融資代金を返済できなくて申し訳ありませんでしたね。それと、忘れないうちに申し上げておきますが、勝手に私どもの関連会社と接触するのではなくて、ひと言こちらを通していただくのが礼儀じゃないでしょうかね」

目に敵愾心をちらつかせる。

「承知しています。ところが今回は、原田さんには聞かれたくない話でしたので」

半沢は、こんなところにまででしゃばってくる相手に無遠慮な物言いでこたえる。

「子会社の資料はすでにお渡ししているはずじゃないですか」

原田は語気を荒げた。

「どんな会社か見ておこうと思っただけです。主要子会社の経営内容も確認したいが、それには原田さんがいらっしゃったのでは都合が悪い。森下課長も話しにくいでしょうから」

「私がいてもいなくても、森下からお話しすることは同じですよ。そうだな」

親会社の部長に睨まれ、「はい」という森下の声は消え入るようだ。

その森下に半沢はいくつかの質問を繰り出した。当たり障りのない返答に適当にうなずきながら、半沢は本当の目的を達成するための機会をうかがう。

話の長さにじりじりしてきた原田が口を挟んだのは、一時間をゆうに過ぎようとする頃だ。

「ここでお話ししても時間がかかるばかりでしょう。必要なら書類のコピーでもお取りしますから、銀行で検討していただいてはどうかな」

「結構。では、最後にひとつだけ。組織図と社員名簿を見せていただけませんか」

「なんでそんなものが必要なんです」

原田が警戒した。

「組織の概要を掴んでおく必要があるので。あいにく金融庁検査で分類されるかどうかの瀬戸際ですので、情報は多いほうがいい。ご協力いただきたい」

顔に疑念を浮かべたまましばし考えた原田は、やがて「持ってきてくれ」と森下に命ずる。

伊勢島販売の社員は全部で約二百名。名簿は五十音ではなく、部署別に並んでいたため、探し求めていた人物を見つけるまで手間取った。

しかし、その名簿の中に、戸越という社員は一人しかいなかった。

戸越茂則《しげのり》。

総務課長だ。

「個人情報保護法の関係で社員名簿のコピーはお断りしたいのですがね」

そういった原田に「構いません」と応じた半沢は、適当に話を切り上げて銀行に舞い戻る。すぐに、オンライン端末からアウトプットされた戸越の取引資料を小野寺が持ってきた。

「預金口座は何種類かありますが、残高があるのは普通預金だけで、後はみんなゼロです。定期預金は最近、解約されたようですね」

東京中央銀行は信用できない――。

板東から聞いた話がふと脳裏を過《よ》ぎる。かろうじて普通預金が残っているのは、給料振り込みの口座を、東京中央銀行に開設することを会社が指定していたからだ。

「取引は、どこの支店だ」

「新宿支店です」

半沢はデスクの電話で新宿支店にかけた。

4

窓口に初老の男がかけていた。職人のように短く刈り揃えた頭髪は白くなりかけ、ブルーのワイシャツに袖を通している。神経質そうな男だった。

「失礼します。戸越さんでいらっしゃいますか？」

対応していた女子行員の背後から声を掛けると、男の問うような眼差しが半沢を見上げた。

「少々、お時間を頂いてもよろしいですか」

「普通預金ひとつ解約するのに、なんでそんな時間がかかるんだい」

しわがれた声でいった男に、半沢は手にしていた名刺入れから一枚抜いて差し出した。

「伊勢島ホテルの件です」

「莫迦いってんじゃねえよ、いまさら」

戸越は吐き捨てた。

「白水銀行の板東さんに、あなたのことを伺いました」

戸越の濁った目が、じっと虚空を睨んだ。投げやりな苛立たしさ以外には何も映していない目だった。

戸越について半沢が知っているのは、かつて伊勢島ホテルの経理部にいたことがあるということだけだ。十五年も前、普通預金を開設したときの連絡先がそうなっていたからだ。いま戸越は、その十五年にも及ぶ取引にピリオドを打つため、ここに来ているのだった。

取引を打ち切るには、そうするだけの理由が、何かあったはずだ。

「お話を伺わせてください。お願いします」

ちっ、と戸越は舌を鳴らした。値踏みするような目が半沢を見ている。この通りです、と再び半沢は頭を下げた。

「しょうがねえな」

腰を上げた戸越を、すかさず小野寺が応接室へ案内する。

「早いとこ頼むぜ。昼休み、一時までなんだ」

戸越はそういうと、半沢の言葉を待った。

「伊勢島ホテルの運用失敗の経緯について伺わせていただけませんか」

返事はない。タバコに点火し、もわっと吐き出した煙の向こうから、細められた目が半沢に向けられた。

「傷口に塩を塗るような質問だな」

「かも知れません。ですが、どうしても伺いたい。いま私が伊勢島ホテルを担当しています」

戸越は改めて半沢の名刺を一瞥した。

「営業第二部、か。そこの担当者がオレの話をわざわざ聞きに来たってか」

「重要な情報を得るためならどこへでも行きます」

半沢は鋭い眼差しを戸越に向けた。

「白水銀行にお話しいただいたことを、私どもにもお話しいただけないでしょうか」

戸越は、けっ、と肩を揺すり、タバコをくゆらす。半分ほど吸って、それを灰皿に押しつけた。

「期限の過ぎた仕事は意味がない。それだけのことだ」

半沢ははっと顔を上げた。小野寺がまじまじと戸越を見つめたまま絶句している。

「つまり、損失が出てから騒いだところで意味がないってことさ」

戸越は新たなタバコに火を点けると、不信感と怒りの混ざった目で半沢を睨みつけた。「オレが総額五百億円の運用資金の管理を任されたのは、去年一月のことだ。そもそも、運用で儲けようっていうことを発案したのは、羽根専務だ。本業不振の折、財務部門で一旗揚げようっていう色気を出したんだろう。証券会社の営業担当の口車に乗せられたかも知れない。いずれにせよオレは運用状況を常に専務に報告する仕事を任されたってことだ。いっておくが、オレが株の売買を指示したことは一度もない。そんなのは、オレの性分に合わないんでね。ところが、あるとき数十億円の損失が出て、それを埋めるために信用取引に手を出した。羽根さんの指示だ。結局それが裏目に出て、百二十億円の損失につながったってわけだ」

「それなのに戸越さんが責任を取る必要があったんですか」

戸越は、半沢にきつい眼差しを向けたが、すぐにそれは逸れていった。

「誰かが、責任を取らなければならなかった。お前が運用を止めるべきだったといわれれば、確かにそうだ」

「実際に資金を動かしていたのが、羽根さんでも、ですか」

「それが組織だ。それを理解して従っていた以上、オレにも非はあるかも知れない」

責任を取らされて出向させられた戸越に対して、羽根と原田は二十パーセントの給与カットで収めている。客観的に見れば、ほとんどの責任を戸越ひとりに押しつけたに等しい処分だ。

「連中にはオレが煙たい存在だったんだろう。羽根の派閥に与《くみ》することもしない、昔気質の経理屋だ。知ってると思うが、羽根さんはオレが進言したところで運用をやめるような男じゃない。もしそれを止められるとすれば、主力銀行だ――そう信じたオレがバカだったよ」

戸越は吐き捨てた。灰汁《あく》の強い男だが、悪い男ではない。小野寺が鋭い眼差しを半沢に寄越《よこ》す。

そう、戸越は、東京中央銀行に運用失敗の事実を告げていたといっているのだ。だとすればその相手は――当時取引のあった京橋支店に違いない。

「いつ、それを話していただいたんでしょうか」半沢はきいた。

「去年の十二月に京橋支店の古里という担当者に話した。その古里がどう処理したかはわからない。その後、オレは運用担当から外され、損失が表沙汰になると子会社出向を命じられたというわけだ」

重苦しく張り詰めた沈黙が室内を覆い尽くし、サイドテーブルの置き時計が秒を刻む音がする。それが十回以上打つ間、半沢は戸越の気骨のある顔を見つめ続けた。

ある意味、戸越は被害者だ。

伊勢島ホテルという組織から、いや、なんらかの理由はあるにせよ東京中央銀行からも裏切られた被害者だ。

「十二月の段階で少なくとも損失は百億円。その後も拡大していたが、結局、オレを担当から外しただけで、伊勢島ホテルは銀行にそのことを報告しなかった。それだけじゃなく、有価証券明細として、運用前のものを提出していたんだ。なんでそこまでやるか、わかるか」

銀行から融資を受けるためには、赤字にするわけにはいかないからだ。

「それじゃあまるで詐欺じゃないですか。実際には赤字に転落していたのに。完全な悪意ですよ」

小野寺がいった。

かも知れない。だが、その悪意の隠蔽は、防ぐことができた。

「隠蔽は誰の指示ですか」

半沢はきいた。組織ぐるみなのかどうか、それを知りたかった。

「羽根だ。社長が知らされたのは、オレが運用担当から外されたときだと思う。それまで羽根は、なんとか社長の鼻を明かそうと躍起になっていた。ある意味これは、伊勢島ホテルの構造的な問題といっていいと思う」

戸越は、伊勢島ホテルの本質を見抜いていた。

「金融庁検査で、伊勢島ホテルが焦点になりそうです」

半沢がいうと、戸越の表情は険しくなった。

「あんたの見込みは？」

「湯浅社長の新たな経営プランが成功しつつあります。しかし、それだけでは巨額損失の穴埋めはできない。いくら業績が上向いたとしても、それではまだ不十分です。運用損失を埋める何かが欲しい」

「何か、ね」

気骨のある経理マンは、半沢の視線をかわすように横顔を向ける。「オレはもう、伊勢島ホテルの人間じゃない。それは、羽根か原田にきいて欲しい」

「あの二人にはもうききました」

小野寺がいった。「いいアイデアがないから戸越さんにお伺いしてるんですよ」

だが——

「二人にきいて何もないのなら——」

戸越は決然と虚空を睨みつける。「オレが口だしをする場面じゃない」

戸越との話はそこで終わった。支店の外まで見送り、その姿が雑踏に見えなくなると、小野寺が憤慨して吐き捨てた。

「京橋支店では、伊勢島ホテルの損失を摑んでいたんですよ、次長。それなのに奴ら、事実を隠蔽して法人部に移管していたなんて、とんでもないですよ！」

「そのヘンのことをじっくり聞いてみようじゃないか」

半沢はまだ戸越が消えていったほうに目をやったままいった。「あの古里とかいう担当者にな」

5

「あのですね、こっちも忙しいんで、いい加減にしてもらえませんか。また話が聞きたいだなんて。法人部の時枝さんに聞いたらいいじゃないですか」

電話の向こうで、古里はまくしたてた。

「伊勢島ホテルの運用失敗の件なんですが、どうも経緯に不明なところがあるもので」

「経緯なんてどうでもいいじゃないですか。なにいってんです、今頃」

古里は憤然としている。

「それがよくないんですよ。できれば、直接会ってお話ししたいんですが」

「いっときますけどね、半沢次長。あなたの前任者は、私じゃなく、時枝調査役でしょうが。なんで私なんです」

「あなたが一番、伊勢島に詳しいと思うからですよ」

いまいましげな舌打ちが聞こえた。「検査に必要なことなので、協力していただけませんか」

「いつですか」

「これから。三十分後に」

はあ、という素っ頓狂な声を無視して受話器を置いた半沢は、小野寺とともに本部ビルを出た。

「まったく、いい加減にしてくださいよ」

京橋支店の応接用のブースで古里はさも迷惑そうに半沢を睨みつけた。だが、

「伊勢島ホテルの経理課長だった戸越さんのことは、ご存知ですか」

半沢のひと言に、目の光を消した。

「戸越？　知ってますよ。それがどうかしたんですか」

古里は警戒して半沢の出方をうかがう。

「先程、会ってきました」

返事はない。「損失が出た理由を知りたかったんでね」

「何がいいたいのか、わからんね」古里はとぼけた。

「あんた、知っていただろう」

半沢は口調を変え、単刀直入にいった。

「失礼なことをいわないでくれ。そんな話を聞いて黙ってるわけないだろうが」

「戸越さんはあんたに話したといってる」

「聞いてないね！」

古里は顔面を紅潮させ、横顔を向けた。「そんなのはな、左遷させられて、伊勢島ホテルを逆恨みしている男の戯言《ざれごと》じゃねえか！　羽根専務や原田部長に聞いてみろよ！」

「なあ、古里」

激昂した課長代理に、半沢は静かな口調でいった。「本当のことをいうのなら今のうちだ。後からでは容赦しない」

「ふん。本部の次長か何かは知らないが、旧Sがいい気になるなよ。伊勢島ホテルは京橋には大きすぎるだなんだと理由をつけて召し上げたんじゃねえか。だったらつまらん嫌疑をかける前に

検査対策でも何でも、やるべきことをやった方がいいんじゃないのか。それがあんたの身のためだぜ」

古里は言い放つと、さっさと席を立った。

6

「お話はわかりました。しかし、これはちょっと厳しいことになるかも知れませんね」

貝瀬はそういって、提出された決算資料を難しい顔のまま眺めた。色黒の端整な顔立ちの男だ。事前に渡真利から仕入れた話では、海外畑を歩んできたバンカーで、支店長の椅子に座ってはいるが、実態はただの「置物」に過ぎないという。

渡真利のことだから悪口は話半分としても、あまりに洗練され、泥臭さのかけらもない貝瀬は近藤にとって摑みどころのない銀行員だった。血の通わないロボットを相手にしているような印象である。

その隣には担当の古里がいて、こっちはいつもの険しい顔でレポート用紙を構えていた。

この日、社長の田宮と共に、近藤が東京中央銀行京橋支店を訪ねたのは午前十時のことであった。それからの一時間ほどを粉飾の経緯とタミヤ電機の現状説明に費やしたところだ。

「今更何をいってるんですか」

吐き捨てたのは古里だった。「近藤さん、あなたがタミヤ電機に出向したのはいつなんですか。こんな不正が行われているのに、今ごろ能天気に融資を申し入れてきたりして、その神経が理解できないんだなあ、私には」

「いまさら、申し開きのしようもないので、お言葉は慎んでお受けします。ですが、粉飾の内容については次回の決算で修正し、そこで本来あるべき姿に戻します。今後はかようなことのないよう努力して参りますので、この件については、なんとか穏便にお願いできませんか」

見ていた決算書をテーブルに置き、貝瀬が無言でソファにもたれる。困惑の程は、目尻に刻まれた皺の深さが物語っている。

「本部に報告して判断を仰ぐしかないでしょうな、これは」

やがてそんなふうに貝瀬はいった。なんとかしましょうとはいわない。要するに、〝逃げ〟だ。

「それと、肝心なことは、今後だ。まだ赤字は続くんですか」

「中期の事業計画書です」

そういって近藤は書類をテーブルに滑らせた。昨夜、部課長以上の幹部とともに練り上げ、ほとんど徹夜で仕上げた計画書だった。中味には自信がある。

「今期はトントン、来期から黒字、ですか――」

一覧した貝瀬の口ぶりには信用しているフシはない。事業計画書は支店長から担当の古里に渡り、たちまちのうちに聞こえよがしのため息になる。

「根拠が希薄なんだなあ、いつもいつも。最初に断っておきますが、これは田宮社長の責任というより、近藤さん、あなたの責任ですよ」

古里は断言した。「あなたが、もう少しロジックをきちんと組み立てて、誰もが納得するような計画書を作成すれば、問題ないんです。ここにはビジョンすらないじゃないですか」

そんなもんあるか、という反論を近藤は飲み込んだ。

「マーケティングもなければ、売上とコスト削減が計画通り実行されるという根拠もない。あるのは、予定調和としかいいようのない数字だけだ。まあ田宮社長がこの数字をやるとおっしゃるのなら、実現可能性は高いと思うんですがね」

古里は、いつもの田宮寄りの発言を繰り返した。

「要するにこういうことでしょう」

脇で聞いていた貝瀬がふと目を開けた。「赤字を隠そうとしてこの五年間、粉飾を続けてきた。だけども、田宮さんが一生懸命頑張るから向こう三年で業績は良くなる。ついては取引打ち切りはなんとか勘弁してくれませんか、と」

「なんとか、支店長のお力添えをいただけませんか」

頭を下げた近藤を貝瀬はかわした。

「私がどうこうというより、とりあえず、本件は本部に上げますよ。所管は融資部ですから。同部がなんというかわかりません。せいぜい、穏便な措置になるよう願うしかありませんね」

京橋支店長との面談はなんとも釈然としないものに終始した。


その日、帰宅する近藤の後ろ姿がフロアを横切るのを一瞥した野田は、席を立って窓の下を眺めた。しばらくすると、一階の出入り口から上着を腕にかけて出て行く近藤の姿が見えた。その姿が視界から消えるのを待ち、デスクに戻って経理ソフトを立ち上げる。

目的の画面をモニタに映し出し、印刷ボタンを押す。プリンターが動き出し、要求した資料を吐き出してきた。

デスクの一番上の抽斗から真新しい鍵を取り出す。

この鍵を作るのには苦労した。近藤は、スペアキーも含めて机の鍵を自分で管理していたからだ。まったく銀行員という奴は、警戒心が強い。ただ、近藤の行動にも穴があった。日中、この鍵はデスクの一番上の抽斗に入れたままになっていたのである。

午前中、近藤が田宮とともに銀行を訪れていた頃、野田もまた近藤のデスクから鍵を持ち出してスペアを作ってくるという一仕事を終えていた。

「まったく、苦労かけやがって。クソ銀行員め」

一人毒づいた野田は、近藤のデスクを開け、一番下の抽斗から裏帳簿をひっぱり出した。以前野田が管理していたその帳簿は、事件以来召し上げられ、近藤のデスクにしまわれていた。

作業は簡単だった。目的のページを外し、新たにプリントアウトしたものと差し替える。準備はそれなりに手間がかかったが、作業そのものはあっというまに終了した。

帳簿を元の場所に戻す。抜き取った資料はフロアの片隅まで持って行って、シュレッダーに放り込んだ。

裁断の音を聞いた野田は満足の吐息を洩らし、デスクに戻ると電話をかけた。

「社長、いま終わりました」

「ご苦労さん」

それだけの短い会話だが、結局、会社を救ったのは近藤ではなく、社長であり自分だという思いが強く胸に込み上げた。

パソコンを終了させると、デスクの上の仕事をてっとり早く片付ける。野田が会社を出たのは、近藤が退社してからわずか十五分後のことだった。

「いい気になるなよ」

つぶやいた野田を、六月の重たい湿気がたちまちのうちに包み込む。ネクタイを緩めた総務課長は、足早に地下鉄の階段を下りて見えなくなった。

7

「タミヤ電機の件、京橋支店から融資部に報告が上がってきたぞ」

渡真利はいった。「かなり悪質だな。ほとんど詐欺に近い。今までの融資を全部返してくれといいたいぐらいだ」

半沢たち三人が、集まったのは週末の昼間のことだった。場所は渡真利が行きつけだという新宿の蕎麦屋で、蕎麦といっても飲み屋代わり、天麩羅や板わさをつまみに昼間から酒を飲んでいる。

「すまんな、迷惑をかけて。見通しはどうだ」

近藤が神妙な顔できいた。

「出向者を受け入れてもらっているという事情を勘案するべきだという意見が多い。オレとしても、お前が出向してなきゃこんな不届きな会社との取引はやめろといいたいところだが、一方で強硬論もある。最悪なのは、京橋支店長が取引打ち切りも辞さずという否定的なメモを回付してきたことだ」

「ほんとうか」

貝瀬のエリート然とした冷徹な表情を思い出しながら、半沢は箸をとめた。「あの野郎……」

「そういう奴だ。時枝と訪問したときも嫌味たらたらだったそうじゃないか」

渡真利がいう。「現場が取引打ち切りでもいいといってるんだから打ち切りにしようやって意見だって出てくるわけだ。それですったもんだの末、なんとか、取引継続ということになることはなった」

近藤が安堵の吐息を漏らした。

「なにかあるのか」

渡真利の微妙な言い回しに、半沢はきいた。

「上のほうから、大目に見てやれという根回しがあったみたいでな」

「上？」

半沢は近藤に目を向けた。「誰かに頼んだのか」

「いや」

近藤は首を横に振った。「オレ、そんなコネないからさ」

「いわば政治的灰色決着といったところでちょっと解せないが、とりあえずタミヤ電機の件はそれで一件落着だ。ただし、申し込まれていた三千万円の融資がどうなるかは別問題。そっちの方は振り出しに戻る、だな。まあそれはおいといても問題は伊勢島だ」

渡真利が半沢をじろりと見た。「京橋支店に一杯食わされて、よくもまあすごすご帰ってきたもんだな、半沢」

「その場で口論したところで、解決する問題じゃない」半沢はいった。

「じゃあどうするつもりだ」

渡真利は語調を荒くした。「元経理課長の助言を無視したばかりか、損失を隠蔽してたんだぜ。事実なら切腹もんだ。古里って野郎を締め上げてやれよ」

「そう簡単に吐くような男じゃないだろ。旧閥意識の塊みたいな男だ。プライドも高いし、シラを切れる間はシラを切り通すつもりだ、奴は。証拠がない」

「くそったれ。わかっていながら、手出しが出来ないってわけだ。おかげで時枝は泣き寝入りか」

「そうはさせない」

半沢は蕎麦焼酎のロックを一口すすっていった。「証拠がなけりゃそいつを探し出すまでだ」

「何か考えでもあるのか」

「古里がひとりで動いているとも思えない。偉そうなことをいってるが、奴は所詮、小者だ。この損失隠蔽にはまだオレの知らない何かがあると思う。それを調べる」

「おお、徹底的にやるつもりだな」渡真利が期待した口調になる。

「不正を探るのも担当者としての役目だ。それは金融庁検査があるかどうかということとは関係がない」

「その通りだ、半沢」

渡真利は力強くいった。「お前が納得するまできっちりやれ。どうせ、黙っていたって火の粉は飛んでくる。払うなら今だ」

8

西新宿にあるその店は、時間が早いせいかまだ客もまばらだった。

テーブルを挟んだ四人掛けの席は、隣席と仕切られた半個室になっていてテーブルの上に、雰囲気のある古風な笠つきの電球が明々と灯っている。

いまその一室に、ビールのジョッキを前にして、ひとりの男がかけていた。短髪には白いものが入り混じっている。鋭い男の目には、妥協を許さない厳しさがあった。

「お連れの方がいらっしゃいました」

やって来た店員が告げ、新たに登場した人影が見えても、男は微動だにしなかった。

「どうもどうも、ご無沙汰してます、戸越さん。すみませんねえ、遅くなりまして」

馴れ馴れしい口調でいった古里は、遠慮のない態度で男の前の席に座り、「あ、ぼくもビールちょうだい」と店員にひと言告げた。

店員が下がっていくと、「忙しいんですよねえ、いま。金融庁の検査対策なんかやってるもんですから。こういうときに、突然呼び出されると、困っちゃうんですよ」とさも迷惑だといいたげな口調になる。

「悪かったな」

戸越はひと言いい、「なんでも、その検査では伊勢島ホテルがやり玉に挙がってるらしいじゃないか」ときいた。

出されたおしぼりで顔を拭いていた古里の手が止まる。ゆっくりと折りたたんでテーブルにそれを置いたとき、顔面にはどこか狡猾《こうかつ》な表情が滲んでいた。

「よく、ご存じで。そうなんですよ、お陰様で」

「なにがお陰様だ」

ぴしゃりと戸越がいったが、古里は表情ひとつ変えなかった。

「いいじゃないですか、もう戸越さんも〝母屋《おもや》〟から〝離れ〟に出たことだし」

戸越の目線が鋭くなる。古里はそれを意に介した様子もなく、運ばれてきたビールを少し持ち上げると、「乾杯」。喉を鳴らして三分の一ほど飲むと口についた泡を手の甲で拭いた。そして再び戸越を見つめる目には、どこか皮肉めいたものが混じっていた。

「どうですか、新天地の居心地は。伊勢島ホテルで切った張ったとやっているより、気楽でいいんじゃないですか」

「本気でいってるのか」

戸越が短く吐き捨て、ジョッキのビールを呷《あお》った。

「少なくとも、羽根さんや原田さんの下で働きたいとは思わないでしょうに」

「あの連中は腐ってる」

戸越はいった。「煩《うるさ》い部下をお払い箱にしたところで、会社は良くはならない」

「でもおかげで、融資は受けられたじゃないですか」

「金が借りられればそれでいいのか」

戸越の声が大きくなり、「まあまあ」と古里がとりなした。

「そんなこといったって、背に腹は代えられないでしょう。そもそも、湯浅社長の経営戦略が間違ってるからこんなことになるんですよ」

「あんたはわかってないから、そんなことをいってるんだ」

「さあ。わかってないのはどっちですかね」

古里は皮肉めいた笑いを浮かべる。「お節介をしてもあんまりいいことはないんじゃありませんか」

「オレへの当てつけか」

色をなした戸越に、「まさか」と古里は驚いてみせた。「白水銀行のことをいってるんですよ。

決まってるじゃないですか」

「伊勢島の運用失敗のことは、あんたにも話したはずだ」

戸越の鋭い眼差しが古里を射て、古里はそれまで浮かべていた笑みを消した。

返事はない。

「何で放っておいた。目をつぶったのは、誰の意見だ。あんたか、それとも銀行か」

「同じですよ、そんなの」

ようやく口を開いた古里は、ふて腐れたように吐き捨てる。

「上司に報告したんだろうな」

「当たり前じゃないですか」

「誰に」

「まあその……支店の上ですよ」

古里は曖昧にぼかす。

「貝瀬さんは知っていたのか」

「報告はしました」

「どうして、貝瀬支店長はなにも手を下さなかった」

「どうしてって……」

うんざりしたように古里は頭上の電球を見上げる。

「この糞忙しいときに呼び出したと思ったら、またその話ですか。もう終わったことなのに、今更蒸し返してどうするんですか、戸越さん」

「京橋支店から、本部に担当を移したんだって？　あんたのいう、旧Sに。そのときに損失の件は伏せたままだったんだってな」

「別にそんなことは戸越さんには関係ないでしょう」

古里は嘯《うそぶ》く。

「損失が出てるのを知っていながら、報告しないのは、銀行員としてマズイんじゃないのか」

「別にいいじゃないですか。どちらも結局明らかになったわけだから。それに伊勢島ホテルだって融資を受けられてラッキーだったでしょう。京橋支店のままだったら融資はきっと無理——」

古里がはっと口を噤《つぐ》んだ。

無人だと思っていた隣席から咳払いがしたからだった。

「最近の銀行員の中には間抜けがいるよなあ」

突如、聞こえよがしのそんな声がし、顔面から血の気が失せていく。「隣にどんな人間がいるかわからないのに、内部情報をでっかい声で話して平気なんだから、神経を疑うよ」

やせ細った古里の顔面が引きつった。

「損失を知っていながらそれを報告しなかったなんて、それはマズイんじゃないの、コザト君！」

揶揄するような口調でひとりの男がいい、ははは、と笑った。

「いやあ、すみません」

もうひとりが調子を合わせる。「なにしろ、私、頭ん中、空っぽなもんで！　戸越さんに伊勢島ホテルの粉飾のこと教えてもらっても、黙ってました！　どうしようもないバカです！」

わっはっは、と隣席が爆笑すると、古里の頬が震えだした。

戸越が冷ややかな眼差しをむける中、隣席で人の動く気配がした。

壁に塡《は》まったガラス、そこにいま二つの顔が現れ、戸越と古里のテーブルを覗き込んでいる。

「あっ――！」

古里の顎が落ちた。

その表情はコンクリート床に叩き付けられたガラスのように粉々に砕け散り、狼狽と恐怖で、瞳は凍りついている。

隣席から出てきた二人は、ゆっくりと戸越たちの個室に入ってきた。

「おねえさん、こっち生ビール二つね」

近藤の声に、遠くで「はあい」と返事がある。

古里がかたがたと震え始めた。

その様を半沢の冷静な眼差しが射た。

「ふざけたこといってんじゃねえぞ、古里さんよ」半沢がいった。

「いや、いまのはですね――」

「この期に及んで、ヘタな言い訳するなよな、みっともない」

ぐさりとひと言いったのは近藤だった。近藤はどっかと古里の隣に座ると、運ばれてきたビールを掲げて、乾杯といった。

応じたのは、半沢と戸越だけだ。

「さて、話してもらおうか」

半沢は切りだした。

「話すって、な、なにをだよ」

古里は、精一杯の虚勢を張る。

「損失の件、どうして報告しなかった」

「知らないよ。俺は報告したんだ」

「この前、知らないっていわなかったか、あんた」

半沢にいわれ、古里は口ごもった。「あれは嘘か」

返事はない。

「どうなんだ！」

まだ静かな店内に半沢の低く抑えた声が響いた。

「申し訳ない」

がっくりと肩を落とした古里からそんな言葉が洩れ出てくる。「仕方なかったんだ。あんただって、俺の立場になれば、認めるわけにいかないだろう」

「伊勢島ホテルの粉飾を見逃したのは、誰の指示だ」

半沢はきいた。声は静かだが、太い怒りの芯がある。

「し、支店長だ」

「貝瀬か」

古里は顔を歪《ゆが》めた。

「たぶん、伊勢島ホテルから申し入れがあったんだと思う」

「嘘つけ」

近藤が傍らから口を出した。「法人部にババをひかせるつもりだったんだろうが」

「俺じゃない」

古里は主張した。「俺は、戸越さんから打ち明けられた事実をそのまま報告したんだ。本当だ」

「貝瀬の独断か」

半沢がきいた。考え込んだ古里から出てきた言葉は、「わからない」だった。

「貝瀬から、伊勢島ホテルに運用損の事実照会はありましたか」

なりゆきを見守っていた戸越に、半沢はきいた。

「少なくとも、オレは聞いていない。ただ、上層部でそんなやりとりがあったとしても、オレのところには洩れ聞こえてはこないだろう」

「ど、どうするつもりだ」

古里がきいた。虚勢が剝がれ、睨みつけているうちに弱々しい本音が滲み出てくる。「頼む、この件はこのくらいにしておいてくれないか。俺にも立場ってものがある」

「お前の立場なんか知ったことか」

半沢のひと言に、古里は絶望的な顔をした。「貝瀬のせいにしているが、そもそもお前が戸越さんの情報を握りつぶした張本人じゃないのか」

「ち、違う！」

古里は慌てて否定した。目が必死だ。

「なら、証拠を見せろ」

半沢がいった。

「証拠？」

「お前が上司に報告したという証拠だ。まさか口頭で報告したわけじゃあるまい」

「そ、それは……」

古里は口ごもった。

「報告した書類はどうした」

法人部の時枝が引き継いだ資料の中に、もちろんそんな報告書はなかった。

「今回の金融庁検査で疎開した資料の中に紛れ込んでると思う」

「疎開資料はどこにある」

古里の顔が歪んだ。

「貝瀬支店長の自宅だ」

近藤が天を仰いだ。

「とってこい！」

半沢がにべもなくいった。

「無理だ、そんなの！」

古里が愕然として顔を上げる。

「ぶつくさいわずにとってこい」

半沢は、性根の腐った課長代理を睨みつけた。「理由はどうにでもつくだろう」

古里は鼻に皺を寄せ、眉を顰《ひそ》める。唇を噛んだ。

「できないなら、お前が重要な情報を握り潰したと報告するまでだ。そのとき貝瀬が庇《かば》ってくれるかな？　そんな報告書なんか葬り去られちまうだろうよ。その前にお前が取り戻せ。それ以外、お前がウチの銀行で生き残れる道はない」

「報告書を取り戻したら、俺のことを守ってくれるのか」

冷ややかな眼差しを半沢は向けた。

「誰がお前のことなんか守るか。報告書をとってくれれば、処分は多少マシになるぐらいだ」

「もし、とってこなかったら？」

「退職金なしで銀行からたたき出してやる。懲戒解雇でな」

古里の目が恐怖に見開いた。

「わ、わかった」

小声の承諾とともに、古里はがっくりと肩を落とす。その古参の課長代理に、なおも半沢はいった。

「それと、お前、タミヤ電機の運転資金の稟議、書き渋ってるだろう。なんでだ」

戸惑いと焦りが入り混じった目が、遠慮がちに近藤を一瞥する。

「別に書き渋っているわけでは……。必要な資料が揃っていないので――」

「書け」

半沢の鋭いひと言が遮った。はっとした古里の顔があがる。「これから書いて、明日の朝、融資部に提出しろ。お前なんぞに与信判断をする資格はない。もしこれ以上、くだらない理由で引き延ばしてみろ。完膚《かんぷ》無きまでにたたきのめしてやるからな」

古里は恐怖を浮かべた顔で、瞬きひとつしない目を見開いた。

「わ、わかった……」


「まったくあんたには負けたよ」

古里がうなだれて帰っていくのを見送ってから、戸越はいった。「だが、気に入った」

「それはどうも」

半沢はいい、「ですが、伊勢島ホテルとの過去の経緯を明らかにしただけでは、検査は乗り切れません。それとこれとは別ですから」

「問題は、損失の穴埋めだったな」

戸越はいい、じっと壁の一点を見つめた。「だがな、半沢さん。それをオレがいったところで、羽根や原田がきくと思うか」

「思い当たる資産があるんですか」

半沢の問いに、戸越はしばし考えたが、やがていった。

「本業にない余剰資産で、売却すれば運用損失の穴が埋まるもの、という意味でなら、なくはない」

「羽根さんたちも知らない資産ですか？」

ふと気になって半沢はきいた。

「いや、知ってはいるが、おそらく遠慮したんだと思う」

「遠慮？」

「先代が関係しているからさ。伊勢島ホテルの聖域だ。それを湯浅社長が崩せるか。問題はそこだ」

戸越は自問するかのようにつぶやくと、厳しい眼差しで考え込んだ。

9

その日、伊勢島ホテルを訪問することは、羽根や原田には伏せてあった。

「君は……」

半沢に随行してきた戸越の姿を一瞥した湯浅は、説明を求める眼差しを向けてくる。表情は硬い。運用失敗の責任者との刷り込みがあるからだ。

「羽根さんからどういう説明を受けられたかは知りませんが、私たちには必要な方です。再建策を話し合うのに、戸越さんの意見は欠かせません」

「関連会社のリストはあるか」

早速、戸越にいわれ、半沢は準備してきた社名と資産内容の概略を記した一覧表を見せた。

それに黙って目を落とした戸越の表情は真剣そのものだ。汗を吸ってよれたスーツの内ポケットからボールペンを取りだし、一社ずつチェックを入れていく。リストに挙がっている会社は全部で百五十社近く。長年、それらの会社を管理してきた戸越の頭には、各社の業績と資産内容がインプットされているに違いなかった。

その手が一社の上で止まった。

湯浅実業株式会社――湯浅家の資産管理会社だ。戸越の顔がおもむろに上がった。

「絵画があるはずだ。それに、土地もある」

「絵画と土地？」

半沢はふいに難しい顔になった湯浅に視線を転じた。

「どういうことですか」

「会長は絵画が趣味なんだ。会社の金を使って、世界中から買い集めた絵がある」

湯浅の表情は苦り切っていた。「絵画は会長の生きがいのようなものでね。それを売れというのは、私としても忍びない。会長の最後の夢を打ち砕くことになるからな」

「最後の夢？」

「美術館さ」

湯浅はいった。「伊勢島美術館を作る。それが会長の夢なんだ。そのための土地もすでに確保している。君も知っての通り――」

戸越は表情を変えなかった。

「この会社は伊勢島ホテルの百パーセント出資です。ゴーギャン、ゴッホ、マネ、モネ、ルノワール――印象派の名画ぞろいだ。それらの絵画を売却して会社を清算すれば特別利益があがる。百億円ほどの損失を穴埋めするぐらいにはなるでしょう」

「随分簡単にいってくれるな」

不快感を表すかと思った湯浅が浮かべたのは、意外にも呆れたような笑いだ。

「これはチャンスです、社長」

戸越がいった。「業績はいつだっていいに越したことはありません。ですが、業績が悪化したときにこそ出来ることがあるはずです。旧弊を断ち切って、湯浅社長の本当のカラーを出すのはいましかない」

腕組みをしたまま、しばし湯浅は押し黙った。そして、

「知らないうちに、自分の中で敬遠してきたかも知れないな」

そんなことをつぶやいた。「いまそれに気づいたよ。半沢さん――父は私が説得する。絵画を売却する手続きをとろう。それでいいか」

「売れますか、それだけの絵画が」半沢はきいた。

「売れる」

湯浅は断言した。「国内外の美術館やコレクターから、譲って欲しいという話はいくらでもあ

る。その気なら年度内の売却はまったく問題ない」

迷路に彷徨《さまよ》い込んでいた伊勢島ホテルの検査対策にも、ようやく一筋の光が差し込んだ。

10

古里は、三鷹駅に近い豪邸の玄関口で、恐縮した顔で立っていた。

出てきたのは貝瀬の妻で、貝瀬本人は取引先の接待で不在だ。

半沢にいわれてやむを得ないとはいえ、理由をでっちあげて書類を探しに来たのは、まさに冷や汗ものだった。

「疎開資料に必要書類が混入してしまったようでして。申し訳ありませんが、ご自宅に頂きに上がってよろしいでしょうか」

そういったとき見せた貝瀬の、どこか侮蔑に近い眼差し。この間抜け、そう罵倒されるかと思ったほどだ。貝瀬は、部下のミスに厳しい男だった。それが自分の評価に結びつくものであればなおさらである。だが、このときはむすっとした顔をしただけで、その場で自宅に電話をかけて自宅を訪ねる許可を出したのだった。

「ご苦労さまです。どうぞ」

外国暮らしが長いせいか、家の中は洋風の調度品であふれかえっていた。千葉にある古里の自宅マンションとはえらい違いだ。そもそも家柄もいいとは聞いていたが、貝瀬の自宅は閑静な住宅街の中でもひときわ目立つ豪邸だった。むかつくことに、貝瀬の妻もまた美しい女だった。

その妻に案内されたのは一階奥の洋室だ。貝瀬の書斎らしい部屋だが、そこに十箱近い段ボール箱が山積みになっている。薄汚れた段ボール箱が豪勢な部屋を占拠している様は異様だが、なにしろ中味が秘密書類なので、無造作にガレージに放置するというわけにもいかないのだ。

「失礼します」

ひと言いい、古里は手近な箱から開け始めた。

この段ボール箱のどれかに例の報告書が紛れ込んでいるのは間違いないが、どこにあるかはわからない。あっという間に三十分が過ぎ、クーラーが入っているというのに、古里の額には大粒の汗が浮かび始めた。

途中で貝瀬の妻が出してくれた冷たい麦茶を飲み、さらに探す。

一時間ほどして、半分ほどの段ボール箱を開けたとき、「伊勢島ホテル」と書かれたファイルをひとつ見つけた。メインのファイルは、すでに営業第二部へ移管されているので、ここにあるのは、移管されなかった資料のみだ。

「くそっ。どこに紛れ込みやがった」

すでに時間は午後九時を過ぎている。まだ早い時間だが、貝瀬が戻ってきたら面倒だという思いもあって、古里は焦った。

書類を一枚ずつ見ていった古里が、ようやく自分のハンコが捺してある報告書に辿《たど》り着いたのはさらに三十分ほど過ぎた頃だ。

「あった……」

古里はその場にへたり込んだ。エアコンから冷気が吹き出す静かな音がする。育ちも違えば、なにからなにまで違う貝瀬の書斎にいて、古里は無性に腹立たしくなった。古里はしがないサラリーマン家庭に育った三人兄弟の次男坊だ。親から継ぐ家督などあろうはずもなく、三十年ローンでようやく手に入れたマンションも、バブル崩壊で半値にまで下がった。なにか、自分の人生が貝瀬のような人間たちの踏み台にされているような惨めな気分になってくる。

「ちきしょう」

小さく毒づいた古里は、探し出したばかりの資料をブリーフケースに入れ、段ボール箱を元あったように積み直した。

用は済んだ。貝瀬の妻にひと言礼をいった古里は、とっとと閑静な住宅街を引き返した。空に星はなく、どんよりとした梅雨時の夜空が広がっている。空腹と疲労を感じながら駅まで歩いた古里は、ちょうどやってきた中央線の快速に飛び乗った。冷房の効いた車内の空いているシートにかけ、後頭部を窓ガラスに押しつけて安堵の吐息を洩らした。

とにかく、やれといわれたことはやった。これを半沢に渡したら、後は自分に火の粉がかからないようひたすら祈るだけだ。

それにしても、この書類が表沙汰になったとき、どれほどの騒ぎが持ち上がることか。

想像しようとした古里は、ため息とともに思考を止めた。考えるだに空恐ろしくなってきたからである。あの半沢という男がただ者ではないことは、それとなく人づてに聞いていたし、いまや身をもって思い知らされた。

だが、行内における地位と人脈では貝瀬も負けてはいないはずだ。

いずれにせよ古里にできるのは、まもなく始まるであろう攻防を息を潜めて見守ることだけだ。

11

「伊勢島ホテルに於ける運用損失発生の件」

京橋支店　融資一部　古里則夫

本日午後、同社経理課長戸越氏が来店し、同社経理部で管理していた有価証券投資ファンドで巨額損失が発生している旨の報告があった。

このファンドは、同社羽根専務、原田部長らの指示により銘柄を特定し運用しているもので、運用規模は五百億円にのぼる。投資銘柄の下落により、信用取引ですでに百億円を超える損失が発生している模様で、このまま推移すればさらに損失は拡大、百数十億円規模にまで膨らむ可能性がある。

この運用資金は、一応湯浅社長の同意はあるものの、当初の目論見を超えて拡大。羽根専務の出身母体である財務部門で管理し、投資銘柄変更などで対応しているものの信用取引での追い証がすでに発生しており、株式相場の地合いを勘案すると今期中の損失回復はほぼ不可能に近い。財務部門では損失回復のために運用を継続する方針だが、戸越課長の考えでは継続しても損失を被るリスクが高くなるだけで、現在の体制での失地回復はほぼ不可能に近いとのことである。

同社の当期損失は現在の黒字見通しから赤字に転落することは確実であり、その場合、二期連続の赤字となって、与信管理上、極めて厳しい状況になる。これ以上の損失を回避するため、当行から同社運用方針に対してアドバイスをしてもらいたいとの戸越課長からの依頼があった。
同社には今後数百億円規模の運転資金需要が発生する見込みだが、赤字見通しとなれば当然支援は難しく、同社の資金繰りに支障を来すことは確実である。
　本件の対応について、至急、検討したい。

以上

12

　古里が作成したその簡易な報告書には、「対応について後日、指示」という貝瀬の手書きの回答と閲覧印が捺してあった。日付は昨年十二月だ。

　このとき、まさか隠蔽の指示が出ようとは、さすがに古里も思わなかったに違いない。

「おもしろいじゃないか。これから京橋支店にカチ込みでもかけるか」

　営業第二部のミーティングブースで、渡真利がからかうようにいった。京橋支店の古里から行内便で報告書が届けられたのはつい先ほどのことである。近藤の出向先であるタミヤ電機の稟議もあの翌日には融資部に上げられ、こちらは渡真利の根回しもあって、即座に承認された。

　いま、もう一度報告書の文面を仔細に点検した半沢はしばし考え、「イマイチ、解せないな」と小さく呟いた。

「あの貝瀬は、たしかにいけすかない野郎だが、奴がひとりで握りつぶすには、この案件は大きすぎる」

「つまり、貝瀬ひとりの判断じゃないってことか。だとすると、誰が絡んでいるかが問題だな。

そいつを、つきとめるってわけだ。いつやる、半沢。まさか金融庁検査の真っ直中《ただなか》にやろうって腹じゃないだろうな」

渡真利がきいた。

「もしこの報告書が黒崎の目にふれたら、それだけで業務改善命令が出るだろう。

半沢は慎重になった。「そんなことになれば、金融庁検査対策が水泡に帰す。いま表に出すわけにはいかない」

「悩ましいところだな」

渡真利は舌打ちした。「だけど、半沢。この報告書を伊勢島ホテルのクレジットファイルに添付しておくわけにはいかんだろう。そんなことをすれば検査官にバレちまうぞ」

「疎開する」

半沢の決断に、渡真利はうむと頷いた。それしかない、とその目がいっている。

「京橋支店をつるし上げるのは、その後だ。だが、その前に貝瀬には仁義を切っておく必要があると思う」

「だんだん、いつものお前らしくなってきたぜ」

渡真利が低くわらった。「旧Tだか名門支店だか知らねえが、くだらねえ真似しやがって。こてんぱんにやっつけてやれ、半沢」

「当たり前だ」

半沢はいった。基本は性善説。しかし、やられたら、倍返し——。それが半沢直樹の流儀だ。

ふと、渡真利が真顔になっていった。

「だが半沢、疎開場所に気をつけろよ。黒崎に見つかってみろ、逆にお前のバンカー生命は一巻の終わりだ。やつらはバカじゃない。ウチにだって疎開資料があることぐらい、わかってる。これは両刃の剣だぞ。まあお前にそんなことをいうのも、釈迦に説法だろうがな」

半沢の肩をポンとたたき、渡真利はブースから出て行った。

13

前日の接待で少々飲み過ぎた貝瀬は、軽い頭痛と胃のあたりのむかつきをこらえながら、いつも通り八時半に出勤してきた。

上着を椅子の背にかけ、支店長席にかけると、デスクマットに伝言メモが挟んであった。

相手は営業第二部の半沢次長。十分前の八時二十分の時刻がはいっている。用件欄は空いたままで、電話の意図はわからない。ただ、〝返信請う〟とひと言。

「おい、融資課長」

目の前のデスクに声をかけた。「半沢、なんだって？」

「それが、用向きはおっしゃらなかったんで」

「そうか」

迷うことなく、貝瀬はそのメモを手の中で握りつぶし、ゴミ箱に放り込んだ。

用向きも告げず、電話を寄越せとは礼儀を知らないにも程がある。オレを誰だと思ってるんだ。

そんなことを思いながら、いつもの通り、未決裁箱に入っている融資係の業務日誌を手にとって読んでいると、デスクの電話が鳴った。

「先ほど、そちらの融資課長に、折り返しとお願いしたはずですが」

電話の向こうから、半沢の冷静な声がいった。

「ああ、そうだったかな。なにしろ用向きも書いてなかったものでね、急な用件ならそういってもらわないと。本部と違って支店は忙しいから」

嫌味で返す。

「それは失礼。ただ、電話に出た融資課長に話せるような内容ではなかったものですから」

「回りくどい話はよしてくれないか。またどうせ伊勢島の件だろ」

「察しのいいことで」

揶揄するような半沢の態度に、プライドの高い貝瀬の怒りが燃え上がった。

「あのな、半沢さん。いっておくが伊勢島ホテルの前任は、ウチじゃなくて法人部だろ。古里あたりにもいろいろといってきているようだが——」

それは古里の業務日誌に書いてあった。「子供の遣いじゃあるまいし、いちいち当店に問い合わせてこないでもらいたい。君たちの対応能力を疑うよ」

「対応能力ですか」

電話の向こうで、今度こそ、笑い声がおきた。

「なにがおかしい。失礼だろう、君」

色を成《な》した貝瀬に、フロアにいる部下たちが驚いてふりむく。「早く用件をいいたまえ！」

「ある報告書の件で確認したいと思いましてね」

「報告書？」

「そう。タイトルは『伊勢島ホテルに於ける運用損失発生の件』」

きいた途端、胃の辺りが捻《ひね》り上げられるような緊張が走った。

「その時点で、伊勢島の課長が運用損失を報告してる。貝瀬さん、あんたの閲覧印と手書きの指示までついてるんだが、あんた運用損失の件は知らなかったんじゃないのか」

貝瀬は押し黙った。

どう誤魔化そうか。二日酔いの頭の中をアドレナリンが駆け回っているが、うまい言い逃れの文句は浮かんではこなかった。出てきたのは、

「なんのことか、わからないね。いい加減なことをいわないでくれ」

だった。

「じゃあ、これからファックスするから見てくれ。それで思い出すだろ。それを見て思い出したら電話してくれ」

電話はそこで切れた。

相手のいない受話器をしばし握りしめた貝瀬は、まるで百メートルを全力疾走したように躍り上がっている心臓の鼓動を耳元できいた。

「どうされました、支店長。お顔の色が優れないようですが、半沢次長がなにか――？」

電話のやりとりを聞いていた融資課長が心配してきいた。

「いやいい」

そのとき、フロアの端にあるファクシミリから着信音が聞こえた。慌てて駆け寄った貝瀬は、吐き出されてきたものを見た途端、頭からざっと血が下がっていくのを感じた。

それはまさしく、あの書類――外部に決して見られてはならない、封印したはずの書類だった。

それがなぜ、よりによって半沢の手中に落ちたのか。

「こ、古里君──」

擦《かす》れた声で貝瀬は、部下の名を呼んでから、先に支店長室に入る。

「こ、この書類だが──君、どこに保管した。どこにある」

部屋に入ってきた古里は、血の気の失せた顔をしていた。こたえはない。

「まさか、半沢に渡したんじゃないだろうな！」

貝瀬の声は悲鳴に近い。

「すみません、支店長」

そのとき、がっくりと古里の頭が垂れた。「どうしようもなかったんです」

「莫迦もの！」

貝瀬は常軌を逸した声で怒鳴ったが、同時に、自分でもわかっていた。

もう遅い、と。

第四章　金融庁の嫌な奴

1

七月第一週のその日、金融庁検査官の黒崎駿一は、鼻持ちならないエリート臭をぷんぷんさせ、集まった銀行員を小馬鹿にしたような目で見つめていた。育ちがいいのは見てわかる。だが同時に、心のどこかがひん曲がっていることも見ただけでわかった。

「本日から、金融庁検査を行います」

黒崎はまじめくさってはいるが、嬉々としたものさえ感じさせる目で、テーブルを囲む面々を眺めていた。

妙な雰囲気の男である。当初、権力をかさに着た傲慢な役人を想像していた。たとえば、国税局の査察官のような手合いである。ダークスーツに身をくるんだドーベルマンのような男たちだ。ところが、黒崎はそういう連中とはまるで違っていた。

明るい色のスーツを着て行員たちを前にしている姿はどこか置物のようでもあり、世間知らずのお坊ちゃまがそのまま大人になったような童顔である。

そして、朝一番、東京中央銀行に乗り込んできた黒崎が下した命令は、「与信所管部の責任者を全員集めよ」という、極めて異例なものであった。

打ち合わせは午前九時半から。ふたりほど遅れてきた。その遅刻者を、黒崎は全員の前で、罵倒してみせたのだが——。

「あなたたちは一体、なにを考えてるんです？　九時半に集まれって聞かなかったの？」

オネエ言葉だ。

いわれた相手は半沢も知っている融資部の次長だが、このいきなりの〝口撃〟にはさすがに唖然とするしかなかった。

「すみません。実は、出掛けに少々トラブルがありまして——」

「聞く耳持ちません！」

次長の言い訳をはねつける。黒崎は三十そこその若造。所轄官庁とはいえ銀行でいえば調査役に毛が生えた程度の若手検査官が、東京中央銀行内でも優秀なことで通っている次長を叱りつけたのだから、のっけから雲行きは怪しい。

思いがけない成り行きに会議室のテーブルを囲んでいる面々は驚き、その場にいた業務統括部の木村直高《きむらなおたか》部長代理を見た。半沢が大阪西支店の融資課長だった頃、徹底的にとっちめたあの男である。業務統括部は、行内の金融庁検査対策を統《す》べる中枢で、木村は中でも中心的な役割を任ぜられていた。

だが、木村は、力の強い者にはひたすら下手《したて》に出るくせに弱い者には強く出る小者の本性を発揮して、とりなすどころか、「おい、黒崎検査官にきちんと謝れ！」と見当違いなことを口走って、全員を失望させた。

「申し訳ありませんでした」

次長の謝罪を黒崎は鼻で笑った。

「謝るぐらいなら、遅刻しないの！　東京中央銀行のガバナンスはどうなってるの？」

気味の悪い男である。

「ほんと、すみません、黒崎さん」

木村がハンカチで額をぱたぱたやりながら、米つきバッタよろしくペコペコしはじめる。

銀行にとって、監督官庁である金融庁はもっとも気を遣う相手であることは間違いないのだが、木村の態度はいくら何でも卑屈すぎる。

このやりとりをテーブルの片隅で見守っていた半沢は、ちょうど向かいにいた渡真利と目を見合わせた。

いろいろな意味で、黒崎駿一の、まさにこれ以上ない強烈なデビューといってよかった。

金融庁の嫌な奴。銀行業界の嫌われ者が、ついに東京中央銀行に乗り込んできたのである。

朝一番で黒崎が全次長クラスを一堂に集めた理由は、ひとつには自らの権威をかざすパフォーマンスのため。だがそれ以外にも、隠された理由があるのではないかと半沢は考えた。

すでにこの朝、金融庁の臨店検査チームが都内三ヵ店、札幌、仙台、名古屋、大阪、高松、福岡の全九ヵ店に立ち入り検査に入ったとの情報が入ってきていた。

どこの支店に検査が入るかは検査当日にならないとわからないが、検査の対象となった支店には、業務統括部の検査対策チームが到着するまで勝手な行動は慎むようにという指示が出ている。検査対策を支店から切り離した分業体制を確立していたわけだ。その体制がこの臨時招集された会議により、機能不全に陥った。

木村以下、業務統括部の次長連中が蒼ざめているのは、一刻も早く支店に急行しなければならないのに、予想外の足止めを食らっているからだった。

今頃、金融庁の検査官たちは支店に踏み込み、支店長以下、右往左往する支店行員を相手にやりたい放題しているに違いないのだ。

机を開けさせ、パソコンのドキュメントを調べ、営業窓口の資金の残高や行員の態度を評価し、本来ならば口もきくなといわれている若手行員から、ぽろぽろとボロの出てくる発言を引き出す。

黒崎のこのパフォーマンスがそういう事態を全て予想した上でのものなら、これはただのオネエではない。

日頃、傲岸不遜《ごうがんふそん》な木村の目が、焦りに泳いでいた。その視線が刹那半沢の上を滑っていったが、とてもじゃないが不愉快をそこに差し挟む余裕はなさそうだ。

「黒崎あらため、オネエ崎だな」

黒崎による一時間ほどの独演会の後、ようやく会議室から解放されると、呆れてみせた渡真利がいった。「聞きしにまさるとはこのことだ。楽しい検査になりそうだぜ」


金融庁から、伊勢島ホテル担当者として呼び出しを受けたのは翌日午後のことであった。

テーブルの反対側にかけている検査官は三人。首班の黒崎は一番端にかけ、椅子の背もたれにふんぞり返って足を組んでいた。後の二人は、事情聴取する警察官のような顔で、半沢と小野寺を迎え入れた。その背後から緊張した面持ちで木村がついてくる。

伊勢島ホテル担当が呼びつけられたとあって、検査対策の総本山、業務統括部から部長代理の木村が同席することになったらしい。

今回の金融庁検査は、シロかクロかのどちらかしかない。黒崎の面《つら》を見れば、お互いの顔色を見て落としどころを探るような灰色の解決は存在しないことはあきらかだ。

「あなたが伊勢島ホテルの担当次長さん？」

黒崎は、業務統括部が用意した名簿と半沢を見比べた。「伊勢島ホテルの資産調査は、今回の検査の最重要課題ですからね。そう思ってちょうだい」

黒崎はいい、「ここでの査定次第では、貴行の業績が大きく下ブレすることもありますから、本件については慎重かつ徹底的に検討するからそのつもりで。いいわね」、そう付け加える。

「それでは、同社の与信内容について私から説明させていただきます」

伊勢島ホテルの分厚い資料を黒崎が開いたところで、半沢がいった。「過去の業績については添付の資料にある通りです。ここのところ業績低迷が続いており、ついに前期は二十期ぶりの赤字に転落した経緯にあります。不振の最大の理由は、ホテル宿泊客の減少という当たり前の事情によるものですが、さらにその背景には顧客層の若年化による伊勢島ブランド力の低下などが主因として存在していました」

半沢の口調は淀《よど》みなかった。「これに対して、伊勢島ホテルでは国内の高所得者層から海外、特にアジア向け旅行客にまでターゲットを拡大して新たな市場開拓を行い、今期四月からの試算表ベースでは低迷していた空室率に歯止めをかけることに成功しています。その結果、本業ベースでは半期で黒字、当期通期でも黒字化する事業基盤が確立されました。今期、不幸にも運用損失によって百二十億円の損失を計上しますが、それは資産売却による特別利益の計上でカバーし、最終損益の黒字化はほぼ間違いありません。今期以降の利益見込額はその資料に添付してある通りで、当行の与信を回収するに十分な原資となります。よって、伊勢島ホテルに対する与信は正常債権と査定しました」

黒崎はじっと数字を見つめたまま、

「どうかしらねえ、半期が黒字だから通期で黒字だという見通しは甘いんじゃないかしら」

という突っ込みを入れてきた。半沢は反論する。

「中国最大の旅行代理店である上海中国旅行公司との契約は、三年の複数年になっています。利益率は多少犠牲にしても〝足し算〟ではなく〝掛け算〟で読める。通期の黒字化は確実です」

「ひとついっておきます」

黒崎はゆっくりと体を起こした。「私は利益にも損失にも、特別なものはないと思ってる。黒字は黒字だし、赤字は赤字。特別損失を計上する会社は、しょっちゅう計上する。そうなると特別でもなんでもなく、理由はどうあれ毎年発生する損失と考えたほうがいい。その点について、あなたの意見はどうなの」

「事情にもよるでしょうが、そういう考え方もなくはないでしょう」

半沢はこたえたが、黒崎の意図は読めなかった。

「じゃあ、上海中国旅行公司と契約したホテルがその後も継続して黒字を確保できるという根拠はあるの？　それと、この数年後までの利益計画にはＩＴ投資が寄与する分も含まれていると思うけど、その読みが正しいと、どうしていえるわけ？」

「上海中国旅行公司と契約している国内ホテルは現在、存在していません。参考にすべき事例がないので、予想売上はこの数ヶ月の感触からの類推でしかありませんが、ここに記載した数字はかなり厳しめに査定したものです」

「それでも下ブレはあるんじゃない？」

黒崎はあくまで懐疑的だ。「それにね、予期せぬ損失や事故が起きるかも知れないでしょう。

契約通り代金が支払われるという保証もないし。そもそもこの会社には、運用で儲けようなんて少々山っ気があるわね。今回の運用損失の対応を見ても、社内のガバナンスが機能しているとも思えない。そんな会社の事業計画は、半値八掛け程度で見るべきなんじゃないのかしら」

なかなか、的確な指摘ではあった。が、どんな事業計画も、ケチをつけようと思えばどうにでもつけられる。

「批判的な見方をすれば、世の中の会社の事業計画は全て当てにならないシロモノになってしまいます」

半沢はいった。「それが正しい評価でしょうか」

「じゃあ、あなたのいう正しい評価って、こんなありもしない事業計画を鵜呑《うの》みにすることなの？」

黒崎の視線に鋭いものが混じってきた。

「ありもしないとおっしゃる根拠はなんですか。一方的な批判なら誰でもできる。理由なき批判は、中傷に近い」

「理由なき批判ねえ……」

黒崎は、指を顎につけていった。「じゃあ、聞くけど、ＩＴの発注先はどこ？」

予想外の質問だ。

半沢の傍らで小野寺が手控えの資料をめくりはじめる。該当する情報が記載されたページが開かれて渡された。

「ナルセンというシステム開発の会社です。本社は品川区五反田」

「ここへの伊勢島ホテルの投資額は、すでに百億円を超えてるわよね。それについて、あなたがた、どうやって管理してるの？　あなたは、そのナルセンという会社を調べたことがあるのかしら」

半沢は身構えた。黒崎とのやりとりは、意図せぬ方向へ舵が切られようとしている。

「信用調査をしたかという意味でしたら、もちろんです。お渡しした資料にも添付されています」

すると、黒崎から思いがけない指摘が飛び出した。

「ナルセン、破綻するんだけど」

いわれた瞬間、はたして相手が何をいっているのか、半沢の脳裏に染み込んでくるまで時間がかかった。

「どういうことでしょうか」

半沢は尋ねた。

「ナルセンの売上は四百億円。当期の予想経常損失八十億円。あなた、それを調べてないでしょう」

その数字が読み上げられた瞬間、半沢は視線を上げた。信用調査票には昨年度までの業績推移が簡単に記載されているに過ぎない。

黒崎はいま、半沢がまったく想定していなかった事実を口にしたのだ。

「損失計上の理由は、大口取引先であるウエスト建設に対する売掛金が貸し倒れになるからよ。同社に対して、伊勢島ホテルはこの三年間に百億円の開発資金を投入し、資産計上しているけれど、ナルセンの経営は実質破綻している。つまり、それがどういうことかわかるわね？　いい？ナルセンには破産申請の噂があって、現に顧問弁護士事務所が検討に入ってるのよ」

黒崎は体を乗り出し、勝ち誇った視線を向けた。「もしナルセンが破綻した場合、さてこの開発資金はどうなるかな、半沢さん。ＩＴの基幹システム開発が頓挫して、それでも計画通りに行くと思う？　運用損失、さらにＩＴ投資の失敗。さすがに二つの巨額赤字を埋められる資産、もう伊勢島には残っていないでしょう」

「そのナルセンという会社、再生ではなく、破産を検討しているんですか」

尋ねた小野寺が蒼ざめている。

「そう。破産。再生じゃないの」

半沢が唇を噛んだとき、嬉々として主任検査官がいった。

「さて、もう一度この経営計画を見てみましょうか」

マズイ方向に検査は進もうとしていた。このままでは寄り切られる。「当期は黒字化するんですってね。いくらですか。五十億円？　ほう。ナルセンの破綻は計画に入ってるのかな？　特別損失だから関係ないとはいわせないわよ。ＩＴ投資の損失によって競合ホテルとの格差も開くし。上海中国旅行公司との提携も目論見通り進む保証はほとんどない。将来的な業績回復のシナリオもこうなっては〝甘い〟のひと言ね。それにも拘わらず、正常債権だと主張する根拠はもうないんじゃない？　どうなの、伊勢島ホテル担当！」

黒崎の甲高い声が室内に響き渡った。

「根拠は？」

半沢の声が、静かに問うた。目は、笑い出したいのをこらえて口を押さえている検査官を見据えている。

「なんですって？」

「だから、根拠を示していただけませんか」

半沢はきいた。「ナルセンが本当に破綻するという理由はなんです。あなたがいま披瀝《ひれき》した情報が正しいという根拠を聞いてるんです」

「あのね、半沢さんさ」

キッとして黒崎はいった。「質問してるのはこっちなの。あなたに質問する権利なんかないのよ。自分の情報不足を棚に上げて、金融庁の情報をガセ扱いだなんて、聞いてあきれるわ。嘘だと思うんなら調べてみなさい。いまさら調べたところで、伊勢島ホテルがどうにかなるものでもないでしょうけどね」

「いいでしょう」

半沢はこたえた。「私どもでナルセンの業績を確認させてください。その上で、いまの指摘に対する納得できる回答をする。それなら問題ないんじゃありませんか」

「ふうん。白旗を上げるのかと思えば、まだやる気なのね？　いいの？　タオルを投げなくて」

そのひと言は、おどおどして成り行きを見守っている木村に向けられたものだった。「ドクターストップでもいいんじゃない？　伊勢島ホテルはどのみち分類される運命なんだから。ならば、これからの検査期間で善後策を練ったほうが得策だと思うんだけどなあ。利口な人間ならそうするでしょう、普通」

「あ、はい。その――」

「忠告は伺っておきましょう」

あたふたするだけの木村を遮って、半沢がこたえた。「しかし、あなたにも一つ、申し上げておきます。金融庁の検査官が、一私企業のブラック情報を根拠もなく口にしてもいいんですか？」

「ナルセンの業績を確認した後にいってもらいたいわ、そんなこと」

歯を剝き出し、黒崎は、小馬鹿にした笑いを吐き捨てた。「あなたも、もう少し態度を考えたほうがいいいんじゃないの？」


「おい、半沢」

金融庁との打ち合わせを終えて部屋から出ると、木村は喧嘩腰でいった。「いったいなにをやってるんだ！　よりによって検査官にあんな指摘をされるとは。危うく分類されるところだったじゃないか！」

「そういう問題じゃない」

半沢は木村を振り返ると、冷めた目で相手を見た。「それはこれから確認します。それと——根拠もなく謝罪するだけなら、検査対策チームは要らない。即座に解散したほうがいいんじゃないですか」

「なんだと、貴様——」

だが、木村の悪態は、半沢たちが乗り込んだエレベーターのドアが遮断し、後には不可解な沈黙だけが取り残された。

小野寺が釈然としない表情をして腕組みをしている。

「どうします、次長」

「伊勢島へ行くぞ」

十分後、半沢は小野寺を伴って銀行前からタクシーを拾った。

2

「ナルセンが破綻する？」

湯浅は唖然としてきいた。

「同社の業績について聞いていていらっしゃいませんか」

「まさか……」

社長室の電話をとった湯浅が呼んだ羽根は、原田を引き連れて入室してきた。

「ナルセンが破綻するという情報があるそうだ。知ってるか、羽根さん」

「ナルセンが、ですか」

羽根は眉を顰《ひそ》めた。

「そういえば財務からひとり社員が出向してましてて、あまり業績は良くないという話は聞いてましたが、破綻とは……。どこからの情報ですか、それは」

「金融庁だそうだ」

「金融庁？」

羽根は怪訝な顔で原田と目を見合わせた。「なんで金融庁がそんな……」

「ナルセンの取引銀行とか、そういうところから情報が洩れているのかも知れません」

「あそこは白水銀行がメーンのはずだが」

白水が情報源だとすれば、情報としては確かだろう。

「業績が悪いとは聞いていたのか」

湯浅は顔色を変えた。「何で報告しなかった」

「コンピュータのシステムを手掛ける会社ですよ。そうそう業績のいいところはありますまい。それに、まさか破産するような状況とは思いませんでしたので」

「もし破綻したら財務の状況はどうなる」

「今までの投資額は資産計上しておりますから、それが全額損失になります。百億円ほどですが」

羽根はこたえた。

「金額も問題だが……痛いな……」

がっくりと肩を落として湯浅はいった。沈鬱な横顔に、かけるべき言葉はすぐには思い浮かばない。

「損失を穴埋めできるものはありませんか」小野寺がきいた。

「考えてみるが、難しいだろうな」

湯浅はいった。いま湯浅の頭の中では、伊勢島ホテルの将来像が大きく揺らいでいるに違いなかった。

「もういい」

湯浅はこれ以上ないほど重い息を洩らし、羽根らを退ける。あとに、湯浅と半沢、小野寺の三人だけが残った。

「どうすればいい……」

湯浅は自問し、深く嘆息した。

「まず、ナルセンの状況を調べるのが先です」

半沢がいった。「その後で、対応を考えましょう。どこかに解決する糸口があるはずです」

「だといいが……」

苦悩する眼差しを湯浅は上げた。

3

「半沢次長、大和田常務の執務室まで来てくれ」

木村部長代理からの電話は、翌日の午前九時過ぎにかかってきた。

秘書に迎えられ、室内に入る。最初に飛び込んできたのは、不機嫌極まる大和田の顔だった。

濃紺のスーツに、大学時代相撲部で鍛えたというがっしりした体を包み込んだ大和田は、土俵上で見合っているような鋭い眼差しを半沢に投げつけてきた。

大和田の脇には、業務統括部長の岸川慎吾が、海外生活が長い男にありがちな気取った雰囲気をまとって足を組んでいる。外資系銀行員のように派手なシャツとネクタイは着道楽の評判通りで、よほど目の悪い者でないかぎり遠くからでも見間違うことはない。

「昨日の検査のやりとりについて、報告させてもらった」

その脇に控えていた木村が底意地の悪い顔でいった。誰も座れといわないので、半沢はそこに立ったままだ。

「君、伊勢島ホテルの査定で、検査官に不備を指摘されたそうじゃないか。なんたることだ」

岸川がいった。

「それについては現在、調査中です」

「今頃調べてどうする。金融庁は知っていたんだろう？」

岸川はいった。「いかなる理由があろうと、君が事実を摑んでいなかった事態は正当化されるものではない。君の検査対応についても、昨日金融庁側からも異例の指摘があった。検査態度を改めるようにとのことだ」

金融庁からというより、黒崎本人からの勝手な指摘に違いない。

「だらしがない！」

そのとき、岸川の正面にいた大和田が一声吠えた。

丸く大きな頭は髪が薄く、頭皮が興奮で赤く染まっている。大和田は、旧T陣営のトップに立つ男だった。見るからに精力的でかつ、激しやすいことでも知られた人物だ。

「金融庁の検査官よりも情報量が少ないなんて！　脇が甘いぞ、半沢次長」

「情報量が少ないから指摘されたというような単純な話ではありません、常務」

半沢の反論に、大和田は目を剝いた。岸川の眼光が鋭くなり、表情に怒りが滲んでくる。

「君——」

岸川の声に鋭さが増した。「自分のミスを認めないどころか、そういう言い方をするのかね」

「ミスであれば、もちろん謝罪しますが、これは伊勢島ホテルの経営体質とも密接に結びついている問題です。それに、私の責任なら後でまとめて取らせていただきますから、ご心配なく」

「なんて言い草だ、まったく！」

岸川が唇を歪めた。「検査っていうのは、そんなもんじゃない。日頃からルールを遵守していさえすれば、相手がどんな情報を流していようと問題ないはずだ」

綺麗事だ。岸川はなおも続けた。

「銀行というのは常に正しくなくてはならん。運用損失に気づかず大恥をかいたばかりだというのに。まったく普段からいい加減なことをしているから、こういう時にボロが出る。それをなんだ君は、人のせいばかりにして。次長失格だぞ」

「運用損失の件については後日、きちんと報告させていただきます」

半沢は相手の目を見据えていった。「ですが、今回の検査官は少々特殊な相手かも知れません。まともにやっても乗り切れるとは思えません」

「そういうところが問題なんじゃないのかね。相手のせいにしたりして！」

岸川は呆れた顔をして見せた。「君がどう思おうと構わん。だが、今回は特別だと勝手に決めつけて検査妨害で上げられたりしないだろうな」

岸川は疎開資料を発見されることを懸念しているのだ。

「通常やるべきことは、やっております」

暗に疎開を仄めかすと、岸川の顔面が怒りに蒼白になる。

「君がなにをどうしているか、私は知らない。だが、資料を隠蔽する必要が出てきたのは、そもそも君の与信態度に問題があったということじゃないか」

「お言葉ですが」

半沢はいった。「今回焦点になっている伊勢島ホテルに対する与信態度に問題があったとすれば、私でも法人部でもない。金融庁に見せられない書類はほとんど京橋支店で作成されたものばかりです」

「貴様、なにがいいたい。いい加減なことをいうな！」

大和田が唾を飛ばした。

この男が京橋支店長を務めていたのはいまから四年前までの三年間。大和田は、そこでの業績急伸を評価されて出世の階段を駆け上った経緯がある。旧Tにとって京橋支店は、役員コースへの登竜門なのだ。

「いい加減なことを申し上げたつもりはありません。疎開資料を全て出しても私は構いません。ですが、それで困るのは京橋支店の関係者です。おふたりとも京橋支店の支店長を歴任されていたと思いますが。それでよろしいんですか」

「聞き捨てならないな」

大和田がいった。「どういうことか説明したまえ」

「京橋支店は、内部情報によって昨年十二月に伊勢島ホテルの運用損失の事実を摑んでいました」

場の空気が瞬間冷凍したように固まった。「ところが、対応策をとることなく、損失発生の事実を隠したまま法人部へ移管した。貝瀬支店長の指示によるものですが、貝瀬支店長ひとりの判断でそんなことをしたとも思えません」

「何がいいたい」

岸川がひび割れた声を出した。せっかくのおめかしもくすんで見える。

「伊勢島ホテルは、京橋支店と親密な取引先です。貝瀬が誰の指示でそうしたのか、徹底的にそれを調査するつもりです」

「証拠はあるのか」

大和田がきいた。

「貝瀬支店長が損失に対応しなかった証拠はあります」

大和田は、半沢を凝視したが、その証拠が何なのかはきかなかった。半沢の脳裏で何かが動き、もやもやとした関係図が次第に明らかになっていく。大和田の後をついで支店長に就任したのが、業務統括部の岸川だ。貝瀬は岸川の後任になり、何事もなければ本部の部長職に出世してもおかしくはなかった。

つまり、この二人にとっても、伊勢島ホテルは重要かつ親密な取引先だったはずだ。

「誰が関与したのか、いずれはっきりさせます。ただし、情報隠蔽の事実を金融庁検査で明らかにするわけにはいきません」

「いま君がやるべきことは、金融庁への対応だろう」

岸川が冷ややかな声を出した。「優先順位を間違えないでくれ。伊勢島ホテルの現担当は君なんだからな」

ドアを閉めるとき、

「なんなんだ、あの男は！」

という、忿懣《ふんまん》やるかたないといった大和田の声が聞こえた。例によって木村の言い訳じみた謝罪が聞こえたが、もう知ったことではなかった。

4

戸越から連絡があったのはその夜のことだ。

「金融庁の情報通りだな。ナルセン社内でたしかにそれらしい動きがある」

戸越の勤め先が近い新宿の居酒屋で待ち合わせた。

「すみません。お忙しいところご足労いただきまして」

「ウチも出資してる相手だ。むしろ、教えてもらって礼をいいたいぐらいさ」

そういった戸越は、この日わざわざナルセン本社まで足を運んで得た情報を伝えた。「ナルセンが開発したシステムを納入したウエスト建設が実質債務不履行の状況になっているらしい。売掛金七十億円が回収できず、それが資金繰りを圧迫しているとのことだ。その対応を経営側と銀行サイドの相談で秘密裏に進めているらしいが、確かに破産の方向で調整しているという噂だ」

「噂、ですか」半沢はきいた。

「ああ。というのも、オレが話をきいた経理部の知り合いでさえ詳しいことは知らされていないというんだ。不良債権の処理をどうつけるか、どの程度話が進んでいるか、残念ながらはっきりしたことはわからない」

だとすると、部外者でその内容を正確に知りうるのは、銀行スジだけだ。

金融庁検査で様々な企業の内部情報にアクセスすることができる黒崎のような立場であれば、そうした極秘情報を得ることも不可能ではない。

「可能性はあるな」

戸越はいった。「それと、ナルセンは伊勢島ホテルから出向者を役員で受け入れているから、おそらく羽根は出向者から破綻の情報を得ていただろう。とはいえ、出向者からの情報は精度の点でやや劣る。ナルセンは、同族企業でね。経営に参画しているのは、社長以下常務取締役までの同族と、それ以外は白水銀行から出向してきている経理担当取締役だけだそうだ。外様の役員は蚊帳《かや》の外ってわけだ」

「しかし、破綻の噂があるのに、なんで羽根は黙っていたんでしょうか」

半沢が疑問を口にすると、戸越も首を傾げた。

「不確実な情報だったからか、それとも他に何か事情があるのか……詳しいことはわからん」

「それと、どうにも腑に落ちないんですが、なぜ、民事再生ではなく、破産を軸に検討するんですか。通常、ナルセンぐらいの規模でしたら、再生を優先させるはずですが。潰すより生かすことを考えないのは何か理由があるんでしょうか」

「実はオレもそれが疑問だった。だけどな、今日きいて理由がわかった。ここだけの話だ」

戸越は声を低くした。「ナルセンは反社会的勢力と付き合いがある。相手は、関東真誠会のフロント企業。社長の弟というのが若い頃に家を飛び出してロクでもないことをやらかしているらしい。コンサルティングの名目で年間数億円の資金がもう十年以上も流出している」

「それを白水銀行は知っているんですか」

「ウエスト建設を担当している白水銀行担当者が突き止めて内々で経理担当の取締役に確認したということだった」

「白水銀行も、支援を継続しようにもできないジレンマにあると」

反社会的勢力に資金を流出させている企業に支援をすれば、銀行側のコンプライアンスを問われる。

「羽根さんはそのことを知ってるんですか」

「おそらく、知らないだろう。いや、知っている者は本当に僅かだ。だが、白水銀行が情報源であれば、その検査官が知っていてもおかしくはない」

戸越は、厳しい顔で腕組みをした。「いずれにせよ、このままいけばナルセンの破綻は免れない。伊勢島は数百億単位の損失が出るだろう」

「それをなんとか穴埋めする方法はないでしょうか、戸越さん」

半沢はきいた。「このままでは、赤字を理由に金融庁に押し切られる。それではマズイ」

だが、ベテラン経理マンから、すぐに返事はなかった。

「今度ばかりは難しいな。本業以外で売却が出来て、かつ資金化できる余剰資産は、子会社を含めて、もうない。袋小路の行き止まりって奴だ」

どこかに解決策はないか——。

考え込んだ半沢の脳裏に浮かんだのは、伊勢島ホテル担当を告げる三枝副部長のどこか飄々《ひょうひょう》とした姿だった。

顔を上げた半沢に、戸越が問うような眼差しを向けた。


「おや、今日は常務お一人ですか?」

役員フロアにある豪勢な応接室に一歩足を踏み入れた湯浅は、刹那、場の微妙な空気を感じ取った。午後七時過ぎ、とっくに銀行の営業時間は過ぎているというのに構わず訪問してくるところは大和田らしい。どこかで食事でもと、アポが入った段階で誘ったがやんわりと断られた。気楽な話ではないらしいと、おおかたの予想はついている。

「遅くに申し訳ありませんでしたな、社長」

大和田が立ち上がると同時に、先に来ていた専務の羽根も腰を上げ、湯浅が席に着くのを待つ。

「いろいろとご迷惑をおかけしています」

用向きは金融庁検査に関することだろう。いままで、営業第二部とやりとりをしてきたが、頼りにしている半沢の姿は今はない。大和田がサシで会いに来たのだ。

「そのことで、私からひと言申し上げようと思って、本日は参りました」

大和田は鋭い眼差しを向けた。「正直、いまのままでは状況は厳しい」

「分類されてしまうということですか」

常務は無表情のまま湯浅に顔を向けている。

「そうはさせたくない」

重々しく吐き出されたひと言は、銀行の切迫した事情を映し込んでいた。「ただそのためには、事業計画を練り直す必要がある」

事業計画ときいて、湯浅は飲みかけた麦茶のグラスから顔を上げた。

「ナルセンの件が明らかになった以上、あれでは甘すぎる」

大和田は重々しく断言した。

「どうしろとおっしゃるんです。ナルセンの破綻については正直、知りませんでしたが、事業計画を変更して済む問題では——」

「そうかな」

大和田はそろりと呟く。「ナルセンを倒産させなければいいのではありませんか」

その発言は湯浅の意表を衝いた。

「倒産させなければいい？　失礼、おっしゃる意味がわからないんですが」

疑問符の浮かんだ湯浅の眼に、やけに余裕のある大和田の姿が浮かんでいた。

「買収したらいい」

息を飲んだ湯浅に、大和田がいった。「そうすればコストも下げられる」

「ご冗談を！」

湯浅は否定した。「その会社に何人の社員がいるかは知らないが、固定費を抱える気はないですよ、大和田さん。金もない」

「いや、常務の意見は検討すべきだ。他に道がありますか、社長」

傍らできいていた羽根の声は妙に威圧的だった。「いま百億を超える投資がフイになったら、当社の業績は地に堕ちる。いや、たんに損失だけの話ならまだいい。ＩＴ投資だって後れを取ることになる」

「しかし、だからといって買収とは……」

言い淀んだ湯浅を、大和田が諭した。

「いまここで結論を出してくれとはいいません、社長。ですが、このままでは金融庁検査で確実に分類されるでしょう。そうはなって欲しくない」

「買収する気もないし、そんな資金もない。なにをおっしゃるんです、常務。うちの本業はホテル業ですよ。システム開発など、周辺業務でもないじゃないですか」

「一見遠回りでも、実は近道という解決策もあるのではないかな、社長」

大和田は意味深なことをいった。

「お言葉ですが、社長、金ならある」

そういったのは羽根だ。「東京中央銀行さんから二百億円の融資を受けたじゃないですか」

「あの金を買収に使ったら、当面の手当がなくなる。それでは困る」

湯浅は驚いていった。「第一、銀行さんだって納得しないだろう」

「納得するかしないかは、湯浅さん次第だ」

大和田は膝を乗りだした。「資金使途を変更してでも伊勢島ホテルが立ち直るのなら、行内はなんとかする。中野渡頭取を説得するのは引き受けましょう。しかし、それには条件があります」

大和田は、ねじ込むような眼差しを湯浅に向けた。「きちんとけじめをつけていただきたい。それがどういう意味かは、あなたならわかるはずです、湯浅社長」

「私に退けと？」

返事の代わり、大和田は、目の前の麦茶を飲み干して、時計を見た。

「これは内々の話です、社長。だが時間はありません。金融庁を説得しないかぎり、いまのままでは分類は免れない。それとも損失を穴埋めするだけの特別利益を計上できますか」

「それは……」

湯浅は言い淀んだ。

「この難局、経営体制の変更なしに乗り切れるかどうか、よく考えていただきたい」

「半沢次長からそんな話は一度もありませんでした」

あまりに唐突な申し出に、湯浅はいった。

「ああ彼ね」

大和田は眼を細めて遠くを見るような顔になる。「彼は御社を担当させるには少々力量不足だったようですな。こちらで処分は考えております」

「処分？」

湯浅ははっと顔を上げた。

「金融庁対策といいながら、まったくやるべきことをやっていない。おかげで私がこうして出てくる羽目になる。頭取から半沢を担当に据えろと異例の指示でそうしたまではいいが、期待はずれもいいところだ。やはり伊勢島さんは旧Tのラインで面倒を見るべきだったんでしょう。まあとにかく、私が申し上げたいのは以上です、湯浅さん。よく考えてもらいたい。あなたの身の振り方ひとつで、伊勢島ホテルの興廃が決まるんです」

立ち上がった大和田を、羽根が部屋の外にまで見送りに出て行った。

一人残された湯浅は浅い呼吸を繰り返しながら、大和田の提案を考える。応接室の暗い窓に、悄然《しょうぜん》とした己の姿が映っていた。

「そういうことか……」

湯浅はひとり呟いた。

これはおそらく、大和田と羽根で仕組んだことなのだろう。今度の株主総会で羽根を解任しようとしている湯浅の動きをキャッチして、逆に湯浅の退陣を迫る切り札を出してきたのだ。

こしゃくな真似を……。

だが、どうすることもできない。そんな今の自分がもどかしかった。

どれだけそうしていただろう。

デスクの電話が鳴り出し、湯浅は深い思考から現実へと引き戻された。

「東京中央銀行の半沢です」

電話の相手が告げる。「お話があります。時間をいただけないでしょうか」

5

営業第二部長の内藤に、人事部長の伊藤光樹《いとうみつき》から直々に話があると申し入れられるのは、異例のことであった。

「君に相談したいことがある。まだ検討段階の話だが、君の意向を聞いてからでないと決められないと思ってね」

伊藤は、優雅な仕草でデスクの上にあったシガレットケースからタバコを一本抜くと火を点けた。内藤よりも五年ほど入行年次が古い先輩だ。仕事のジャンルは違うものの、ふたりは東京中央銀行のトップバンカー同士だった。

伊藤は人事部長という役職、クールな外見からは、根回しのうまい調整派と見られがちだが、実のところかなりのやり手として知られている男だった。攻撃的だが、身のこなしもうまい。

「実は大和田さんから人事の提案を受けている」

伊藤は切りだした。「君のところの、半沢だ」

実はそんなことではないかと思っていた内藤は、黙って人事部長を見た。

「更迭せよとおっしゃる」

「どこへ」

「それはわからない。ただ、銀行外へ出せとの仰せでね」

「出向ですか。あの半沢を？」

「どうだろう」

内藤は、ふとおかしみを浮かべたような顔で伊藤を見た。

「本気で私に質問してるんですか、伊藤さん」

じっとお互いの眼を見つめ、腹を探り合うような時間が流れた。が、感情を抑え込んでいた伊藤の表情に、そのとき別なものが滑り込んできた。

「まさか」口から煙を吐き出しながら伊藤がいった。

「検査対策に問題があるとでも？　だったら、私も一緒に更迭してはどうです？」

内藤は椅子にもたれていた上体を起こし、真剣な表情になった。「常務の意向かなにか知りませんが、半沢を出すのは反対です」

「君も知っての通り、伊勢島ホテルでは失敗が許されない。もし、大和田常務の意中の人物がそれを引き継げば、仮に失敗したとしても、我々の傷は小さくて済むとは思わないか」

半沢更迭案が大和田の策略なら、そこに我田引水の理屈をつける伊藤も相当の巧者といったところか。こうなってくると狐と狸の化かし合いである。

「伊勢島ホテルの担当を押しつけておいてそれはないでしょう。掛けたハシゴを外すようなものです」

あきれたといいたげに、内藤はいった。銀行の派閥意識もここに極まれりだ。

「それが銀行という組織じゃないか。君もよく知っている通り」

「知ってはいますが、それでいいとは思っていない。伊藤さんもそうだと思いますが」

だが、伊藤はそれに反論することなく、「ただ、実際のところ、伊勢島ホテルの資産査定は非常に分が悪い。このままだと、分類は確実ではないか？」と観測を口にした。

内藤は表情ひとつ変えず、

「それで？　どうされるおつもりですか」ときいた。

「これ以上金融庁検査でまずい方向に進むようなら、状況からして更迭せざるをえない」

「湯浅社長が名指しして頭取も納得した人事だったはずです。湯浅社長からパートナーとしての信頼も勝ち得た。それは半沢の功績だし、後任にそれが出来るとも思えませんが」

「もともと伊勢島ホテルは旧Tの取引先だ。大和田さんは、半沢でなくても親しい行員はいくらでもいると考えているらしい。それに、これは君の耳に是非とも入れておきたいが」

伊藤は声を落としていった。「大和田さんは伊勢島との取引で大なたを振るうつもりらしい。そのための検討を融資部企画グループに命じたと聞いている——いや、小耳に挟んだことなので本当かどうかはわからないが」

内藤は顔をしかめた。営業第二部の頭越しに進められている話だ。

「なぜ融資部かわかるか」

「またまた旧Tですか」

苛立ち、静かな口調で内藤はいった。「いつまでそんな旧弊に囚われているんですか。派閥人事は百害あって一利なし。銀行の利益より派閥の利益を優先するんですか、常務は」

「君のいいたいことはわかる」

伊藤は静かにいった。「だが、いまの半沢のやり方では、劣勢をはね返すことは難しい。もしこのまま金融庁相手に失態を続ければ、半沢を外さざるをえない。そのとき半沢の処遇がどうなるかは、君も承知しておいて欲しい」

内藤は唇を噛んだ。それは半沢にだけでなく、もちろん内藤本人の人事にも関係することだ。伊藤がいいたいのは、そういうことなのだと、内藤はすぐに理解した。

6

「ちょうど私も君に連絡をしようと思っていたところだ」

夜八時過ぎ、伊勢島ホテルの社長室にいた湯浅は、訪ねてきた半沢を見ると、そういった。

「実は先ほど、おたくの大和田常務が訪ねてこられた」

「常務が？」

「社長退任の勧告だ。辞めれば、ナルセンの買収資金として先日の運転資金の流用を認めてくれるという提案だ」

あまりのことに、半沢の腹の底で怒りが煮えくりかえった。

「それで考えたんだが――」

血走った目をしている湯浅は疲れ切り、沈鬱な表情をしている。「私の進退によって、この伊勢島ホテルが生き残れるのであれば、社長業に恋々《れんれん》とすることもない。それがベストの選択であれば潔く退こうと思う。どうだろうか」

「それは大和田からの提案であり、同時に、羽根専務からの提案でもある。違いますか」

湯浅は固く唇を結び、視線を足元に落として、再び上げた。

「そうだ。あの二人は年齢も近いし、大和田さんが京橋支店長時代に随分親しくしていたという話はきいている。大和田常務の狙いは、融資を条件に私を退任させて羽根をトップに据える人事だろう」

湯浅は、冷静に大和田の提案の裏を読んでいた。

「そこまでわかっていらっしゃるのなら申し上げますが、その買収は出来ません」

「なんだって？」

湯浅が顔をあげた。「どうしてだ」

「ナルセンは反社会的勢力と取引がある。買収はできない。大和田も羽根さんも、残念ながらそのことをご存知ない」

「なんてこった……」

愕然として、湯浅は肩を落とした。「私がクビを差し出しても、会社は救えないということか」

落胆する経営者をしばし眺めた半沢は、「湯浅さん、実は折り入ってご相談があります」、と改まった口調でいった。

「もしかすると、この提案は、大和田と羽根さんがあなたにした提案よりも、突拍子もないものに聞こえるかも知れません。いや、それ以上に許容し難いものかも知れない。私自身、あなたの立場になって、はたして何ができるか、どうすべきかを徹底的に考えました。その上で、これから申し上げることが、いまこの伊勢島ホテルを救うために、またこれから伊勢島ホテルが一層飛躍していくために、ベストの選択だという確信を持っています」

湯浅から反応はなかった。

ただ黙って半沢の言葉を待っている。

重大な局面にいて、疲弊している経営者の目を直視した半沢は、一大決意と共に抱えてきた腹案を示した。

「フォスターの資本を受け入れてください」

それを聞いた湯浅は、さすがに唖然とし、しばらくは動けなかった。

「フォスター側の意思はすでに確認してあります。湯浅さんの社長続投を条件にし、さらにフォスターですでに実現しているグローバルな受注システムと必要な人材、及びノウハウの提供が可能になります。先方は、伊勢島ホテルを連結対象とすることで、てっとり早く日本での収益機会を得ることができる」

どれほど時間が経過しただろう。

「しばらく時間をくれないか」

そう湯浅はいった。「じっくり考えてみたい」

半沢はひとり湯浅を残し、社長室を辞去した。

第五章　カレンダーと柱の釘

1

「ほう、そうですか。それにしても、長くかかりましたねえ」

京橋支店の古里から、融資承認の連絡を受けたのは、あの新宿の店での出来事から三日後のことであった。

承認の事実そのものは、渡真利からいち早く連絡を受けている。しかし、もっと喜ぶかと思った田宮の態度は、意外なほどそっけなかった。

「ただ話をややこしくしただけなんじゃないんですか」

そういったのは部下の野田だが、もちろん、古里との一件を田宮も野田も知る由もなく、たかだか三千万円の融資を苦労している元銀行員の姿に、こっけいな感想を抱いているだけなのかも知れない。

なぜだろう。

粉飾を指摘し、懸案だった事業計画を立案したときには一度まとまりかけたようにみえた雰囲気関係が蜃気楼《しんきろう》のように消え、指先から零《こぼ》れ落ちていくのを、近藤は感じていた。

田宮が考えていることがわからず、野田の自己主張にも共感することはできない。同じように彼らも、近藤に心を開くことをしないで、精神的な距離をそこに置こうとしつづけている。

お互い、腹を割って話せばわかり合えると思う。だが、そんな近藤の考えが微妙に届かない〝何か〟がある。

それでも融資承認の一報は、ここのところ緊張を強いられていた近藤に束の間の安堵を運んできた。

紆余曲折、半沢のアイデアで〝非常手段〟に訴えたりもしたが、とりあえず目標を勝ち取ったのだ。だが——。

抽斗に保管してある決算資料から直近決算を取りだそうとした近藤は、ファイルの下に、一枚の書類が押しつぶされているのに気づいて、そのときふと手を止めた。

先日近藤が見たときにきちんとページに挟んだはずのものだった。

視線を上げて野田を見る。少し離れたデスクで、素知らぬ顔でモニタを覗き込んでいる男の横顔があった。

ファイルを開けてみた。

一見、変わったところは見当たらないように見える。だが、あるページで手を止めた。

注目したのには理由がある。

ページ番号だ。

「１」——。

その前ページは「２９４」で、その次は「２９６」。であれば、本来そこには「２９５」という数字が入っていなければならない。

決算資料の明細だ。科目は、「長期貸付金」。金額は七千万円ほどある。タミヤ電機の下請け企業に対するものがほとんどだった。

ページが差し替えられている。

「野田さん、ちょっと」

近藤の机上に決算資料が広げられているのを見て野田の表情が強張《こわば》る。「この資料、私がいないときに見たか」

「はあ?」

素っ頓狂な声があがった。「鍵かけてるんでしょう。誰が見るっていうんです」

「ちょっとこれ見てくれるかな」

野田はいかにも面倒くさそうに席を立ってきた。そして、近藤が指しているページを見て黙り込む。

「これがどうかしたんですか」

「ページ番号」

野田が表情を消す。近藤はきいた。「なんでだ」

「経理のパソコンでこの明細を出してくれるか。見てみたい」

野田はぎこちない動作で自席に戻ると、経理ソフトを操作し、同じ年度の貸付金明細を画面に表示した。

プリントアウトされたものと全く同じものだった。

「何が変だっていうんです?」

野田は声を荒げたが、近藤は騙されなかった。

仕訳番号がおかしかったからだ。経理の仕訳をするときに経理ソフトが自動的に振り付ける一連の番号があるのだが、その明細に並んだ仕訳のひとつにはこんな番号が付いていた。

３７６５１。

「仕訳の入力ページを見せてくれないか」

「そんなもの見てどうするんです」

野田は不審を露わにする。

「いいから、出せ」

野田は睨みつけてきたが、マウスを操作し、リクエストした画面を表示した。

入力された仕訳の最後には「決算仕訳」を表す〝13月〟の日付が入っている。本来なら、これより後の仕訳番号は付くはずがない。もし付いていたとしたら、それは決算の後になってなんらかの理由でデータを追加したときだけだ。

最後になるはずの決算仕訳の番号は３７６５０。

なにを意味するか、考えるまでもない。貸付金の仕訳は、この後になって入力されたものだ。

もちろん、操作をしたのは、野田以外に有り得ない。

「もういいですかね」

苛立ってきいた野田の目を、近藤は静かに見返した。

「最近、この決算のデータを追加したか」

野田の目の奥で何かが動き、視線がそれていく。

「してませんよ、そんなもの」

野田はそそくさと経理ソフトを再操作すると画面を変える。だが、そこに表示されていたデー夕は近藤の目に焼き付いていた。

仕訳番号３７６５１。長期貸付金三千万円。貸付先、株式会社フェース電工——。

野田は何か隠している。

2

フェース電工の担当者は、営業部の茂木という若い男の声だった。

「ここは、なにをしている会社なんだい」

「試作品ですよ。メーカーの企画会議でゴーサインがでると、フェース電工に持ち込んで試作品を作るんです」

「フェースさんの決算書、入手してないかな」

「さすがにないでしょう、それは」

茂木はいった。「こっちが発注する側、つまりお金を払う方なんで。販売先の小さな会社なら、万が一倒産でもして頼んだものができないと困るから、与信判断のために決算書もらうこともありますけど。ここは、そこそこの規模の会社ですからね。試作品といってもこっちが頼み込んで作ってもらっているようなものらしいです。それがなにか？」

「ウチから三千万円貸してるんだ、ここに」

「え、マジっすか」

茂木は目を丸くした。

「何に遣われたのかなと思ってさ。知らないかな」

「いやあ、初めて聞きました。そんな話」茂木は首を傾げた。

「君、担当だろう」

「そうなんですけど、社長がやってる話ですかね。聞いたことないですよ」

「社長が？」

「一応、私が担当ってことになってますが、ここの交渉は社長がやってるんです。何か、マズイことあるんすかね」

「いや、別にマズイってことはないさ。ありがとう」

すでに退社した野田のデスクにあるラックから仕入先のファイルを取りだし、「F」のページを開く。フェース電工の代表者名と住所をメモに書き取ってから、東京中央銀行の渡真利に電話をかけた。

「忙しいところ申し訳ない。取引先の信用照会をしてもらいたいんだ。京橋支店には頼めない」

フェース電工の基本データを告げた近藤は、事情を話した。

「折り返すからデスクにいてくれ。すぐにかけ直す」

その言葉通り、渡真利からの電話はわずか数分でかかってきた。銀行が契約している信用情報会社のデータベースには、社員数人の零細企業まで登録されている。

「メーンバンクは白水銀行だな。ウチは取引銀行に入ってるものの下位だ。わずかだが、横浜支店で融資がある」

「この会社にタミヤから長期貸付金が出てる。それがなにに遣われたか知りたい」

「貸付金？　横浜支店に問い合わせれば、決算書を入手しているはずだから何かわかるだろう。少し時間をくれるか」

「すまん、忙しいときに」

金融庁検査でかなり取り込んでいるだろうが、渡真利はそのことをひと言もいわなかった。

その渡真利からの二度目の電話は、翌日の午後五時過ぎにあった。

「昨日の話、フェース電工で間違いないか」

開口一番、渡真利はきいた。「横浜支店に問い合わせてみたんだが、タミヤ電機からの借入金はないと回答してきた」

「ない？」思わず近藤は聞き返した。

「タミヤ電機に対しては通常の受注はあっても、長期負債はない。念のために先方に直接確認してもらった。間違いない」

どういうことだろう。

「フェース電工が借金を簿外で処理している可能性は？　つまり、粉飾だ」

「あり得ないな。この会社には監査法人が入ってる。上場準備中だ」

ならば、考えられることはそう多くはない。

「本当はフェース電工じゃなくて、他のところに貸したんじゃないか」

渡真利の指摘に、近藤は、小さく顔を顰《しか》めた。

「本当の貸付先がわからない。帳簿はすり替えられていたし、経理ソフトの仕訳も変更されていた。確認のしようがない」

「貸付金であれば契約書ぐらいあるだろう。それを確認してみたらどうだ」

「それが、ないんだ」

近藤はいった。

「ない？」

電話の向こうで渡真利が声を上げた。「どういうこった、それは？」

「経理担当に聞いたんだが、そんなもの作ってないっていうんだよな」

「契約書もなしに、三千万円貸すのか。お前の会社はアホか」渡真利は口さがない。

「社長同士、仲がいいんだとさ。なあなあで貸したから契約書は作っていないそうだ」

「もし本当なら間抜け社長同盟だな」

渡真利が呆れた。もちろん、近藤自身、契約書がないという説明を真に受けているわけではない。

なにか本当の内容を確認する方法はないか。電話を切った近藤はしばしデスクで頭を抱えた。

その天啓は、突然、降ってきた。

「そうか……」近藤はつぶやく。

税理士だ——。

3

タミヤ電機の顧問税理士事務所は、神保町の雑居ビルに入っていた。京橋から地下鉄を乗り継いだ近藤は、ビル脇の看板に「神田敏男税理士事務所」の名前を確認し、のっぽビルのエントランスへと入っていく。

受付に出てきた若い男に名刺を渡して呼んでもらったのは、いつも来社する渡瀬稔《わたせみのる》という担当者だ。渡瀬は、フロア奥のデスクにいた。

「あ、お世話になってます」

小走りに出てきた渡瀬は怪訝な顔をした。近藤が前触れもなく訪ねてきたことに違和感を抱いているのは間違いない。

「お忙しいところ、突然お伺いして申し訳ない。ちょっといいかな」

「ああ、はい」

戸惑いの表情をひた隠しにしながらも渡瀬はきいた。「今日は、野田課長は？」

「野田君は関係ないから」

渡瀬に案内されて応接室に入る。テーブルを挟んだ椅子に渡瀬がそのままかけたところを見ると、税理士の神田を呼ぶまでもないと判断したに違いなかった。

「実はウチの決算書の明細を見せてもらいたいと思ってね。ここに控えがあるだろう」

「明細の控え、ですか」

渡瀬は当惑を浮かべた。「それでしたら、御社にもあるはずなんですが」

「一部内容が差し替えられているようなんだ」

「あの、どういうことでしょうか」

渡瀬は体を乗りだした。近藤は、コピーしてきた明細をテーブルに広げる。

「この長期貸付金の明細がどうもおかしい」

渡瀬はそれに無表情な視線を投げた。「フェース電工に三千万円の長期貸付金があることになってるだろう。ところが、そんな事実はどこにもない」

「あの、この件ですが、野田課長の許可はとられたんでしょうか」

渡瀬の年齢は三十歳そこそこ。運動不足と連日のハードワークで青白い顔をしている渡瀬は、よそよそしい口調できいた。

「許可って君、なんで部長の私が課長の許可をとらなきゃならないんだ」

近藤がいうと、渡瀬は、今までの愛想笑いをひっこめた。

「経理は野田課長が専任されているときいていますので」

「野田は、私の部下だ」

近藤はいった。

「念のために、野田さんと話し合っていただけませんか」

「話し合う必要はない」

近藤が断言すると、渡瀬は頬を強張らせた。

「それではお見せできません」

「君じゃあ話にならないな。先生いるかい」

「いま、ちょっと打ち合わせ中でして」

渡瀬は体よく断ろうとした。

「ほう」

近藤はいい、「前期決算の粉飾、お宅の事務所では知ってたよな」ときいた。

返事はなかったが、相手の目に動揺が浮かんだ。

「少し簡単に考えてるだろ」

近藤はたたみかける。「そんな態度をとるんだったら、顧問契約を解除するぞ」

内にこらえた怒りのせいか、渡瀬の頬が小刻みに震えている。手に負えないと判断したのか、

「ちょっとお待ちください」といって部屋を出て行った。

なかなか戻ってこなかった。

なにをしているか想像はつく。まず野田に連絡。「見せるな」といわれたはずだ。今頃、タミヤ電機内部でも、野田が騒ぎ始めているに違いない。

「ご無沙汰しております、近藤部長」

やがて、渡瀬は、所長先生の神田《かんだ》敏男《としお》を連れて戻ってきた。

薄い髪に丸顔の神田は、税理士というより肉体労働者のように日焼けした男だ。所員五十人のこの事務所では、税務処理は事務員が行い、当の神田の仕事は顧客接待の飲み会とゴルフぐらいである。それだけで数千万円の報酬が入るのだから、こんな楽な仕事はない。

「どうも、先生。用向きは聞いてくれましたか」

にこりともしないで近藤はいった。

「それなんですけどねえ。お願いしますよ」

眉根を下げて見せる神田は、軽い男だ。

「お願いしているのはこっちだ。早く見せてもらえませんか」

「困ったなあ」

相手の顔に、小狡《こずる》い色を浮かべる。

「別に困ることはない。ウチのデータなんだ。クライアントの総務部長が見せてくれといっているのに、それを拒否するほうがおかしい」

「野田さんからいわれてまして。それに、田宮社長の了承もないわけでしょう」

「その野田がデータを改竄《かいざん》している可能性があるから、こちらに聞いてるわけです」

「申し訳ないけど、部長。それはできません」

神田は椅子にふかぶかとかけると、胸ポケットからタバコを出して一本つけた。「野田さんとは付き合い長いですし、その野田さんから、きつく風にいわれてますんで。自分と社長以外の人には見せないでくれって」

「そうか。じゃあ仕方がない」

近藤はいうと、鞄から出した資料をテーブルに滑らせた。

「なんですか、そいつは」

「タミヤ電機の粉飾をまとめた報告書だ。お宅のことにも言及させてもらった」

背もたれから体を離した神田は慌ててそれを一読し、目の色を変えた。

「粉飾は二重帳簿になっていた。お宅の事務所で作成したものだろう。なんで、そんなものに協力した」

二重帳簿は巧妙なもので、税理士事務所の関与がなければあそこまでやるのは難しい。

「いやそれはまあ、長い付き合いですし」

神田は言葉を濁す。

「長い付き合いだから、粉飾に関与したっていうのか。この粉飾した決算書で融資を受けることは詐欺だ。それを承知で協力したんじゃないか」

「私だってそんなことはしたくなかったんです。ですがその――」

「反社会的税理士って言葉、知ってるか」

言い訳を遮って近藤はいった。神田が口を噤《つぐ》む。

「近藤さん、そんな。ウチはただ――」

「銀行には、粉飾に関与した税理士事務所のブラックリストがある。一度それに記載されたら、その事務所の顧問先企業の決算書では融資を受けることは難しい。今回の粉飾について、お宅の事務所が深く関与していることを報告したらどうなるかわかってるな」

「そんな」

神田は狼狽した。「それは勘弁してくださいよ」

「随分羽振りがいいようだけど、信用あってのことだよな、先生。野田に義理だてするのは勝手だが、野田と私、どっちに付いたほうがおたくにメリットがあるか、よく考えたほうがいいんじゃないか」

神田の目の奥で迷いが渦巻いた。だが、この計算高い男が結論を出すまでに大した時間はかからなかった。

「お、おい、渡瀬！　資料、お持ちしろ」

蒼ざめた顔で成り行きを見守っていた渡瀬が、部屋を飛び出していく。

やがて分厚い帳簿を抱えて戻ってきた。

そのページをめくった近藤は、すぐに目的の場所を探し当てた。長期貸付金の明細だ。

貸付金額三千万円。

あった。貸付先の相手は、やはりフェース電工ではない。代わりにそこに記載されているのは——

「株式会社ラファイエット？　どういう相手だ、先生」

神田はぶるぶると首を横にふった。

「わ、わかりません。入力は野田さんがされているし、税理士事務所では中味までは関与しませんから」

「本当に知らないのか」

近藤は念を押した。「もし、後になって知っていたことがわかったら、その時には覚悟してもらうぞ」

「本当ですって、近藤さん。信じてくださいよ」

神田はいまにもすがりつかんばかりにいった。

「これは私が預かる」

帳簿を持って税理士事務所を出た近藤は、京橋まで地下鉄を乗り継いだ。駅のコインロッカーに帳簿を入れ、それから野田の待つ会社へと戻っていった。


野田からの電話は、ゴルフ中の携帯電話にかかってきた。

ティーショットを右に曲げ、ラフから第二打を放とうと構えていた田宮は、ちっと鋭い舌打ちをして尻ポケットで振動している携帯電話を取り出す。ディスプレイに表示されていたのが他の名前だったら、そのまま放っておくところだった。

「ああ、社長。すみません、お忙しいところ」

「なんだ」

よほどのことがない限り、野田はこんなときに電話してくるような男ではない。

「実は神田先生の事務所から電話がありまして、近藤が向こうへ押しかけていったようなんです」

「なんだと？」

思いがけない話に、田宮は携帯電話に向かって怒鳴った。「なにしにいった」

「ウチの決算書を見せろといったそうで。例の貸付金の明細をその――」

「まさか、見せたんじゃないだろうな」

田宮は不機嫌極まる態度できいた。

「それがその……」

電話の向こうで野田が返答に窮する。「近藤には絶対に見せないようにといってあったんですが、どうやら神田先生が――」

「見せたのか」

「はあ。そのようです」

「莫迦！」

野田を怒鳴りつけ、怒りにまかせてそのまま切った。

何の断りもなく、税理士事務所へ押しかけていった近藤の行動も許し難かった。その近藤に、おいそれと帳簿を見せてしまった神田にも腹が立つ。のこのことそれを報告してきた野田も、とんだ間抜けだ。まったく、どいつもこいつも――。

だがその憤りは、間もなく心の一点にぽつりと浮かんだ不安にとって代わられる。

そもそも近藤は、どうしてあの金に気づいたのだろう。細工をした野田の疎漏によるものなのか、別の理由があるのか。一度浮かんだ疑問は、拭いようもなく腹の底に渦巻きはじめる。

「田宮さん、どうぞ！」

プレー仲間から声がかかって、田宮は再びアドレスに入った。

目は白球を見つめていたが、心の中で白球は近藤の顔にすり替わっていた。「くそっ」

力任せに振ったアイアンから放たれたボールが、いまにも泣き出しそうな雨雲に向かって飛んでいく。意図した方向からすると、かなり右だ。

「しまった！」

そう思ったとき、グリーン手前にある池で飛沫《しぶき》が上がった。

「あーあ、やっちゃった！」

遠くでキャディの声がした。

4

「お忙しいところ、お呼び立ていたしまして申し訳ありません」

午後八時過ぎ、時間に少し遅れて入室してきた貝瀬に、田宮は深々と頭を下げた。

「いえいえ。ただ、今回は割り勘でお願いします、社長。融資の件もあるし、微妙な時期だと思いますのでね」

貝瀬は、割り勘というところに銀行員の分別をことさら強調するかのようにいった。

「いや、支店長。今回のことは融資とはまったく別の次元のことですし、混同するようなことはありませんからご心配には及びません」

田宮はいい、おしぼりを運んできた女に、料理を始めてくれと告げた。

貝瀬に〝少々重大な用件〟で、食事に誘うまでの様々なことが脳裏を過ぎっていく。

先日、散々だったゴルフから会社に直帰した田宮が最初にしたことは、自分のデスクで普段通り仕事をしている近藤を呼びつけることだった。

野田には、自分が帰るまで近藤とはこの件について話すなといってあった。田宮の帰社ととももに近藤が呼ばれたことに、溜飲を下げる展開を期待して野田が見ていた。

「今日、神田先生の事務所に行ったそうですね。なにをしに行ったんです。勝手なことをしてもらっては困るよ、近藤さん！」

そのとき、いつになく田宮は激昂していった。

「ウチの帳簿の内容に虚偽があったので」

平然として、近藤は、手にしていたコピーをデスクに広げた。帳簿のコピーだ。

案の定、長期貸付金の勘定科目がそこに記載されている。田宮は警戒し、「これがどうかしたんですか」ときいてみた。

「野田！」

答えの代わりに、近藤はいきなり野田を呼びつけた。自席から立ってこちらに歩いてくる野田の顔は、すでに不機嫌なものになっている。

「お前、この勘定科目の中味、変更しただろう」

野田はそれを一瞥して、しらばくれた。

「知りませんね、そんなもの」

「お前しかこんな細工をする奴はいないじゃないか」

「大方、神田事務所の渡瀬さんあたりが変更したんじゃないんですか」

「つまらない嘘を吐《つ》くな、野田。小学生にも笑われるぞ」

野田が物凄い形相で睨みつける。

「嘘かどうかわからないじゃないですか。野田君はやっていないっていってるんだから」

田宮はいい、このひと言で社内の人間関係がのっぴきならない危険水域にまで流された感覚が、その場の三人の胸にしっかりと刻まれた。

「だったら、神田事務所の渡瀬さんにここで確認しようか、野田」

野田は表情を消した目を近藤に向けただけでこたえない。近藤が続ける。「私のデスクに入れてあった元帳のページを差し替えただろう」

「どうやって」

吐き捨てるようにいった野田の顔色が変わった。鼻先に、鍵をつきつけられたからだ。

「お前の机の中を調べさせてもらった。私のデスクのスペアキーだ。作成日は先週水曜日だな。雑費の明細にスペアキーの代金と思われる支払先が混じってた」

「あなたはなにがいいたいんです、近藤さん」

非難がましくいった田宮に、「この株式会社ラファイエットというのは、どういう相手ですか」と近藤は詰め寄ってきた。

「取引先ですよ、私が古くから知ってる社長でね」

「契約書を見せてください」

「そんなのないですよ」

田宮はこたえる。嘘だということは、近藤にもわかったはずだ。

「三千万円も融資しているのに、契約書もないなんておかしいでしょう。返済期限はいつですか」

「近藤さん」

田宮は、椅子の背もたれから体をおこした。「これは社長マターだと思ってください。余計な関与はしないでもらいたい」

「なら、社長が貸せばいい」

即座に言い返してきた近藤に、さすがの田宮も反論ができなかった。「そんな貸出は、会社の財務内容を毀損するだけです。いますぐ返済してもらってください。返済資金は社長が貸せばいいでしょう」

「まあ検討はしてみますけどね。とりあえず、これについては私に任せてもらえませんか」

いま田宮にとって、近藤はこれ以上ない煩《うるさ》い存在だ。今まで続けてきた自分の経営をことごとく否定するぶち壊し屋にも見える。余計なことをほじくり返す前に、銀行にお引き取り願ったほうがいい――田宮がそう結論づけるまで、時間はかからなかった。


「実は近藤さんのことなんですが」

料理が一段落するのを待って、ようやく田宮は本題を切りだした。「社内でなにかと衝突を繰り返していましてね。私もほとほと手を焼いているんですよ」

冷酒を注いだ小さなコップを口に持っていこうとして、貝瀬はそれを戻し、なんとも複雑な表情を作ってみせる。

「出向者を戻すというのは、感心しませんねえ」

案の定、貝瀬の反応は好意的とは言い難いものだ。

「もちろん、好きこのんでの話ではありませんよ、支店長。やむを得ずです」

一旦受け入れた人物をまた戻すとなれば、いかなる理由があろうと銀行はいい顔をしない。それは承知の上での話である。

「再検討していただくというわけにはいきませんか、社長」

「なんとか、ウチでやってもらおうと配慮してきたつもりですが、どうにも手に負えませんでね」

「具体的に、どういうところがダメなんでしょうかね、近藤さんは」

あらたまった口調で貝瀬はきいた。なにしろ、先日の粉飾の件があるから、貝瀬が田宮に対して不信感を抱いているのは間違いない。また田宮も、貝瀬が取引継続に反対したという情報を得ているから、表面上取り繕っていてもふたりの腹の中では互いに反感が渦巻いている。さらに田宮には、そもそも近藤がいなければ、こんなことにはならなかったという勘違いした思いもあるから腹立たしさも倍増しになる。

「まず協調性がない。部下からの信任を得るところまでいかないし、私としてもそれだと困る。経営にも口を出して先日お出しした経営計画を策定するのはいいが、どうにも的外れでしてねえ。役員の評判もすこぶる悪いわけですよ。これではウチでお預かりするのは難しい」

貝瀬は大きく頰を膨らませ、困りましたな、と小さくいった。

「とにかく、人事の方と相談していただけませんか」

「一応、お話は承っておきます」

「是非、よろしくお願いしますよ、支店長」

理由はともあれ、近藤さえ更迭してしまえば例の貸付金のこともうやむやにできる。出向者を受け入れているのも京橋支店の心証をよくするためと割り切っているが、この貝瀬のような男が相手では、そうした配慮も無駄になるだけかも知れない。

東京中央銀行との付き合い方も、時代とともに変えていく必要があるということなのだろう、と田宮は思った。無理をして貝瀬の心証を良くする必要はない。

店の前に支店長車を待たせていた貝瀬を見送り、田宮はやってきたタクシーに手を上げた。後部座席におさまった田宮は、携帯で馴染みの店にかける。まったく気分の悪い夜だった。今夜は飲み直しだ。

5

「株式会社ラファイエット」という会社について渡真利に問い合わせた。

「同名の会社は全部で七社ある。都内は三社。タミヤ電機の同業は一件もない。アパレルが二つ。飲食業らしきものが一つ。横浜と千葉にもある。そっちの業種は両方とも飲食業だな。どうする」

「とりあえず、調査票をファックスしてくれないか。考えてみる」

数分後、東京中央銀行融資部から流れてきたファックスをむさぼり読んだ近藤は、首を傾げた。接点がない。この中の、どれがカネを貸した相手なのか、特定できないのだ。

税理士事務所を訪ね、田宮とやり合った翌日である。

契約書はないと田宮はいった。嘘に違いないが、たとえあったとしても近藤の手の届かないところに隠蔽されてしまった後だろう。

「他に追跡手段はないか……」

ようやくそれにある種の回答を見出したのは、午後、未決裁箱に入っていた預金通帳を手にしたときだ。

他社に融資するとき、預金口座から現金を下ろして運ぶことはめったにない。「振り込み」で処理するのが一般的だ。であれば、三千万円が融資されたときの振込先を確認すればいい。

その夜、野田が退社するのを待って、近藤が調べたのは、株式会社ラファイエットに対する長期貸付金がそもそも何年前に発生したのかということだった。

古い決算書を調べればすぐにわかった。貸付先の名前はわからないが、貸付金としては決算書に計上されているからだ。

四年前だった。合併前の東京第一銀行京橋支店の預金口座から、相手企業へ振り込まれている。五月十七日の日付が入っていた。

それから倉庫へ行き、その年度の振り込み依頼書の控え伝票を探した。経理書類の保存年限は七年。どんな事情であろうと、会社のカネを貸した以上、痕跡はどこかには残っているはずだ。

同じフロアの一室が倉庫代わりになっていて、入るとねっとりした蒸し暑さとかび臭い匂いが入り混じっていた。

整理状況は良くない。営業部が使う試作品など、商品かガラクタか、はたまた不良在庫かすらわからない電機部品の棚が両側に続き、経理関係の書類はさらに奥まったところに山積みになっている。

足元に無造作におかれた段ボール箱をどけ、年次毎に分けられている棚の前に立った。

埃にまみれた箱をいくつか床に下ろし、素手で開けるとすぐに指が真っ黒になる。

経費関係の領収書などが貼り付けられたスクラップブックと、伝票がぎっしり詰まった段ボール箱をいくつか開け、目的の書類を探した。やがて近藤は、古い振り込み依頼書の控え伝票で手を止めた。

さすがに田宮も野田も、これを隠すところまで気が回らなかったに違いない。

筆跡は一目で野田のものとわかる几帳面な文字だ。

振込先、株式会社ラファイエット、振込金額三千万円。振り込んだのは白水銀行日本橋支店の普通預金口座だ。

口座番号を書き留めた近藤は、自席に戻って渡真利から送信された調査票で同じ銀行の支店と取引のある会社を探した。

該当は一社だけだった。

6

店のターゲットは、三十代から四十代の女性だろうか。

ハンガーにかかっているのはどれもシックなデザインで、派手なものはない。手近なワンピースの値札をひっくり返してみた。六万五千円という値段は、少なくとも近藤家の財政からするとそう簡単に手が出せるものではなかった。

店内に客がもうひとりいて、店員がつきっきりでセールストークを続けている。

日本橋駅前にある百貨店内だった。ここに会社と同名の「ラファイエット」というブランドでブティックが出店していることはその後の調査でわかった。

「あの、すみません」

近藤のことを少し離れたところでフォローしている店員に声をかけた。三十代の落ち着いた感じのする女性だ。ここで扱っているブランドの服がよく似合っていた。

「このラファイエットというのはオリジナルのブランドですか?」近藤はきいた。

「ええ。全てうちでデザインしたものばかりです。贈り物ですか？」

「ええまあ」

近藤は曖昧にいう。

渡真利がくれた信用調査票によると株式会社ラファイエットの本社事務所は地下鉄日本橋駅に近い雑居ビルにある。

「ええと、贈られる方のサイズがわかれば、合わせられますけど。お好みとかはありますか」

「それがね、わからないんです」

近藤のこたえに、店員は失望の色を浮かべた。「このブランドを見てきて欲しいっていわれてね。きっと気に入るからって。で、今度の日曜日にあらためて買いに来ようという話です。なにかパンフレットのようなものはありますか」

売り場の中央にあるテーブルの抽斗から、コレクションを印刷したパンフレットをもって店員は戻ってきた。

礼をいって近藤は受け取り、早々にその場を後にする。

パンフレットに企業データは載っていない。だが、そこに印刷された会社所在地は、信用調査票と見事に一致し、ここがタミヤ電機の融資先であることがわかる。田宮は、小さなブランドを有するアパレルの会社に三千万円もの金を融資していたのだ。

婦人服フロアの片隅にあるソファに腰を下ろした近藤は、洒落たデザインの並ぶそのパンフレットをあらためて眺め、次に信用調査票にある代表者氏名を確認した。

棚橋貴子。

住所は大田区内だ。四十七歳という年齢まではわかるが、それ以上のことはわからない。

田宮の女だろうか。

近藤は、もってきた地図を頼りに午後六時を過ぎても蒸し暑い都心を歩き出した。やがて立ち止まったのは、裏通りに面したビルの前だった。ガラスの壁面に重たい空が映っている。

そのビルの一階が、ラファイエットという会社の本社事務所だった。半分ほど開いたブラインドから内部の様子を窺うことができる。売上一億円に満たない小さな会社。こぢんまりした事務所である。

しばらくそれを眺めていた近藤は、意を決して一階脇の入り口に向かって歩いていくとドアを開けた。

足を踏み入れた事務所に妙な圧迫感があるのは、天井近くまで段ボール箱が所狭しと並んでいるからだろう。いま何箱かの段ボール箱が開けられて荷分けの真っ最中だ。社員はみな若い。声をかけると、デスクにいた事務員らしい女性が立ってきた。

「私、タミヤ電機のものですが、社長さん、いらっしゃいますか」

差し出した名刺を、事務員はしげしげと眺め、それから戸惑うような視線を近藤に向けてくる。

「タミヤ電機さん、ですか」

彼女はきいた。「社長とお約束はいただいているんでしょうか」

「いいえ。近くに参ったものですから、ご挨拶をと思いまして」

女性の表情の中で、当惑の色が揺れる。

「失礼ですが、社長とはどのような——？」

セールスかも知れないと警戒したらしい。

「失礼しました。私、タミヤ電機の総務部の者なんですが」

名刺にもそう書いてある。「ウチからの資金の件だといっていただければわかると思います。セールスではありませんから、安心してください」

それで事務員はようやく納得したらしく、少々お待ち下さい、と名刺をもって奥の部屋へ消えた。

「どうぞ」

間もなく戻ってきた女性からいわれ、案内されるまま奥の部屋へと入っていくと、そこに、ひとりの女性がいた。そこはミーティングテーブルを置いた多目的ルームのようなところで、いま女性の前はデザインを描いたデッサンで埋まっている。それまで打ち合わせをしていたらしい社員が近藤と入れ違いに部屋を出て行った。

「どういったご用件でしょう」

立ち上がった女性は、金色のチェーンをしたメガネの向こうから値踏みするように近藤を見た。

「社長さんですか？」

名刺も出さない相手に、近藤はきく。

「そうですけど」

手振りで、空いている椅子を勧められた。

「私、タミヤ電機の総務部長をしております、近藤と申します。実は、お伺いしたいことがありまして」

鞄から出したのは、先日、倉庫で見つけた振り込み依頼票のコピーだ。だが、それは取りだしただけで、相手には見せなかった。棚橋貴子の探るような眼差しがきつくなって、近藤は居心地の悪さを感じた。

「タミヤ電機から、御社に対する融資の件です」

返事はない。近藤は続けた。「うちの田宮から個人的関係で融資をしたときいています。ただ、借用書もないという状況で困っておりましてね。御社に三千万円を四年前に融資したということについては、間違いありませんか」

「なんかヘンなことをおっしゃいますね、あなた」

棚橋の口調に刺々しさが混じった。「そんなこと、田宮さんにきけばいいことでしょう。なんで私にいちいち確認しようとするのか、わからないですけど。それに借用書がないなんて嘘よ。私、書いたもの。これ、あなたの独断でいらっしゃってるんじゃないの」

棚橋はなかなか鋭いところを見せた。

「それが私の仕事なので」

近藤もそれに応じる。「債権があるのであれば、返済の予定をお伺いしたいと思います」

「田宮さんが返済しろっていってるの？」

棚橋は聞き返し、不機嫌さを表情に出した。

「田宮本人がいっているわけではありません。ですが、いつ返済されるかわからない貸付金では困ります。棚橋さんは、どうお考えなんですか」

「そんなこと、あなたに言う筋合いなの？」棚橋は不信感も露わにきいた。

「経理担当者として、今後の経営計画に盛り込みたいので」

「だったら、しばらくはそのままにしておいてください」

「しばらくとは、いつまでですか」

「そんなことわからないわよ」

苛立って、棚橋はいった。「無い袖は振れないって言葉、知ってるわよね。それに、あなたの会社のお金じゃないじゃない」

妙なことを棚橋は口ばしる。

「ウチの金じゃない？」

顔を上げた近藤から棚橋の視線が逃げていった。本人にとって、それが失言だったらしいことはそれでわかった。

「どういうことですか、それは」

「田宮社長は、個人的な関係で貸したとおっしゃったわけでしょう。だったらそれでいいじゃないの。それをあなたが詮索してどうしようっていうんです」

「勘違いしないでください。当社のお金ですよ、棚橋さん。そもそも田宮とはどういう関係なんですか」

「そんなことはあなたに関係がない」高慢としかいいようのない態度を、棚橋は見せた。

「関係がなきゃこんなところにまで来ません」

鋭く近藤がいうと、棚橋はきっとした目で言い返す。

「所詮、総務部長じゃないの。あなたに話すことなんてなにもないわ。出て行ってください！」

7

「経理担当者がですか」

法人会がお開きになり、社長仲間とホテルのパーティ会場へ移動した午後八時すぎ、田宮の携帯に電話があった。

「そう名乗ったそうだ。心当たりはありますか」

「銀行からの出向者を総務部長で迎えておりますので、おそらくその者だと思いますが」

田宮は、鋭い舌打ちを挟んだ。「あの件には触れるなときつくいってあったんですがね。まったく!」

「困ったなあ、そういうことでは」

「申し訳ない。まさかそこまでやるとは思わなかったので」

幹事の音頭で乾杯が終わった。ざわめき出した会場の片隅で、田宮は携帯の送話口を手で覆い声を潜める。

「なにぶん、前任者たちとは比べものにならないぐらい煩い男でして、命令無視も甚だしい。あの件については社長案件だから触るなといってあったのに。いま、銀行に戻そうとお願いしているところです」

電話の向こうからため息が洩れてきた。そのついでに、田宮は少々聞きにくいことを口にした。

「たいへん申し上げにくいことですが、そもそもあの金の返済の目処《めど》はどうなんでしょう」

電話を握りしめたまま会場を抜け出すと喧噪が背後に引いていった。静かなロビーに空いている椅子を見つけてかけた。

電話の向こうのしかめ面が目に浮かぶようだ。相手はいかにも田宮が悪いような口ぶりだが、そもそも便宜を図っているのは田宮のほうだ。

「なんとか業績がひと息つけばいいんですがね。何分、アパレル業界も厳しいようでね」

会社に金がなくてもあんたの懐にはあるではないか。ついそういいたくなってしまう。だが、田宮はそれを飲み込み、「うちはいまのところ構いませんから」と無理をしていった。

「もし不都合があれば、いってくれませんか。考えるから」

不都合ならとっくに起きている。だが、田宮は、「わかりました」といって電話を切った。

会話を終えた携帯電話を折りたたみ、ズボンのポケットにつっこむ。無性に腹が立っていた。電話の相手にも、近藤にもだ。

父親の急死により社長に就任してもうだいぶ経つ。それまで勤めていた大手企業でやりたいことをさせてもらっていたのに無理矢理呼び戻された。そんな妙な被害者意識は、田宮の中で「だからこの会社は自由にさせてもらう」という思いへ変容を遂げている。田宮は自分の会社に文字通り君臨しているのであり、いいつけに逆らう部下など、言語道断だった。

だが、これは頭ごなしに叱りつけて解決する問題でもなかった。

近藤の目的もわからないのだ。強引にラファイエットに乗り込んで、はたしてなにをしようとしたのか。まもなく銀行に帰る土産にタミヤ電機のアラ探しでもしようとしたのか。

叩いて埃の出ない中小企業はない。むろん、タミヤ電機もまた例外ではなく、解きようのないしがらみに縛られている。それは生きていくための必要悪というか、税金みたいなものだと田宮は思っている。

田宮は、そもそも銀行というものを信用していなかった。

それは、先代社長である父から吹き込まれた銀行悪玉論によるところが大きい。というのも、かつてタミヤ電機は、融資をするという約束を一方的に翻され、不渡りを出しそうになったことがあったからだ。田宮がまだ中学生ぐらいのときだろうか。夜、顔を真っ赤にして戻ってきた父親は、居間にあったガラスの置き時計を力任せに床にたたきつけ、粉々にした。それは銀行の周年行事で贈られた記念品で、裏に金文字で当時の東京第一銀行の名前が入っていた。人が違ったように暴れていた父を、ただ田宮は怯《おび》えて見つめるしかなかった。

銀行員は信用するな。契約書を交わし、金が振り込まれてくるまで油断するな。父は、ずっとそういい続けてきたし、そういわれても仕方のないことを銀行はしてきた。

父からの垂訓は、田宮の銀行対策のいわば基本方針のようなものだが、田宮自身がそれにつけ加えるとすれば、「銀行は利用せよ」ということだ。

銀行のことを毛嫌いしつつも、融資を止められては困るという懐事情もある。融資をなんとか継続させ、銀行との関係を強化するために近藤のような人間を出向で受け入れる。面従腹背のこの施策により、近藤が来る前にも何人かの銀行員が来たが、結局、「本人の資質の問題」で、去っていった。タミヤ電機は、常に受け皿を準備しているというスタンスをとり続け、銀行に恩を売る。だが、そうして送り込まれてきた銀行員を田宮はやはり信用することはできないから、軋《あつ》轢《れき》が生じ、居心地はたちまち悪くなり、ストレスに耐えきれず出向者が銀行に戻っていくということを繰り返す。

近藤に対しても同様。ひとつ違うのは、いままでの銀行員に比べ、一歩も二歩も、タミヤ電機の「聖域」に踏み込んできたということだ。

田宮にとって、出向してきた銀行員など、単なる飾りである。ゼスチュアに過ぎない。

近藤の出向解除はすでに申し込んであるが、田宮の苛々はおさまりそうになかった。

8

「先日の税理士事務所のときといい、勝手なことはしないでもらえませんかね」

ラファイエット本社を〝突撃〟訪問した翌日、田宮はいった。憎々しげに細められた眼は、しかしどこか近藤の真意を見定めようとするかのようだ。

本来もっとも近いはずの、社長と総務部長という関係からはほど遠い腹の探り合いだ。

「粉飾決算、いつ返済されるかわからない三千万円もの融資。これを放置したらなんのために銀行から来たかわかりません」

近藤はいった。

「あなたがどこから来ようが命令を無視して勝手なことをしていい理由にはならないでしょう」

「じゃあ、あのお金、返済してもらえるんですか、社長」

あらためて近藤は問いただした。

「そんなことはあなたが心配することではない」

「あの三千万円、もし返済してもらえるのなら、うちの会社はもっと良くなる。少なくとも当面の資金繰りの悩みは解消するでしょう。どうして回収しないんですか」

会社が良くなる——そう告げた途端、田宮の瞳の中で何かが動いたような気がした。だが、その感情はあっというまに渋面の背後へ隠され、「近藤さん」という嘆息まじりの言葉になる。

「これ以上、あなたと話しても仕方がない。とにかく、もう勝手なことはしないでもらいたい」

一方的にいうと、田宮はそそくさと上着をとって取引先へ出掛けてしまった。

また、空振りか。

すごすごと自席に戻ってくると、したり顔の野田が素知らぬ顔をして経理用のパソコンを前にキーを叩いていた。

経理マンとしての野田の実力はかなりのものだ。だが、野田には田宮に意見するだけのモチベーションはなかった。ただのイエスマン。社益も考えず、社長の顔色ばかり見ている〝事なかれ社員〟だ。

会社より個人的事情を優先する経営者、粉飾に協力する税理士事務所。このまま行けば、この会社はいつか行き詰まる。

――あなたの会社のお金じゃないじゃない。

棚橋という女社長のひと言が再び頭を過ぎった。いったい、タミヤ電機の金ではないとはどういう意味なのか？

疑問もあった。四年前、タミヤ電機に三千万円もの金を貸せるだけの経済的余裕があったのかということだ。少なくともいまのタミヤ電機からは考えられない。

財務書類の棚から、その当時の決算書を引っ張り出してみた。

確かに利益は出ている。が、近藤の睨んだ通り、三千万円もの資金を都合するほどの業績とも思えない。「総勘定元帳」を広げると、経理ソフトを入力していた野田の手が止まり、舌打ちが聞こえた。

「なんですか、いったい。そんなもの広げて」

「君はいいから、仕事を続けてくれ。聞きたいことがあったら聞く」

「いま社長からいわれたばっかりじゃないですか。勝手なことをするなって」

「だったらトイレに行くにも社長の了解をとるか。いつからタミヤ電機は幼稚園になったんだ」

憮然とした部下などお構いもせず、近藤は元帳に視線を落とした。

どこかに三千万円の資金源があるはずだ。

見つけた。

ラファイエットに融資した二週間前に、タミヤ電機の預金口座に三千万円の資金が振り込まれていた。

ところが、備考欄に記載されているのは意外なことに、「東京第一銀行」の名前であった。

意味することはひとつしかない。

「融資を受けた金をラファイエットに貸し付けたのか……」

転貸資金だ。

だが、転貸——つまり「他の会社に貸すための金を貸してくれ」という理由で銀行が融資に応ずることは考えられない。

仮に運転資金名目で借りた金を他社に転貸したのなら、明らかなルール違反だ。

「野田」

課長が仏頂面でやってきた。「ラファイエットへの融資、銀行融資を横流ししたのか」

じっとりとした焦りの眼差しが近藤に向けられる。

「さあ、どうでしたかね」

野田はとぼけた。

「なんでそこまでする必要がある」

どう返事をすべきか野田は考えているようだったが、出てきたのは、「さあ、知りませんね」

というひと言だ。

「私はあくまで指示されて事務処理をしているだけですから。社長にきいたらどうです」

「銀行にきくからいい」

野田の表情が険しくなった。

経理畑が長いこの男は、運転資金名目で借りた金を転貸したりすれば銀行との関係がどうなるか承知している。

「このままでいいのか」

近藤はあえてきいた。「三千万円の融資を受け、それを銀行に無断で転貸。しかもそれは四年経ったいまも全く返済されていない。たしかにタミヤ電機は同族企業だが、君も含め社員の生活がかかっていることには変わりはない。なのに社長にノーといえる社員はどこにもいない。その結果、三千万円の融資も受けられない状況になっているんだぞ。君はその一部始終を見ていただろう。それでいいのか」

薄汚れた川面にゴミが漂っていくかのように、野田の顔を複雑な感情が過ぎっていった。

「あんたになにがわかるんだい」

敵愾心をまとった野田は吐き捨てた。「気にくわなければ逃げ帰る場所がある奴に、ここにしがみついてなきゃ生きていけない人間の気持ちがわかるのかよ」

「わかるさ」

近藤はいった。「逃げ帰る場所なんかない。あんたは勘違いしているようだが、銀行に戻ったところでオレの居場所はない。そんなに甘いもんじゃないんだ。オレはこの会社に骨を埋めるつもりできた。だから本気で会社を良くしたいと思ってる。あんたが社長のイエスマンに徹するっていうんならそれで結構。だけどな、野田さんよ。オレはそんなのはごめんだ。会社をもっと良くする余地があるのなら、そうなるように努力するのが当然なんじゃないか。あんたは経理だろ。この会社の数字についてあんたほど詳しい人間はいないはずだ。もしあんたが、社長に遠慮してモノがいえないっていうのなら、せめて黙ってろ。オレがやることに逐一口だしして欲しくない。いいな」

怒りの眼差しでも向けてくるかと思った。が、いま野田が浮かべたのは、母親に叱られたただっ子のような表情だった。

「なにカッコつけてるんだよ」

野田は、脂でてかっている鼻の頭を指で拭った。「オレだって、会社を良くしようと思ってるんだよ。勘違いしないでくれ。だけどな、オレは万年課長で、あんたみたいに落下傘で部長職に降りてくる銀行員の下にしかいられないんだ。つまり社長にしてみればオレなんかその程度の存在なんだよ。そんな人間が社長に口うるさいことをいってみろ。どうなるかわかるだろう」

野田に、いつもと違う気配が漂いはじめ、近藤はふいにこの男なりの苦労を感じ取った気がした。

「オレだって、社長に進言してきたんだ」

野田は悔しそうに眼を逸らした。「〝お前はいわれたように仕事をしていればいい〟。そういわれたよ。オレはこの会社に二十年いる。ずっと課長のままでな。柱に打ち付けられた釘だ。わかるか？　ぶらさげるカレンダーは毎年新しくなっても、オレはなにひとつ変わらない。錆びついていつか抜かれるまで、動くこともない。そういう人生、あんたには想像できないだろう」

「人生は変えられる」

野田の平板な眼の中で、小さな驚きが鋭く弾けた。近藤は続けた。「だがそれには勇気がいる。いまのあんたはいじけたサラリーマン根性丸出しの、見苦しいオヤジだ。ノーに比べたら、イエスは何倍も簡単なんだ。だけどな、オレたちサラリーマンがイエスとしかいえなくなっちまったとき、仕事は無味乾燥なものになっちまうんだよ」

近藤はふいにまた込み上げてきた熱いものを感じ、唇を嚙んだ。

あのとき、近藤は、期待されて新店舗の設立準備委員に抜擢された。辞令を受け取ったときの沸き立つようなうれしさはいまでも忘れない。その後に経験した地獄のような日々とあまりに対照的な——ある意味無邪気な——感情として。

どれだけ努力しても思ったように上がらない業績。支店の担当エリアを、それこそ靴底をすり減らしながら毎日歩き回るうち、心の大切な部分までもすり減っていった日々。毎朝、始業前に開かれる業績の打ち合わせで、一旗揚げようとやっきになっている支店長に怒鳴り続けられ、やがて疎ましがられるようになったとき、なにをいわれても「はい」としかいわなくなっていた自分がいた。自分なりにこだわりのあった仕事、好きだったはずの仕事は灰色の砂の山に変化し、その砂をいわれるままにコップで掬《すく》ってはまた埋める——そんな不毛な毎日だけが残されたのだ。

仕事は二の次で余暇を楽しめればいい、そう考えたこともある。しかし、一日の半分以上も時間を費やしているものに見切りをつけることは、人生の半分を諦めるのに等しい。誰だって、できればそんなことはしたくないはずだ。いい加減に流すだけの仕事ほどつまらないものはない。そのつまらない仕事に人生を費やすだけの意味があるのか？

「とにかくこの一件——」

話を戻し、近藤は開いたままの元帳のページをボールペンでトントンと叩いた。「納得するまで調べるつもりだ。社長がなんといおうとな。もし、返済の予定がわからないというのなら、このラファイエットという会社に貸した三千万円、〝特損〟で処理する」

〝特損〟、つまり特別損失のことである。

「税務上、損失では処理できない」

「それは税法上の話じゃないか」

野田の反論を、近藤は一蹴《いっしゅう》した。「オレはこの企業会計の話をしているんだ。返してもらえるかどうかわからない貸付金を、平然と資産として計上しておくような鈍感な決算書は許せないんだよ」

野田はぐっと詰まって、返事を寄越さなかった。

第六章　モアイの見た花

1

話せないか、と渡真利から誘ってきた。午後十一時前。フロアにはまだ大半の行員が残っている。

「お前の耳に入れておきたいことがある。大事なことだ」

渡真利の口調には真に迫るものがあった。

三十分後に行員専用通用口の前で待ち合わせ、タクシーで飯倉片町にあるバーへ向かった。看板もない店にはカウンターで飲んでいる客がひとりいるだけだった。

顔見知りのバーテンに声をかけ、小さなライトがテーブルを照らしているだけの席を選んだ。

「融資部の企画の連中なんだが、動きがおかしい」

酒が運ばれてくるのを待って、渡真利は口を開いた。

「大和田さんから伊勢島ホテルについての検討を命じられているらしいぞ。もしかして常務は、伊勢島の担当を営業第二部からどこかへ移譲させるつもりじゃないか」

渡真利は、融資部企画グループ次長の福山《ふくやま》啓次《けいじ》郎《ろう》の名前を出した。知っている名前だ。半沢はグラスのバーボンを舐めた。

「認めたくはないが、切れ者だ」

渡真利は不機嫌な顔でいった。「東京第一銀行時代は、大和田常務に長く仕えていたらしい」

「そいつがオレの後任ってわけだ」

半沢はいい、涼しい顔でつまみを口に放り込んだ。

「お前、いいのか、そんな余裕ぶっこいて」

「外野、それに中二階と、うるさい奴は大勢いる。だが、奴らがいる場所は所詮、客席だ。観客のヤジにいちいち反応してられるか」

「そうか。それならいい。ところで、先日、白水銀行の板東さんと別社の件で打ち合わせをする機会があってな。おもしろいことをきいた」

渡真利はいった。「黒崎はナルセンの業績について知らないはずだというんだ」

半沢はグラスを運ぶ手を止めた。

「白水銀行は前回の金融庁検査の段階で、ナルセンの業績に気づいていなかったっていうんだ。だから黒崎が白水銀行の検査でそれを知ったとは考えられない。そもそも白水銀行がナルセンに破綻懸念があると知ったのは、検査後らしいぞ。ちなみに、ナルセンへの融資は正常債権として認められたそうだ」

「妙だな、それは」

呟いた半沢に、渡真利はそろりときいた。

「黒崎には別に情報源があるんじゃないのか？　ＡＦＪしかり。それが奴の手口かも知れん」

だとすれば、ＡＦＪ銀行の疎開資料が見つかったのも頷ける。渡真利は続けた。「どうするつもりだ、半沢。明日だろ、黒崎との対決は。もう時間がない。ナルセンの件を認めて謝罪するのか」

「いや――」

半沢はやがていった。「謝罪はしない。いまは少しでも時間が欲しい」

「じゃあ、どうするんだよ。しらばっくれるつもりか」

「とりあえず、そうするしかないな」

半沢は平然と、グラスの酒を口に運んでいる。

「まったくどこまでも人を食ったヤツだな、お前。どうするかはお前の考えでやればいい。だがな、いつまでもばっくれてばかりはいられないぞ。早く打開策を見つけ出せ。さもないと――」

後の言葉を、渡真利は飲み込んだ。

2

黒崎との二度目の資産査定は、半沢が渡真利と会った翌日の午後二時からはじまった。

いま半沢は小野寺と共に着席し、東京中央銀行内部にある会議室で、黒崎を中心とした三人の検査官と対峙したところだ。銀行側からは、もう一人、例によって木村が同席し、仏頂面で半沢の隣に座っていた。

「先日のナルセンについてですが、破綻の確認はとれませんでした」

半沢が先制攻撃をかけた。「同社が大口取引先であるウエスト建設からの代金回収に苦しんでいるという話は事実のようですが、法的措置に移行するという正式な情報はどこにもありません」

「正式な情報？」

黒崎は嗤《わら》った。「正式な情報を得てからでは遅いんじゃないの。少なくともウエスト建設からの代金が滞っていることは確認できたはずよ。それに確か、伊勢島ホテルからナルセンへは出向している社員がいたわよね。そのひとを通じた情報収集で、正確な情報が伊勢島経営陣には流れているでしょう。その上で確認がとれないという言い訳は通用しませんからね」

黒崎はここぞとばかり畳みかけてきた。「この特別利益として見込んでいる絵画にしたところで、会長の公私混同というか、銀行の運転資金が流用された疑いだってあるわけよね。しかも、今更こんなものが出てくるなんて、ほんと、いい加減な会社だわ。ガバナンスはどうなってるのかしら。そんなところに融資したお金、本当に回収できるの、あなた」

「突然出てきたわけではありません。売却を渋っていただけのことです」

半沢が落ち着き払った声で反論した。

「実際に売却してないじゃないの」

黒崎の反論に、半沢は失笑した。

「ナルセンだって実際に破綻していないじゃないですか。本当に破綻するんですか。伊勢島ホテルの絵画と土地はすでに売りに出されています。ナルセンは、もう破綻処理に入っているんですか。まだですよね。回収が不能になっているといったって、ナルセンにだって処分できる余剰資産があるかも知れないでしょうに」

無論、半沢とて破綻することは大方の予想はついているのだが、交渉を少しでも優位に進め、しかも引き延ばすための作戦だ。

怒った黒崎の頬が、死にかけの魚のようにぴくぴく動きはじめた。歯ぎしりの音が聞こえてきそうだ。半沢は続けた。

「仮にも金融当局の人間が、一般企業の破綻情報を軽々しく口にするなど認識不足でしょう」

「勘違いしないでもらいたいわね、半沢次長。ナルセンに関する情報は、伊勢島ホテルの業績についてあなたの理解不足を指摘するために、わざわざ披瀝《ひれき》したにすぎないのよ。むしろ、礼をいってもらいたいくらいだわ」

「所詮、未確認情報じゃないですか」

半沢ははねつけた。「そんなのは有り難くもなんともない。ただの迷惑です。伊勢島ホテルの業績は今期、黒字化する。それはこの事業計画書に書いた通りで、なんら問題がないはずです。どういう経路か知りませんが未確認情報を振りかざして赤字になると決めつけられては困りますね」

銀縁メガネの奥で、ヒステリックな怒りが煮えたぎるのがわかった。

「ほう。じゃ、次回までにこちらからナルセンが破綻する根拠を示そうじゃありませんか。だけど、その前に、今日検討できることは済ませておきましょうよ——もしナルセンが破綻した場合、伊勢島ホテルの投資損失は不可避だというところまではいいですね。その損失を穴埋めすることはできるんですか」

この先、黒崎がナルセン破綻のどんな根拠を出してくるつもりかはわからない。だが、そうなったときの逃げ道を塞いでおこうという意図は明白だった。

「重要な問題なので、仮定の質問には答えられません」半沢はこたえた。

「将来起きうる可能性を検討するのは、担当者として当然のことじゃないの。違いますか、木村課長代理」

部長代理の木村は、「おっしゃる通りです」と賛同し、額にハンカチをこすりつけた。そうしながら半沢を睨みつける。

「あの、それと私は課長代理ではなく——」

「半沢次長、どうなの」

黒崎は、木村など無視していった。

「仮にナルセンが破綻しても、当然、そのビハインドをはね返すだけの材料はあります」

半沢はいった。

「まだ余剰資産があるっていうの？」

黒崎は突っ込んできいてくる。

「いいえ。もっと抜本的なものです」

「抜本的？」

黒崎が傍らの検査官と視線を交わすのがわかった。「そこでいっておきますけどね。ナルセンを買収するなんていう救済策は認めませんからね」

黒崎にしてみれば、半沢の選択肢のひとつを潰そうとしての発言だったかも知れない。だが——

「買収？」

半沢は黒崎の顔をまじまじと眺めた。半沢の眼に、ぽとりと疑問の滴が落ちた。黒崎は、大和田から提案した買収話を知っているのではないか。

「まさか。そんなことは全く考えてません」

白水銀行が黒崎の情報源ではあり得ないことはすでにわかっている。じゃあどこから……？

「そうかしら」

黒崎に信じたふうはない。

「伊勢島ホテルにとってナルセン買収はありえない。最悪の策だ」

「ほう。それはなぜかしら」

気位の高いマダムのように、黒崎は両腕を組み、鼻をツンと上げた。

「それはこの場で申し上げる筋合いではない。それにしても、あなたがそれを知らないというのは意外だな、黒崎さん」

検査官三人の射るような眼差しが半沢に向けられた。「おい、半沢——」といったきり言葉を飲んだ木村の表情は蒼ざめている。

「どういう意味か、わかるように説明してちょうだい、半沢次長？」

「ナルセンには買収できない事情があるということですよ」

半沢は、こたえた。「それは経営の根幹に関することで、職業上の秘密を守れない人間に話せる内容ではない、とだけいっておきましょう。あなたのようにね、黒崎さん」

険悪な睨み合いの中で、黒崎の怒りが頂点に達したのがわかった。


「なによ、あれ！」

黒崎は握りしめていた書類を力任せに床に投げつけると、同じフロアに現れた姿を見つけて「島田！　こっちいらっしゃい！」と呼びつけた。

「見つかったの？」

屈強そうな男が足早にやってきて申し訳なさそうに頭を垂れる。

「いえ。まだ――」

黒崎がこの男に割り振ったのは、〝疎開資料〟の捜索だ。

「そんなはずはありません！」

鞭《むち》の一閃《いっせん》のように鋭い語調で黒崎は言い放った。「いい？　どこかに資料が隠されているはずよ。草の根を分けてでもそれを探し出すの！　徹底的に探しなさい、わかったわね！」

黒崎の一喝で、再び男が数人の仲間とともにフロアから飛び出していく。

「伊勢島の事業計画書ですが、分類するとなるとそれなりの根拠が――」

さっきまで机を並べていた検査官の一人が遠慮がちに声をかけてきた。

「そんなことわかってます！」

黒崎の中で半沢に対する憎悪がどうしようもないほど増殖しつづけている。奴には金融庁検査官に対するリスペクトの欠片もない。どこの銀行へいっても、最敬礼で迎えられるはずの自分がないがしろにされ、小馬鹿にされる。そんなことが許されていいはずはなかった。

黒崎としてはもはや、伊勢島ホテルを分類するだけでは気が済まない。

あの半沢という男、検査妨害で息の根を止めてやるわ――。

そうするためには、営業第二部の隠蔽資料は、絶対に必要だ。

黒崎には自信があった。

不都合な書類を検査前に隠蔽するのは銀行業界の悪習だということを十分承知していたからだ。

伊勢島ホテルに限らず、半沢が指揮する営業第二部のクレジットファイルはいくつか見た。

あまりに整理された書類だった。

見られてはまずい資料は必ずどこかに隠してあるはずだ。この銀行内のどこかに——。

「必ず探し出してやるから覚悟をし」

黒崎はひとりつぶやいた。「そのときが半沢、あなたの最期よ」

3

「業務統括部の奴に聞いたんだが、お前と黒崎の対決を木村がえらい勢いで部長に訴えてたらしいぜ。呼び出しがあるかもしれん。そのつもりでいろよ。まあ、お前のことだから、そのぐらいのことは全く気にしないだろうがな」

渡真利は面白くもなさそうな顔でいった。

「どうせ、態度が悪いとでも報告したんだろうよ。くだらねえ」半沢は、いった。

「お前の態度についちゃ、いまに始まったこっちゃないからな」

渡真利は、にっと笑っていう。「とにかく、時間だけは稼げたわけだ。問題はこの後だ」

「どうも気になるんだが、渡真利」

半沢は、黒崎との対決以来ずっと気になっていることを口にした。「黒崎が当行に情報源を持ってるってことはないか」

「なんだと？」

渡真利があんぐりと口をあけた。「どういうことだ」

「黒崎は、ナルセンが反社会的勢力と関係があることを知らなかった。それに——これはオレの勘だが——大和田常務がナルセンの買収と引き替えに社長交代を申し入れたことを知っているような気がするんだ」

「お前の読みは」

渡真利はきいた。

「大和田の周辺に情報源があるような気がする。ナルセンの反社会的勢力との関係について伊勢島ホテルの羽根も知らなかったはずだ。その羽根からリークされる情報がそのまま黒崎に流れているとは考えられないか」

「マジかよ」

渡真利が目を丸くした。「それはねえだろう。だいたい、大和田たちにしたって、黒崎に情報を提供してなんの得がある。結果次第では巨額の不良債権を背負い込むことになりかねないんだぞ」

「だが、頭取を退陣に追い込むことは可能だ」

職場の片隅での、小声の立ち話だった。フロアの喧噪の中で、渡真利は視線を虚空に向けて黙考した。

「それならあり得るな。旧閥意識の塊みたいな御仁だ」

やがて渡真利の口からそろりと言葉が洩れた。「実は、金融庁の連中が妙な動きをしている」

半沢が目で問うた。

「若いのが、行内の会議室や空き部屋を嗅ぎ回っている」

「疎開資料でも探してるのか」

渡真利はうなずいた。「もし、お前がいうように当行内部に黒崎の情報源があるのなら、古里の報告書の存在も黒崎が把握している可能性はないか。であれば、黒崎が探しているのは、それかも知れん」

可能性はある。

「いいか、絶対に見つかるなよ、半沢」

渡真利はやけに真剣な口ぶりでいった。「伊勢島の件はまだ負けたわけじゃない。だが、そんなところで足を引っ張られたら、それこそ――」

「将来がないっていうんだろ」

いつもの渡真利節だ。「だけどな、考えてみろ、渡真利。そこまでして守らなきゃならないほどの将来なんてないだろ」

「ある」

渡真利はきっぱりといった。「オレたちがもし銀行からいなくなったら、結局仕返しできないじゃないか」

「仕返し？　旧Tの連中に対する仕返しか」

「そんなんじゃねえよ」

冗談半分の半沢に、渡真利はぶすっとしていった。

「最近よく考えるんだ。オレたちの銀行員生活ってなんだったんだってな」

半沢は黙った。「バブル時代に銀行に入ったときのこと、いまでも思い出すよ。お前とオレと、近藤、苅田、それと――」

「押木」

苅田は関西に転勤した同期の男だ。そして、押木は、あの9・11同時多発テロで行方不明になった。

「押木はいい奴だった。アイツは結局、銀行の業績が思いっきり悪い最中に死んじまって、いまようやく盛り返してきた銀行業界の復活は見ないままだ。だけど押木だけじゃないんだよな。オレたちバブル入行組は、ずっと経済のトンネルの中を走行してきた地下鉄組なんだ」

渡真利のセリフに熱がこもる。「だけどそれはオレたちのせいじゃない。バブル時代、見境のないイケイケドンドンの経営戦略で銀行を迷走させた奴ら——いわゆる〝団塊の世代〟の奴らにそもそも原因がある。学生時代は、全共闘だ革命だとほざきながら、結局資本主義に屈して会社に入った途端、考えることはやめちまった腰抜けどもよ。奴らのアホな戦略のせいで銀行は不況の長いトンネルにすっぽりと入っちまったっていうのに、ろくに責任もとらないどころか、ぬけぬけと巨額の退職金なんかもらってやがる。オレたちはポストも出世も奪われていまだ汲々《きゅうきゅう》としたままだっていうのにな」

珍しく熱い眼差しを、渡真利は向けてきた。渡真利がそんなふうに考えていることを、半沢は初めて知って内心驚いた。「もしここで銀行から追い出されてみろ。オレたちは結局報われないままじゃないか。オレたちバブル入行組は団塊の尻拭き世代じゃない。いまだ銀行にのさばって、旧Tだなんだと派閥意識丸出しの莫迦もいるんだぜ。そいつらをぎゃふんといわせてやろうぜ。オレたちの手で本当の銀行経営を取り戻すんだ。それがオレのいってる仕返しってやつよ」

「あと十年もすれば、奴らはみんないなくなる。黙ってたって、バブル世代が経営の中枢を握ることになるじゃないか。地下鉄は最後には地上に出てくる」

半沢がのんびりとした口調でいうと、「それは車庫に入るためだろ」と渡真利が反論した。

「いいか、バブル組の誰を役員室の椅子に座らせるか決めるのは奴らだ。団塊世代が気に入った人間をひっぱりあげる。それでいいのか。まさかお前、自分がみんなに好かれていると思っているわけでもあるまい？」

「どう思われようと関係ないな」

半沢はさらりとかわした。「自分の頭で考えて、正解と思うことを信じてやり抜くしかない」

「その結果、とんでもないしっぺ返しを食らっても、か」

「その組織を選んだのはオレたちだ」

半沢がいうと、渡真利は舌打ちしてだまりこんだ。

「それを撥ね返す力のない奴はこの組織で生き残れない。違うか、渡真利」

返事はない。だが、渡真利も、自分たちの銀行員人生がそんなことの繰り返しだということを思い出したに違いなかった。


渡真利のいうしっぺ返しは、その翌日、業務統括部長からの呼び出しという形で現実になった。

半沢が入っていくと、岸川は部長室の窓際からゆっくりと歩いてきて、苛立たしげな息を洩らした。いつもながらの気取った態度は、鼻持ちならないことこの上ない。

「どういうつもりなんだ、君は」

岸川は開口一番、言い放った。「昨日の金融庁との面談、当行行員にあるまじき発言があったと報告を受けている。今朝、金融庁側からも頭取宛てに厳重注意があったぞ」

「厳重注意？」

半沢は思わず失笑した。「どんな内容ですか」

「担当次長に非協力的な態度があったとの注意だ。君のことだ、半沢」

「そんな態度をとったつもりはありません。先方の誤りを正しただけで——」

「問答無用！」

ぴしゃりと岸川はいい、憤然とした面差しを半沢に向けた。奇しくも岸川は団塊の世代で、渡真利の吐いた批判が脳裏を過ぎる。それをあえて封印した半沢は、だまって相手を見据えた。

「大和田常務もご立腹だ。一次長の不適切な態度で当行全体のイメージが悪化するようなことになっては困るとな。君に関しては処分も検討せよとの声も上がっている」

岸川はぼかしたが、それが大和田の指示であることは明白だった。大和田は、この検査を利用して半沢外しにかかっている。報告書の件は、京橋支店の貝瀬から大和田に話はいっているはずだ。半沢がいては都合が悪い。

「それ以前に、金融庁の態度はどうなんですか」

ばかばかしくなって半沢はこたえた。「未確認の信用情報まで持ち出し、当行側が提出した書類に常に批判的な解釈を加えようとする。はじめに分類ありきの予定調和です。検査前から伊勢島ホテルをねらい打つようなコメントも問題ですが、あの検査官がやっていることは金融行政の名を借りた銀行いじめといってもいいぐらいだ」

「まったくあきれた男だな、君は」

岸川は目を三角にして唾を飛ばした。「相手は金融庁だぞ。そんな言い訳が通用すると思うのか」

銀行役員のご多分に漏れず、この固い組織の中にいるうち、物事を正しく考えることを忘れてしまった御仁がここにも一人いる。こいつの頭の中にあるのは、どっちが偉いかという単純な構図だけだと半沢は悟った。行内では偉ぶり、エリートを自任しているくせに、お上にはどこまでも卑屈に這《は》いつくばる。

「そんなことだから、あんな検査官に大きな顔をされるんですよ」

半沢は冷ややかにいい、「もし私の態度で不都合が起きたのなら、当然、責任はとります。それは前回お話しした通り。そう大和田常務にもお伝え下さい」

「えらく大きな態度に出たものだな」

岸川は軽蔑しきった口調でいった。「君のクビひとつなど、当行にとって何の価値がある？まったく無意味じゃないか。そんなふうに責任をとれば済むと考えているのなら、それこそ究極の勘違いだ」

強引に担当に据えておいてその言い草はない。

「ならさっさと担当を代えればよろしい」

半沢は涼しい顔で言い放った。「大和田常務自慢の融資部企画グループでも投入したらどうです。裏でこそこそしないよう、大和田常務に伝えていただけませんか。常務ともあろう方が派閥意識にとらわれてどうするんです」

「常務を愚弄《ぐろう》するのか」

「まさか。進言といっていただけませんか。本来そういうことはあなたがいうべきでしょう、岸川部長。常務にこびへつらい、いわれたことをやるだけの部長では組織は良くならない。金融庁検査対策もしかり。ただ相手に逆らうなというだけの検査対策は無策と同じじゃないですか」

岸川の手が怒りに震えているのを一瞥した半沢は、「そういうことですから」と立ち上がった。

「待て！」

怒声が半沢の足を止めた。「そういうからには、勝算があるんだろうな」

「いまはなんともいえません。ただ、勝てる可能性はある」

「どんな方法で」

岸川はすっと息を吸い込んできいた。

「それはいえません」

「なぜだ」

半沢は相手を見据えていった。

「秘密だからです」

「ふざけたことをいうな！　部長の私にも話せないとはどういうことか」

「あなたはバンカーでしょう、岸川部長。バンカーは時として、絶対的に秘密を守らなければならないときがある」

岸川の表情に憤りと戸惑いが入り混じったとき、ドアがノックされ、秘書が新たな訪問者を案内してきた。

業務統括部の木村ともう一人、黒いスーツに身を包んだ、背の高い男だった。

「こちらは金融庁の島田検査官だ」

木村が紹介したが、島田は挨拶するでもなく、にこりともしないまま半沢を見ている。「実は、金融庁からの依頼で、君の自宅を見せてもらいたいとのことだ」

「私の自宅を、ですか」

唐突な申し入れである。

「なにか問題があるのか」

「大いに問題あるでしょう、それは」

半沢は木村に視線をねじ込んだ。「自宅を見せろといわれて、ほいほい見せるんですか、木村さん。理由をお伺いしましょうか」

「金融庁では検査妨害に非常に敏感になっていてね。伊勢島ホテル担当の君のセクションにもそのような資料があるんじゃないかとおっしゃる」

そういうことはお前が阻止しろよな、といいたいのを我慢して半沢は、木村を睨みつけた。

「ありません、そんなものは」

半沢はいった。「自宅を見たいというのなら、捜査令状でもとってきたらどうです」

「まあ聞け、半沢」

岸川は肘掛け椅子から体を乗りだした。「先日のＡＦＪ銀行の例もある。君の自宅に何もなければそれで納得してもらえる。であれば、その方が早いじゃないか」

要するに、岸川もそれを承認しているということだ。

「冗談じゃないですよ。そんな莫迦な話はきいたことがない」

「あくまで任意ですから」

島田が口を開いた。まるで刑事のような口ぶりだ。

「任意だと？　笑わせるな。あんたたちいつから警察になったんだ。金融庁は銀行員のプライベートにまで踏み込むのか」

「それは相手によりますね」

生意気な態度で、島田はいった。まだ二十代の若さだが、監督官庁をカサに着た鼻持ちならないところは一丁前である。

「じゃあ説明してもらいましょうか。私の自宅を見せろというのなら、私が納得できるだけの説明をして欲しい」

「当庁では、資料隠蔽による検査妨害の疑いをあなたに抱いております」

島田は、犯人扱いするような眼差しを半沢に向けた。「あなたが管理職にある営業第二部の資料について、隠蔽されているとの内部告発がありました」

「内部告発だ？」

半沢は、まじまじと島田の顔を見た。四角く長い顔で、きっとこいつの祖先はイースター島のモアイに違いない。

ゆっくりと岸川の顔を見る。

「事実ですか」

業務統括部長は視線を逸らし、「金融庁さんのほうで確認されたらしい」と曖昧な返事をした。

「ばかばかしい。そんな内部告発があるとは思えない」

「あんたがどう思おうと、そんなことは関係ない」

島田ははねつけた。「私たちだって、こんなことはしたくないんですよ、半沢次長。でも、火のないところに煙は立たないというでしょう。私たちはあなたの自宅に興味があるわけじゃない。そこに隠されてるかも知れない資料に関心があるだけです」

「だから、そんなものはないといってるだろう」

「深く考えるな、半沢」

木村が妙に軽い調子でトンチンカンなことをいった。なにが深く考えるな、だ。睨みつけたその目の中には、半沢に対する意趣がこびりついているのがわかった。

「我々が好きこのんでこんなことをするとでも？　金融庁としてもこんな処置をしなければならないことを遺憾《いかん》に思ってるんですよ」

横柄に島田はいった。「しかし、内部告発となれば当庁としても調べないわけにはいかない。いかがですか、半沢次長」

何が〝遺憾〟だ。ばかばかしい。半沢は思った。

金融庁と銀行とは、そもそも従来つかず離れずの関係を保ってきた経緯がある。検査に入って指摘はする。だが、抜き打ちが前提のその検査のために、銀行が数ヶ月に及ぶ「準備」をしていることは見て見ぬフリをしてきた。要するに茶番である。

最近になってＡＦＪ銀行が、「疎開」した資料を発見され、あたかも金融庁の手柄のように報じられてきたが、内実を知る者にとってこれほど滑稽な話はないのである。見つかるほうが間抜けなのか、何十年も隠されてきた資料を今頃見つけたと胸を張るほうが間抜けなのか。

「そこまでおっしゃるのなら、どうぞ」

半沢は不機嫌になっていった。島田からは、礼のひとつもない。

「そうですか。では、本日これからお願いしたい」

「これから？」

金融庁の意図は明白だ。もし自宅に資料を隠蔽していた場合、それを移動させたりする時間を与えない作戦だ。

「あいにく、予定があっていまは出られない」

半沢はいった。「でもそういう事情であれば、私がついていく必要はないんじゃないだろうか。木村さん――」

肘掛け椅子で意地悪そうな笑みを浮かべていた部長代理にいった。「代わりに行っていただけますか。自宅にはこの場で電話しておきますから」

「私がか」

予想外のことに木村は迷惑そうな顔をしたが、引き受けるしかないと諦めたようだ。検査対策は、もともと業務統括部の仕事である。

半沢はセンターテーブルにのっている電話を取り上げ、自宅の電話番号をプッシュした。

三人がじっと半沢の様子をうかがっている。少しでも取り乱したところがないか観察しているのだ。

その場の全員が、半沢の自宅に資料が疎開されていると確信しているのは明らかだった。

呼び出し音が鳴り続けている。

半沢は腕時計を見た。九時十分。いないのか、と思ったとき、「半沢でございます」という花の声が聞こえた。

4

「さすがに今回ばかりは万事休すかと思ったぜ」

渡真利はそういうと、運ばれてきたビールのジョッキをうまそうに傾けた。新宿駅西口近くの居酒屋だ。すでに時間は夜九時を過ぎている。

金融庁の検査官が半沢の自宅に狙いを定めたときいたとき、渡真利曰く、ほとんどの連中が「これで終わった」と思ったという。

東京中央銀行では、都合の悪い資料を融資課長など管理職の自宅へ運ぶケースがままあったからだ。

後で花からかかってきた電話によると、金融庁の検査官は、子供部屋から押し入れ、車のトランクまで見せてくれといったという。

「なに、あの連中は！」

花は、怒り心頭といった風にいった。「エラソーにずかずか入ってきて人んちを見て回った挙げ句に、ありがとうございましたとも、申し訳ありませんでしたともいわないのよ！　なんて非常識なんでしょう。あれが金融庁の態度なの――」

その話をすると、渡真利は苦笑いした。

「まさしく、それが金融庁ってところだ」

「それにしても、お前ぐらいは信用してくれてるかと思ったよ」半沢が皮肉っぽくいうと、渡真利は、すまん、と顔の前で両手を合わせた。

「だがな、信用したくてもなにせ内部告発だ。営業第二部内から出た話となると誰だってヤバイと思うぜ」

「内部告発というのは、金融庁側の方便だと思う」

「どういうことだ、半沢」

渡真利は驚いてきいた。

「つまり自宅を探す理由をつくるためのでっちあげさ」

「よほど嫌われたらしいな、あの黒崎って検査官に」

「あいつになら好かれるよりは嫌われたほうがいいね」

「同感。疎開資料を探して是が非でも、検査妨害にもっていくつもりだな」

渡真利は、「伊勢島ホテルで寄り切れるかどうか微妙だから、今度はそっちで潰そうって腹だろう。どこまでも腐った野郎だな」

「京橋の貝瀬の自宅にも入っただろう」

「ああ。お前がアドバイスしてたんだってな。後でそれを知って旧Tの連中が胸をなで下ろしてたぜ。貸しイチだ」

渡真利がにんまりした。

自宅まで検査対象になることはあり得ると半沢は睨んでいた。貝瀬には内々に連絡を入れ、とにかく疎開資料を関係のない第三者の家なり倉庫なりに移せと命じていたのである。

「よくぞ予測した。だけど、どうしてそう思った？」

「東京経済新聞の記者と話していて、そんなことを聞いたんでな」

その松岡智宏という記者が訪ねてきたのは一昨日のことだった。金融業界を担当しているという松岡は、今回の金融庁検査で伊勢島ホテルが焦点になっていることに興味を持っていた。

そのとき松岡は意外なことをいった。

「あの黒崎っていう検査官は、本当に伊勢島ホテルの分類が目的なんでしょうか」

それまで、ありきたりな受け答えをしていた半沢は、ふと気になって相手を見た。

「どういうことですか」

「黒崎検査官の父親は、かつて大蔵省銀行局にいたらしいんですが、当時の産業中央銀行に塡《は》められて、左遷させられたという話を聞きました。あくまで噂ですけど」

松岡は続けた。「これはあくまで私の推測にすぎませんが、あの人の本当の狙いは伊勢島ホテルを分類することではなく、東京中央銀行を追い落とすことじゃないんでしょうか。それと、金融庁担当の同僚から聞いた話ですが、今回での検査では、行員の自宅を捜索することも辞さず、と庁内で発言しているそうです。ここだけの話ですが」

半沢はまじまじとまだ若い記者を見てしまった。

「そんな事実があったとしても、検査で私情を挟むようなことがあってはいけないね」

相手が新聞記者なので、このときの半沢はあくまで模範的な回答をしたにすぎないが、この松岡の情報は、黒崎の次の一手をモロに暗示していた。

「黒崎は、今までの金融庁検査の常識を次々と覆してきた。疎開を見て見ぬフリしてきたのは、一方でそれをやってしまったら金融行政が成り立たないという事情があったからだ」

渡真利もうなずいた。

「本音と建前は、金融庁にもあるからな。監督官庁という立場だが、要は馴れ合いの業界だ」

「そういうこと」

半沢はいい、メニューから適当にオーダーして渡真利に向き直った。「抜き打ちが前提の検査情報が漏れてくるのは、本当にまずいことがあってはお上も困るからだ。差し障りのない程度に指摘はするが、致命傷になるようなことはあえて見て見ぬフリをする。だが、黒崎にそんな慣例はまったく通用しない。検査妨害で営業第二部の隠蔽資料を挙げれば、その余勢を駆って伊勢島を分類し、業務改善命令で頭取のクビもとれる」

「恨み骨髄ってやつか。仇討ちとはまた、涙ぐましいこった」

渡真利は呆れてみせた。「そうと聞いた以上、これはいよいよ負けるわけにはいかないな、半沢」

5

「なかったですって？」

東京中央銀行本部ビルで金融庁のために割り当てられたフロアにいて、黒崎が思いきり不機嫌な顔になったのは、その日の夕方のことであった。

「ちゃんと探したの？　徹底的にやれっていったわよね」

「申し訳ありません。しかし――」

島田は、モアイ顔に困惑を浮かべた。「隅々まで探しましたが、半沢の自宅には何もありませんでした。もちろん、家の中はすべて調べましたし、倉庫や車の中まで――」

調査は、随行した木村と半沢夫人の立ち会いのもと、小一時間にも及んだ。

半沢夫人から呼び止められたのは、空手のまま玄関を出ようとした矢先のことであった。振り向いた島田に、忿懣《ふんまん》を溜めた目が向けられ、「非常識なんじゃないですか」という鋭いひと言がつきつけられた。

「ちょっと、あなた」

半沢の妻は、終始捜査に立ち会っていたが、正直、島田は夫人のことなど眼中になかったから、このとき初めて半沢の妻の存在に気づいたような気がした。銀行員の妻は銀行員と同じく大人しいものだと思っていたのだ。

「金融庁の業務か何か知りませんけどね、一個人のプライバシーに踏み込むというのなら、それなりの礼儀ってものがあるでしょう。それなのに、あなたは一体なんなんです？　これだけ家の中をかき回した挙げ句、ロクな挨拶もなく引き揚げるおつもり？　どうなの？　なにかいいなさいよ！」

「あ、あの――奥さん。これはですね」

「あんたはうるさいわよ！」

あたふたとした木村をぴしゃりと撥ね付け、島田に燃えるような眼差しが向けられる。

「これは金融庁の検査ですから」

「だからなんなの？　ふざけないでもらえます？」

半沢の妻はコワい顔で島田を睨みつけてきた。「私の夫は銀行員ですから立場上何もいえないのかも知れません。だけど、私は一般市民ですから、いわせてもらうわよ。あなたのような人はね、役人として通用しても世の中では通用しませんからね！　役人が威張る社会は滅びるのよ。なんとかいってごらんなさい」

その余りの剣幕に呑まれてしまって、島田は思わず、

「す、すみませんでした」

ようやくそれだけいうと、後は木村にまかせて、半沢のマンションを逃げるようにして出てきたのである。


島田の苦い回想を、舌打ちで中断させた黒崎は、いまいましげに顔をしかめた。

収穫なしという結果は、貝瀬の自宅も同じである。

貝瀬のほうは自宅に疎開資料があるという「確実な」情報があったにもかかわらず、だ。思惑

が外れ、戸惑いと怒りが黒崎の内面で渦巻いた。

先を越されたのだ。黒崎の行動を読んで、対策を講じられたとしか思えない。小癪《こしゃく》な奴らだ。どこかにあるはずよ——。

黒崎は、携帯電話を取り出すと、そこに記憶してある番号にかけた。


「伊勢島ホテルの事務担当は君か」

声を掛けられたのは、午前零時過ぎだった。

金融庁検査に必要な書類を作成するために残業していた小野寺が顔を上げると、男がひとりデスクの前に立っていた。

融資部企画グループ次長の福山啓次郎だ。顔を見るのははじめてだが、名前だけは半沢から聞いていた。大和田常務の肝いりで伊勢島ホテルの再建策を検討しているという男である。大和田人脈といわれる旧Tの中でも、若手の旗頭と思われている男らしい。

「福山次長が行くから資料のコピーを取らせてやってくれ」

業務統括部の木村から電話があったのはつい先ほどだ。あいにく、半沢が帰宅していたため、居合わせた副部長の三枝に許可を求めたところ、「好きにさせてやれ」という舌打ち混じりの返事があったばかりである。

「どんな資料ですか」

小野寺がきくと、「今年三月に作成された運転資金に関するメモがあったはずだ」という返事があって思わず目を細めた。それは時枝が書いたメモだが、伊勢島ホテルに対する営業戦略が記されていた。金融庁に見られてまずいということはないが、あまり好ましいものでもなく、半沢と相談の上、ファイルから抜き取った経緯がある。つまり、疎開だ。

「その資料はここにはありません」

「疎開したのか」

きいたのは木村だった。「どこにある。案内してくれないか」

こたえるべきか小野寺は躊躇《ちゅうちょ》した。が、相手は行内の人間で、しかも金融庁検査を担当する業務統括部の部長代理も一緒となれば隠す理由がない。小野寺はふうっと小さなため息をつくと立ち上がった。

「こっちです」

三人は営業第二部のフロアを出て、エレベーターに乗り込んだ。一旦総務部に寄って鍵を受け取ってから、向かった先は地下二階である。

「おいおい、こんなところに隠してあったのか！」

がらんとした空洞のようなその部屋に、やがて木村部長代理の上げた素っ頓狂な声が木霊《こだま》した。

6

「そっちに情報、いってるか」

戸越から緊迫した声で電話がかかってきたのは、金融庁との三回目の面談を数日後に控えた日の午後だった。

「いえ——。もしかして、ナルセンですか」

察した半沢は、デスクで身構え、目を通していた伝票に捺印してつまみあげて決裁箱に放り込む。

「今日、東京地裁に破産申請するらしい。ついに支えられなくなった。いま、情報の早い債権者が押しかけてきてるって話だ」

「負債総額は？」

「四百億円は下らないという話だ。いま開発中のシステムをプログラマーごと他社に移転させる話が進んでいるとはきいているが、いつになるかわからない。ついでにいうと、実現するかどうかもわからないという話だ」

ついにXデーが来た。小野寺が不安そうな顔をこちらに向けている。

「いつだ、金融庁との次の面談は」

「三日後です。おそらく、それが最終になると思いますが」

電話の向こうから鋭い舌打ちが聞こえてくる。

「最悪のタイミングだな。どうする」

さすがの半沢も、返答に窮した。

伊勢島ホテルの湯浅からの連絡は、まだない。

このままいけば、分類は、ほぼ確実だ。黒崎の得意満面の笑みが脳裏を過ぎり、個人的怨恨があるはずだという東京経済新聞松岡の情報を思い出した。

くそったれめ。

「正直、分は悪いですね」半沢は深々と息を吸い込んでこたえた。

「なんとかがんばってくれ」

戸越の声は嘆願に近い。「今の伊勢島はあんただけが頼りなんだ」

「違いますよ、戸越さん」

半沢は祈るようにいった。「いまの伊勢島を救えるとしたら、私じゃありません」

はっとしたような沈黙が、電話から伝わってくる。半沢は続けた。「救えるのは――もし伊勢島ホテルを救えるとしたら、それはやはり湯浅社長だけです」

「そうか……」

しばらくして、戸越はこたえた。「そうだろうな。それが会社ってもんだ」

「そうです」

半沢はこたえた。「会社をどうするかを決めるのは銀行ではなく、社長であり、経営陣です。そして湯浅社長なら、それができるはずです」

いまは、それを待つしかない。ただ、ひたすら。たとえそれがどんなに辛くても。


渡真利からの電話は、戸越との電話を終えた直後にかかってきた。

「いま、白水銀行の板東氏から電話があった。いよいよ、ナルセンが破産申請を申し立てるらしいぞ。そっちにも情報、入ってるか」

「ああ。たったいま、戸越さんからの電話で聞いた」

半沢はデスクの椅子に深々とかけ、額に拳を押しつけた。「なんとか金融庁検査が終わるまでもちこたえてほしかったが……」

「これで一気に黒崎が有利になったな、ちきしょう」

悔し紛れに吐き捨てた渡真利は、「ところで半沢、ちょっと気になることがあるんだが、今朝、黒崎が業務統括部長の岸川さんと面談したときに、隠蔽資料が出たときの対応について異例の確認があったらしいぞ。それと、次回の伊勢島ホテルにかんする検討会、頭取も同席してもらいたいという申し入れもあったらしい。こっちは異例中の異例だ。いま役員間で受けるかどうか検討している」

「受けるのか」

「たぶん」

渡真利はこたえた。「黒崎が何を考えているかはわからない。だが、同席した者の話では、どうにもイヤな雰囲気だったたっていうんだ」

「どういうことだ」半沢はきいた。

「金融庁は疎開資料を発見してるんじゃないかって話さ」

意味ありげな間を、渡真利は挟んだ。「まさかと思うが、営業第二部のやつじゃないだろうな」

「まさか」

半沢はこたえた。

「ならいい。とにかく、気をつけろよ。お前もわかってると思うが、奴が行内に情報源を持っているとすれば、そいつからよからぬ話を聞きつけたかも知れないからな」

そういって渡真利からの電話は切れた。

なにかがひっかかる。受話器を戻したまましばらく考え込んだ半沢は、総務にいる友人に一本電話をかけてから、小野寺を呼んだ。

「ウチの疎開資料の場所、誰か聞いてこなかったか」

「検査官が、という意味ですか？」

「いや、行内の人間だ」

小野寺ははっとして半沢を見た。資料の保管場所は、半沢が決めた。その半沢に「絶対に見つからないいい場所がある」と教えてくれたのは、総務部にいる橋田という男だ。小野寺と共に資料を運んだので、知っているのは橋田を除けば、半沢と小野寺の二人だけのはずだ。

半沢は渡真利から聞いた話をしてきかせた。

「ちなみに橋田は誰にも話していないそうだ。今、電話で確認をとった」

「私に場所を聞いてきた人はいません」

小野寺はこたえ、「でも、もし保管場所が洩れたとしたら、昨日か一昨日ぐらいということですね」といい、もう一度考え込む。

すぐに、その表情に変化があった。

「昨夜、次長が帰られてから、木村部長代理がいらっしゃって伊勢島の資料を見せてくれと。疎開してあるメモだったので——」

「見せたのか」

すみません、と小野寺は詫びた。「一応、三枝副部長にご相談したんですが、見せてやれという話でしたので。融資部の福山次長が伊勢島に関する報告書をまとめているとかで」

「福山も一緒か？」

「ええ。それで、総務で鍵を預かって、二人を案内したんです」

じっと小野寺の顔を見たまま、半沢は考え込んだ。

木村の経歴は知っている。若い頃は支店を回り、その後融資部で長く与信担当を続け、支店長を二ヵ店ほど挟んで現職に就いているはずだ。泥臭いバンカーである木村には、金融庁との接点はない。

デスクの電話を取り上げた半沢は、人事部の人見《ひとみ》元也《もとや》にかけた。人見はかつて営業本部で机を並べていた男だ。

「どうした。めずらしいな、お前がかけてくるなんて」

「ちょっと教えてくれ」

半沢はきいた。「融資部に福山って次長がいるだろ。彼の経歴が知りたい」

7

金融庁検査の山場を前にして、行内に澱《よど》んだ空気が流れていた。

ナルセン破綻の報が瞬く間に知れ渡ったからだ。伊勢島ホテルの所管部である営業第二部はピリピリ・ムードで、全員が口にできない不満を抱えているような雰囲気が漂っている。

そんな中、「次長、そろそろ露払いの時間です」と小野寺が呼びにきた。

午前十時五分前だった。露払い、というのは、業務統括部から命じられた事前打ち合わせのことだ。

伊勢島ホテルの検査が敗色濃厚と見られる中、ナルセンの破綻を看過して対策を取っていなかったという理由で、営業第二部に対する風当たりが強くなっていた。

危機感を募らせた業務統括部から、本番の検査前に打ち合わせをしたいと申し入れてきたのは昨日のことであった。

背景に、重要案件を営業第二部の次長にまかせきりにしていいのかという批判がある、というのは渡真利からの情報。それだけじゃなく、万が一のとき、業務統括部に向けられるかも知れない準備不足の批判をかわすためのひとつの布石という意味もあるに違いなかった。

だが、指定された会議室にいってみると、そこには意外なメンツが揃っていた。業務統括部長の岸川と木村部長代理。それに加え、融資部企画グループの福山が愛想のない顔で並んでいたのである。

三人かと思いきや、半沢が着席すると同時に、また一人、ゆっくりとした足取りで室内に入ってきた者があって、小野寺が表情を強張らせた。

大和田常務だ。その大和田は厳しい顔のまま中央の席につき、「はじめてくれ」と低く太い声で命じた。木村が口を開く。

「次回の金融庁検査で、営業第二部の説明が最終的にどのような理論構成になるのかこちらとしても把握しておきたいと思い、集まっていただきました。なにしろ、当行にとっても重要な問題なので、本番に備えるつもりで、できるだけ突っ込んだ議論をしたいと考えています。では、営業第二部から伊勢島ホテルに対する査定内容について説明してくれるか」

小野寺が立ち上がり、伊勢島ホテルに対する査定内容を説明しはじめた。

正常債権を前提とした解釈だが、ナルセン破綻による対策についてはは何ら言及していない。いまの段階では触れようがないからである。

聞いているうち、みるみる岸川の表情が厳しくなりはじめた。大和田はさっきから半沢に睨みつけるような眼差しを向けてきている。

「連続赤字になるというのに、先行きの見通しについての検討が甘すぎないか」

やがて、黙って聞いていた福山が疑問を呈した。甲高い、神経質そうな声だ。「経営再建計画の内容も前回と同様で変わりばえがしない。ナルセンの破綻について、その影響をどう回避するつもりなのか、肝心な部分の検討が弱い」

「その後の調べで、業務はプログラマーごと他社に移譲される可能性があるときいていますが、見通しは立っていません」

小野寺がこたえた。「おそらく、投資分は損失として計上することになると思います。二期連続の赤字になりますが、特損がなければ本業は黒字です」

「特損だからいいという考えは通用しないだろ。そんな理屈が通る相手だと思ってるのか、君は」

冷ややかに福山がいい、小野寺が口を噤《つぐ》んだ。

「そもそも、この経営計画には実現すると言い切れるだけのリアリティがあるとも思えない」

福山は、批判的に言い放った。「どうなんだ、半沢次長」

「リアリティとはどういう意味ですか。でっち上げの数字が並んでいるとでも?」

半沢がきいた。

「でっち上げの数字のほうがマシだな」

福山も負けてはいない。「そもそも伊勢島ホテルの再建策は何度目だよ。もし計画通りに実績を上げるだけの遂行能力があるのなら、とっくに再建できているはずだろう。そもそも、これは誰が立案したんだ。君か。それとも伊勢島経営陣か、それとも無能な社長か」

福山の舌鋒が鋭さを増した。

「これは模擬金融庁検査だぞ、半沢」

木村が脇から茶々を入れてくる。「優秀な福山次長が検査官役。君がもし答えられないようなら、次回の面談は福山次長に行ってもらうからな」

つまらぬ脅し文句だ。

「いいんじゃないですか、それでも。なんでもこっそり伊勢島ホテルの再建計画を立てているそうだから」

バカバカしくなって半沢はいった。「だけどな、福山さん。実際に取引先を訪問したこともない奴が再建計画だなんておこがましいんだよ」

半沢は、ゆっくりと反撃を始めた。

福山の頬のあたりがひくついて、エリートのプライドをいたく傷つけられた表情になった。半沢は続けた。

「確かに、伊勢島ホテルの再建策はこれで二度目だが、前回は京橋支店で作成してあんたの融資部が承認したものだ。そうだろ？　たった数ヶ月で破綻するような事業計画書を承認しておいて、でっち上げの数字のほうがマシとは笑わせるじゃないか。でっち上げの数字に踊らされたのは他ならぬあんたなんじゃないのか」

福山は怒りに震え、半沢を傲然《ごうぜん》と睨みつけてきた。

「経営の良し悪しは、経営者によって変わるんだ、半沢次長。企業は所詮、人だ。それがわからない奴に与信判断などできるか。同じ人物がトップに座っている以上、計画不履行はまた起きる。そんなこともわからないのか」

福山は興奮して声を震わせた。「伊勢島ホテルは湯浅社長が経営者である以上、同族経営から脱することは出来ない。事業計画を立てたところで、あんな能力のない経営者では実現するはずがない。そんなことは少し考えればわかるだろう」

「さしずめ、湯浅を更迭して羽根あたりをトップに据えるようなアイデアでも考えたのかな」

半沢がいうと、福山の表情が動いた。大和田とちらりと視線を交わす。

「図星か。じゃあ聞くが、なんで羽根なんだ。理由は？」

半沢の質問に、福山は熱くなってこたえる。

「財務のことがわかる羽根専務をトップに据えてまずコストカットを優先させる。そんなのは再建の常識だろう」

「コストカットして縮小均衡すれば儲けが残るなんてアホなことをいうつもりじゃないだろうな。そんなのはな、現場を知らない銀行員の妄想なんだよ」

福山が怒りに顔を赤くした。半沢は続ける。「伊勢島のコストカットはもう十分進められている。人件費しかり、設備投資も最小限だ。伊勢島ホテルの不採算部門といっても、大したものはない。そんなものを削って余計な退職金を払っても赤字が膨らむばかりで、社員の士気も低下する。そんなちまちました計画は、机上の空論だ。まだ実績が出ていないだけで、いま湯浅社長がやろうとしている方向性は間違っていない。湯浅氏は決して無能な経営者じゃないんだよ。それどころか、極めて有能な男だ。問題は、その取り巻き連中にある。その筆頭が羽根だ」

「金融庁が果たしてそんな話を信用するか。いままで赤字を垂れ流してきて、このままではＩＴ開発でも後れをとる。そんなリーダーをあの黒崎検査官が承認すると思うのか」

「承認してもらわなければ困る」

半沢がいうと、福山は勝ち誇ったような笑みを浮かべた。

「検査を知らない銀行員のひとりよがりだな、半沢次長。今回の検査を乗り切るためには、抜本策の提示が不可欠だ。羽根専務を社長に据えるトップ人事は、その目玉になる」

「あんた、羽根と会ったことあるのか」

半沢は、あらためて問うた。

福山は黙ったが、しばらくして、「それがどうした」という返事がある。

「会ったことがあるか、ときいてるんだよ」

「残念ながら、お会いしたことはない。だが――」

「会ったこともないのに社長にふさわしいとどうしていえる」

半沢は福山を遮っていった。

「長く財務畑を歩いてきた伊勢島ホテルの大番頭だぞ。少なくとも数字のことはわかっていらっしゃる」

「もし、それを本気でいっているのなら、あんたはどうしようもないバカだ、福山」

半沢に笑われ、福山の唇が怒りに蒼ざめた。

「あんたはさっき、企業は所詮、人だといった。なのに、肝心の人に会わずに先入観で計画を立ててるあんたのやり方は全くの自己矛盾じゃないのか」

半沢の指摘は、福山の矛盾を鋭く突いた。

「わ、私は、羽根さんのお考えや人柄については大和田常務から伺っていて間違いないと思っている！」

福山は苦しい理屈を口にした。「伊勢島ホテルのおかれた内容についても、きちんとヒアリング済みだ。本人に会っていなければ相手がわからない、という理屈は通用しないだろう」

福山は頰を震わせたが、その反論は空疎だ。

「ほう。伊勢島ホテルの運用を指揮して百二十億円の損失を出したのは、羽根さんなんだぞ。それに――数字をでっち上げ、銀行を騙して二百億円の融資を実行させたのも、羽根さんだ。そんな人間を君は信用するのか。私は絶対に信用しない」

福山がうろたえて、大和田をちらりと見た。中央の席でやりとりをきいていた常務が、顔のスジを強張らせるのがわかる。

「銀行を騙すだと？　いったい君は何をいってるんだ」

福山がきいたとき、半沢の目はまっすぐに大和田に向けられていた。ゆっくりと口を開く。

「伊勢島ホテルは、運用損失の事実を隠蔽していた。だが、それを告発した人物がいた。京橋支店はその事実を握りつぶし、そのまま法人部へ移管させて融資させたんだ」

「そんな話はきいてないぞ！」

福山がわめいた。

「当たり前だ。まだ報告書を出していないからな。この検査が終わったら、しっかりと責任問題を追及させてもらうさ」

大和田は、太い鋼《はがね》のような視線を半沢に向けている。

「おい、半沢。すると君は京橋支店が、損失を隠蔽したといってるのか」

話は脱線したまま、木村が脇からおろおろしてきいた。「まさか！　第一、どうしてそんなことをする必要がある」

「融資を受けさせるためですよ。はたして誰がそんな指示を出したのか、それを今後、明らかにしていくつもりですから、楽しみにしていてください。まずはその前に金融庁検査だ」

半沢は大和田の目を真っ直ぐににらみ返しながらいうと、ようやく福山を見た。閑話休題である。

「もう一度いう。見たことも会ったこともない者を社長に据えるような再建計画なんかゴミだ。

なんであんたがそんなバカでもやらないようなミスをしたか、教えてやろうか。それはな、客を見ていないからだ」

福山は、はっとして顔を上げた。

「あんたはいつも客に背を向けて組織のお偉いさんばかり見てる。そして、それに取り入り、気に入られることばかり考えてる。そんな人間が立てた再建計画など無意味なんだよ。なぜならそれは伊勢島ホテルのために本気で考えられたものじゃないからだ。あんたの計画は、身内にばかり都合よく出来ている。それで企業が再建できると思っているのなら、これはもう救いようのない大馬鹿者だ。反論があるなら聞かせてもらおうか、福山」

福山の顔は真っ赤になっていた。頬を膨らませ、唇をぐっと噛んでいる。

福山は、いかにも銀行エリートらしい気取ったところのある男だった。子供の頃から塾通いをし、過保護な親に、「いい子いい子」で育てられたのが見ていてわかる。機械のように優秀かも知れないが、打たれ弱く壊れやすい。

「明日の検査について、ひとつ申し上げておきます」

半沢はその福山から後の三人に視線を向けた。「伊勢島ホテルの業況と問題点について、いま、我々以上に詳しい者はいません。あなた方がどのような思惑でいようと、いま伊勢島ホテルの再建を本気で考え、行内の誰よりも金融庁検査を乗り切ろうと努力しているのが、我々です。小野寺から説明したロジックにはもちろん弱点もある。それもよく理解しているつもりです。指摘していただくのは大いに結構だが、上っ面の検討のみで口を出していただくのは時間の無駄だということを申し上げておきます。現場のことは現場にまかせて欲しい。それが当行の伝統だったはずですが」

もっというとそれは、産業中央銀行の伝統であった。それを「当行の」伝統といったところに旧閥意識に囚われている者への皮肉を込めた。

「では、このへんでよろしいでしょうか」

木村に問う。

木村はあたふたと大和田と岸川の顔色をうかがい、二人が沈黙したままなのを確認した。

「半沢、今度の金融庁の面談には頭取がお見えになるそうだ」

そう慌てた口調で念を押す。「くれぐれも頭取の顔に泥を塗るようなことはするなよ」

半沢は冷ややかな一瞥をくれ、思い詰めた表情の小野寺とともにその場を辞去した。

「ナルセン破綻に対して対策が見えていないということについては、事実です」

帰りのエレベーターの中で、小野寺がいった。「正直、金融庁検査を乗り切れるかどうか……。どう思われますか、次長」

「そうだな」

営業本部のある七階に向かって降下するエレベーターの中で半沢は考えた。「たしかにこのままでは弱い。それはわかっている」

しかし、この事態を抜本的に解決することができるのは湯浅だけだ。

午後、検査対策に追われながら、伊勢島ホテルのことはずっと半沢の頭にこびりついて離れなかった。

一度、伊勢島ホテルに連絡を入れ、社長への取り次ぎを頼んだが、留守だった。夕方になって、不安になったらしい渡真利がたずねてきたが、安心させてやれるような材料は相変わらず一つもないまま時ばかりが過ぎていく。

伊勢島ホテルを残してほとんどの検査に目途がついたと渡真利はいい、あとはお前次第だというひと言を残して帰って行った。

「本当にこのままで、最終面談に臨むことになるんでしょうか」

夜、最後の打ち合わせを終えるとき、不安そうに小野寺がつぶやいた。

世の中には、自分の努力の及ぶものとそうでないものがある。今回の場合はまさにそれだった。

いま、半沢ができることは、ただひたすら、湯浅を信じることだけだ。

半沢のデスクの電話が鳴ったのは、午後十時を過ぎたときだった。

「伊勢島ホテルの湯浅様からお電話です」

「つないでくれ」

沈鬱なフロアの片隅にいて半沢は目を瞑《つむ》り、湯浅の声を待った。

第七章　検査官と秘密の部屋

1

七月最後の月曜日は、この夏一番の暑さだった。

ずっと雨がふっていない上、朝からエネルギー全開の太陽光線を受け、午前八時に半沢が丸の内の地下鉄出入り口から地上に出たとき、オフィス街はすでにじりじりと焦げ付くような熱気に包まれていた。

汗かきの半沢は、ポケットからハンカチを取りだして額の汗を拭うと、恨めしそうに空を見上げ、再び歩き出す。

「検査が終わったら、どこかに連れていってよ」

今朝、そろそろ一段落しそうだといったら、花はすかさずそういった。いかにも自分が被害者であるといいたげに。

バカをいうな、最大の被害者はオレだ——そう半沢は思った。なにしろ、降って湧いたような担当先交替により、東京中央銀行の命運を握る取引先の面倒を見させられているのだから。

検査のヤマ場だった。昨日は明け方まで銀行で最終準備に追われ、今朝着替えるために自宅に戻り、一睡もすることなく出てきた。

泣いても笑っても、黒崎との対決もこれが最後になるだろう。

勝つか負けるかの二つに一つしかない。黒崎もそう望んでいるだろうし、半沢とて勝利を義務づけられていて、負けは許されない。

「分類されたら、夏休みどころじゃなくなるな」

歩きながらひとりごちた半沢だが、そのとき花がどんな顔をするかなと思ったら、逆に笑えてきた。


黒崎との面談は午後一時。

営業第二部の自分のデスクについた半沢は、決裁箱からすでに零《こぼ》れそうになっている書類に目を通し始めた。

普段と何一つ変わらぬようにも見えるが、営業第二部のシマには何ともいえぬ緊張感が漂っている。

コンピュータシステムで送信されてきている稟議書を検討し、担当者を呼んで細部を詰める。数社の稟議を承認すると、あっというまに時間は経過していった。

疲労の極致にいるはずだが、疲れはほとんど感じなかった。

だが――。

渡真利がせっぱ詰まった声で内線電話をかけてきたのは、そろそろ会議室に向かおうとする矢先のことだ。

「おい、半沢。つかぬことを聞くが、営業第二部の疎開資料、地下二階に隠してないだろうな」

受話器を握りしめたまま、半沢はすっと息を吸い込んだ。

「やっぱりそうか。まずいぞ、半沢。まずすぎる！」

電話の向こうで、悲鳴に近い声を上げた。「いいかよく聞け。いま、金融庁の連中が地下二階を封鎖したぞ。疎開資料、どこに隠した、ボイラー室か？　だとすれば非常にヤバイことになるぞ」

「落ち着け、渡真利。こうなったらなるようにしかならないだろう」

「これが落ち着いていられるか！」

電話の向こうで、渡真利ががなった。「検査忌避にでもなったら頭取以下、刑事告発されるかも知れないんだぞ。伊勢島ホテルが分類された挙げ句にそんなことにでもなってみろ。銀行が存続できるかどうかの危機だ」

そのとき、小野寺が立ってきて、小声で告げた。「次長、時間です」

「時間切れだ、渡真利。いまさらじたばたしても始まらない。もう切るぜ」

「お、おう。もうオレにはどうすることもできん――グッドラック、半沢」

スーツの袖に腕を通し、半沢は最後の戦いに向けて歩き出した。

2

会議室は、異常ともいえる緊張感に満ちていた。

営業第二部からは部長の内藤、副部長の三枝の二人も出席し、金融庁検査官と半沢らが対峙するテーブルをぐるりと取り囲むように配置された席に着く。

定刻の一分前に中野渡頭取が入室してくると、緊張はいやがうえに高まった。半沢の右手、ちょうど検査官と両方が見られる椅子にかけた。続いて金融庁の検査官二人が現れ、軽く一礼して半沢らと対峙した。だが、まだ黒崎の姿はない。

遅刻は意図的なものだろう。わざと遅れてくるとは、どこまでも根性のねじ曲がった男である。数分、異様な雰囲気の中で沈黙が続いた。

平然としている半沢の隣で、小野寺は緊張した顔で手元の資料に視線を落としている。巨額のコストを払うべきか否か、これからのやりとりで決まる。負ければ、収益の足を引っ張る一大要因となるだけではなく、株価も下落する。銀行経営に与える影響は重大だ。

壁の時計が一時五分を指したとき、黒崎が入室してきた。

何人かが思わず立ち上がったが、半沢は座ったまま検査官の着席を待った。遅れてきた者に敬意を払う必要などない。

「始めてもらえるかしら」

謝罪するでもなく、黒崎は気取った慇懃無礼《いんぎんぶれい》な態度でいった。

「それでは、今までの経緯も含め、伊勢島ホテルに関する与信について私からお話しさせていただきます」

小野寺の説明で、伊勢島ホテルに関する最後の金融庁検査は幕を開けた。だが——。

「もういいわよ、君」

途中で、黒崎が遮った。「もう結構。この前と変わらないじゃないの。いやよねえ。こういうの出してくるなんて。失礼しちゃうわ」

黒崎は、うんざりした口調でいった。「率直にいって、こんな計画が実現するとは思えないのよ」

いつものオネエ言葉を発した黒崎は、強烈な個性を発しつつ、皮肉っぽく唇を歪めた。資料をテーブルに放り出す。「過去、同社の経営計画がどの程度達成されてきたかを見ればわかるでしょう、半沢次長。売上、収益。すべてに甘い。すべてによ！」

すべてに、というところを、黒崎はことさらに強調した。「今回だけ計画が達成されると考える必然性はどこにもないのよ。というかこれ、アレでしょ、検査を切り抜けるためのご都合主義の方便っていうか。伊勢島ホテルの業績回復が疑わしい以上、分類は当然の帰結じゃないの？」

「少なくとも本年度における同社の事業は計画通り順調に進んでいます。前回が未達成だから今回もダメだというのは、はじめに分類ありきの曲解に聞こえますが」

そう発言した途端、周囲を取り囲んでいた行員たちの顔が凍りつくのがわかった。ちょうど黒崎の肩越しに、あんぐりと口を開けた木村が見える。目にはうっすらと恐怖が浮かんでいた。

「曲解ですって？」

黒崎はだらしなく椅子にかけたまま、表情を消した。

半沢は続ける。

「計画に実現性がないというのなら、どこが問題なのか具体的に指摘してください。論理的な根拠もなしに、前回だめだから今回もだめだなんて決めつけないでもらいたい」

黒崎はまだナルセンの話題を出してこない。だが、そのことが念頭にあるせいか、表情にどこか余裕が漂い始めている。

「じゃあ、いいますけどね。そもそも売上の根拠だって曖昧そのものじゃないの。どこにこれが実現するという根拠があるの？」

黒崎の指摘を、半沢は平然と受け止めた。

「根拠は前回示した通りで、現在の業績は計画通りに進捗《しんちょく》しています。それでも根拠が曖昧だというのは、まったく理解に苦しみますが」

「収益目標にしたところで――」

「コストの徹底的な見直しで利益率は格段にアップしています」

半沢は相手を遮った。「このまま行けば利益目標は確実に達成される」

「あのねえ、半沢次長。そんなご託は結構。ナルセンはどうしたんです、ナルセンは！」

ついに黒崎は挑戦的にきいた。忍耐力もどうやら限界にきたようだ。「あなた、先日、私の情報が不確実だと、そうおっしゃいましたよねえ。で？　その後、どうなったの？　あなた、ナルセンのことを調べたんでしょう。いまあの会社、どうなってるのか、おっしゃいな」

「残念ながら、先日、破産申請しました」

嬉々としたものが、黒崎の表情に浮かんだ。

「そうよねえ。それで？　それで、伊勢島ホテルへの影響は？」

あごを突き出し、銀縁メガネの奥から見下すような眼差しが向けられる。「インターネットの受注システムができなくても、この計画通りの売上を達成できるのかしら？　収益を上げられるの？　開発費への言及もないじゃない。どうするの？　相手は倒産しちゃったのよ。あれだけ私がいってるのに、そういうことについて御行の資料はなにひとつ説明していない。不愉快なのよねえ。職務怠慢ってやつ？」

木村の表情が引きつっていた。それまで腕組みをしながらやりとりを見守っていた中野渡の頭ががっくりと垂れた。

まずい――。

声には出ないが、誰もが同じ思いを抱いているのがわかる。

そんな中でいま、半沢は冷静に黒崎と対峙していた。銀縁メガネの奥、茶色がかった目を真正面から見つめ、黒崎の発言がそこで途切れたとみるや、静かに言い放った。

「ナルセン破綻の影響は、すでに回避されています」

黒崎は警戒し、唇を結ぶ。それから半沢の表情を窺いながら、慎重にきいた。

「回避？　どういうことなの、それは」

「伊勢島ホテルは、アメリカのホテルチェーン、フォスターの資本傘下に入ります」

会議室内がどよめいた。半沢の切り札だ。「昨日、伊勢島ホテルの湯浅社長から内諾をいただき、先方には増資による資本受け入れの意思を伝えてあります。初回増資額は約二百億円。同時に、業務提携により伊勢島ホテルは同社の予約システムに相乗りすることになります。それが資本受け入れの条件になっていますから。これにより、伊勢島ホテルはフォスターの信用と顧客層を取り込めるだけでなく、自前で一から構築するよりはるかに集客力のあるシステムを手にいれることになります」

「身売りするっていうの？」

予想外の展開に、黒崎はわなわなと唇をふるわせた。「そ、そんなバカな。この会社は同族経営じゃないの。しかもワンマンよ。それが買収に応じるなんて信じられないわ」

「湯浅社長はただのワンマンじゃない。先々を見通せるクレバーな経営者です」

半沢はいった。「今回の条件ではフォスターの傘下に入っても、湯浅社長はそのまま続投することになっています。と同時に、同社から新役員を招く一方で、運用損失を出した羽根専務をはじめ数人の役員は更迭する。資本だけではなく、人材を得て経営を刷新し、ガバナンスを強化するのが目的です。同社の業績が持ち直すのは間違いない」

「増資をしたところで、赤字は赤字よ！」黒崎は反論した。

「だとしても、間違いなく一過性のものに過ぎません。それに、赤字であってもカネが回っているうちは会社は潰れない」

半沢は続けた。「フォスターは、長期債でダブルAの格付けを持つホテルグループです。その資本を背景にできれば、伊勢島ホテルは危ないどころか、飛躍的に業績を伸ばすでしょう。正常債権として扱ってなんら問題はありません。せっかくご指摘いただきましたが、ナルセンの破綻など、もはや全く問題になりませんのでご安心ください。さて、他に何か質問がありますか、黒崎さん」

論理的に追い詰められた黒崎は、訪れた沈黙の中で、土偶のように昏《くら》く固く、その動きを止めた。

東京中央銀行に対する私怨があるという松岡の話が、ふいに半沢の脳裏を過ぎった。だが、伊勢島ホテルを分類するという黒崎の目論見が、もはや外れそうになっていることは誰の目にも明らかだった。

ようやく顔を上げた中野渡がじっと黒崎の横顔を見ている。頭取の横にかけている大和田と岸川のふたりは、塡《は》め込まれたレリーフのように動かなかった。半沢の論破に驚いているのか、あるいは黒崎の反撃に身構えているのか。

だが、この場にいる者の中で、地下二階が封鎖されている状況を知らない者はいないはずだ。空気がずんと重いのはそのせいだった。封鎖が意味するところは、とどのつまり、負け戦である。

ドアが開き、半沢の見知った顔が入室してきた。渡真利だ。その取り乱した顔はまるで、いまにも崩れそうなジグソーパズルのようにひび割れて見える。

いてもたってもいられなくなったのだろう。

渡真利は一瞬室内の異様な雰囲気に気圧《けお》されたように立ち止まったが、空席を見つけてそこにかけた。祈るような眼差しを半沢に向け、それから嫌悪も露わに黒崎に視線を転じる。金融庁検査官として数々の銀行で辣腕《らつわん》を振るってきた男の、追い詰められた表情がそこにあった。

だがいま——。

眉間に皺を寄せた黒崎の険しい貌《かお》が徐々に緩んでいったかと思うと、その下から新たな感情が湧きだし表情を変えていくのがわかった。

怒らせていた肩の力を抜き、体を斜めにしたまま椅子の背にもたれる。足を組み、頬を膨らませてふうと細い息を吐き出した。虚空に目を凝らし、何事か考えを巡らせていたが、やがてその視線がふたたび半沢に戻ってきた。

「伊勢島ホテルに関して我々が知らされていない情報はもうないのね」

「ありません」

半沢がこたえる。ほう、という返事があった。

「もし、隠蔽資料等があれば、いま申し出なさい。これが最後のチャンス。どうなの、半沢次長」

「わかった」

半沢の返事はない。

短くいうと、黒崎は両手をテーブルにつき、すっくと立ち上がった。いよいよ、来た。渡真利が顔をしかめる。

「ちょっと付き合ってもらおうかな。大事なことなので、頭取にもお願いします」

怪しい雲行きに中野渡の表情に不安が過ぎった。会議室を出て、エレベーターホールに向かう。

黒崎ら検査官と頭取が半沢と同じエレベーターに乗り込んで、先に下りた。

地下二階のエレベーターホールで出迎えたのは、検査官の島田だ。島田は、強ばった表情で黒崎に一礼すると、先に立っていく。

「どこへ行くつもりかね」

頭取の質問を、手をひらひらさせただけで、黒崎は無視した。その態度に中野渡は憮然としたが、腹立ちを口にすることはかろうじて思いとどまったようだ。頭取になってからの中野渡は、感情を抑制する術を身につけていた。

黒崎は、フロアの片隅にある鉄扉を押し、殺風景な通路に入っていく。ビルの機関室などが並ぶスペースだ。カーペットは途切れ、靴音が幾重にも響いた。

十メートルほど歩いた黒崎は、あるドアの前で足を止め、半沢を真正面から見据える。

ボイラー室だ。後ろで動きがあり、総務部の行員が慌てふためいた様子で駆け寄ってくるのが見えた。

「鍵を開けてちょうだい」

黒崎の指示で、差し込まれた鍵が回されると、解錠される音が鋭く響いた。

「ドアを開けてもらいましょうか、半沢次長」

黒崎の声には、憎悪と歓喜が入り混じっていた。

「こんなところまで連れてきて、どういうつもりかな、黒崎さん」

半沢はあくまで平静だ。

「黙って開けなさい！」

人が変わったような黒崎の声が通路に木霊し、耳障りな反響を残した。

全員の視線が半沢に集中しているのがわかる。

ふうっ、とひとつ息を吐き出した半沢は、ゆっくりとドアを引き開けた。

たちまち、ボイラーの振動音が室内からあふれ出してきて、その場にいる者たちを飲み込みはじめる。埃と油が入り混じった匂いだ。内部は暗い。

総務部の行員が灯りを点けると、蛍光灯が、コンクリートで塗り固められた室内を照らしだした。壁を伝うボイラーの鉄管はグロテスクな血管のようだ。細かな埃の微粒子が蛍光灯の下を舞うのが見える。だが、いま全員の目はそうした内部の情景にではなく、その床に並べられている段ボール箱へと向けられていた。

黒崎の勝ち誇った表情に、会心の笑みが広がっていく。

「半沢君。まさかこれは――」

中野渡の声が震えた。その背後から覗き込んでいる大和田の目は見開かれたまま、瞬きすら忘れているかのようだ。

「さあ、運び出して！」

黒崎の指示で、島田らが室内に入っていった。

段ボール箱が次から次へと運び出され廊下に並べられた。ガムテープで目張りした箱は、内部を垣間見ることもできない。

全部で七箱。黒崎は舌なめずりしそうな顔でそれを見下ろしている。

「さあて、中味を見せてもらいましょうか。何が出てくるかお楽しみだわ」

底意地の悪い嗤《わら》いに歯を剝き出した黒崎が箱にしゃがみ込むと、最初の箱のガムテープを剝がし、蓋を開けた。しかし——

中味がちらりと見えたところで、何か異変を感じ取ったか、黒崎の手がぱたりと止まった。

赤と白の布が見えていた。怪訝そうに手元を見つめた黒崎が、両手でそれを持ち上げる。

「なんなの!?」

驚きの声が黒崎から洩れた。

季節外れのサンタクロースの衣装がボイラー室の灯りの下に現れたからだ。

「う、うそよ!」

黒崎がその衣装を丸めて床に投げ捨てると、半沢の隣で、小野寺が笑いをこらえた。

「みんなっ」、というひと言で他の検査官たちが一斉に段ボール箱を次々に開け始めた。次に出てきたのはセーラー服だった。宴会部長という名札付き。どこかの部署の悪趣味な宴会芸の名残りらしい。

「どきなさい!」

黒崎が隣の検査官を突き飛ばし、段ボール箱の中味を通路にぶちまけると茶色い着ぐるみの山ができた。トナカイのかぶり物が黒崎の足元に転がる。

最後の一箱が持ち上げられ、底を上にされると、どさっという物音とともにお遊びの小道具が床を転がっていった。トランプがばらけ、半沢の足元にまで散らばる。ジョーカーのとぼけた笑いが検査官たちをあざ笑った。

黒崎の髪は乱れ、肩で荒い息をしていた。

「いったい何がいいたいんです、黒崎検査官」

失笑混じりに半沢がきいた。「宴会が悪趣味だと業務改善命令でも出るんですか」

周りから笑いが洩れた。

黒崎が恥辱で潤んだ眼差しを向けてきた。歯ぎしりが聞こえるかのようだ。その眼に向かって、半沢はいった。

「隠蔽資料など最初からありはしない。あんたの幻想だ」

「そんなはずないわ！」

黒崎の怒鳴り声が空疎に響き渡った。「どこに隠したの、半沢！」

「どこにも。これが現実じゃないですか。なにもない」

半沢は足元の段ボール箱を軽くつま先で蹴り、肩で息をしている黒崎を一瞥した。「違いますか？」

怒りを充満させた横顔から目をそらした半沢は、傍らで一部始終を見守っていた頭取に話しかけた。

「どうやら黒崎検査官には、なんらかの錯誤があったようです。お忙しいところ、お疲れ様でした」

啞然とした面持ちで立ちつくしている頭取は、半沢のひと言で我に返り、信じられないとでもいいたげな目をむけてきた。

「どうやら、そのようだな」

背後の人垣が割れる。ゆっくりとした足取りで頭取が歩き出したとき、場に張り詰めていた緊張が緩むのがわかった。

「半沢！」

渡真利が、右の拳をつきあげた。

ガッツポーズだ。

半沢はにっと笑い、親指を立てて応える。茫然としている検査官達に背を向けた半沢は、地下通路を後にした。

3

その日、近藤が会社を出たのはあらかた仕事の片付いた午後六時過ぎのことであった。

「お先に」

返事はない。野田は黙ってコンピュータの画面を睨みつけたまま、聞こえないふりをしてやり過ごそうとしている。

代わりに、「お疲れ様でした」という女子社員の声に軽く手を上げた近藤は、昼間の熱気をまだとどめている夕景の街へ出た。

行き先は、東急池上線沿線にある久《く》が原《はら》だ。タミヤ電機の〝不良債権〟と化している融資先、ラファイエットの棚橋貴子の自宅があるのが、久が原である。もし返済できないのであれば、せめて担保を設定しておくぐらいは融資の〝いろは〟で、ラファイエットという会社に資産がないのなら、当然、社長である棚橋の自宅がその対象になる。そのため、はたして三千万円の担保になるような資産があるのか調べるのが、久が原まで足を運んだ理由だった。

地下鉄で新橋まで出た近藤は、山手線で五反田駅まで行った。ラッシュ時で混み合う連絡用通路を上がり、五反田駅前を見下ろす高い場所にある東急池上線のホームへ渡る。久が原駅まではそこから十五分。出がけに調べた地図では、棚橋の自宅まで駅から十分ほどの距離である。

近藤を乗せた車両は、下町の住宅街を縫って走った。車内の混み方は相変わらずだったが、旗の台駅で大井町線への連絡客が降りると、少し楽になった。

久が原駅を降り、環八とは反対側に出る。かきいれどきで賑わっているスーパーの前を通り過ぎ、商店街を歩いた。持参した地図を広げ、三丁目方面へ向かう。この辺りは大田区では田園調布に次ぐ高級住宅街だ。商店街の通りをひとつ入ると、立派な邸宅が建ち並ぶ閑静な住宅街になった。

まもなくして近藤が立ち止まったのは、とある一軒家の前だった。かなり大きな二階建てだ。茶色い煉瓦塀が敷地を囲んでおり、見上げると残照の空に煙突のついたスレート葺きの屋根が見える。

「おいおい、すごい豪邸じゃないか」

思わずつぶやいた近藤だが、肝心の表札を見て、「おや」と声を上げた。「棚橋」ではなかったからだ。近くの電柱に貼り付けてある番地のプレートで住所を確認したが間違いはないはずだ。

「おかしいな」

しばらくその付近を歩き回って、棚橋の家を探してみる。

見つからない。

渡真利に送ってもらったラファイエットの信用調査票を眺めつつ、近藤は舌打ちした。

「調査票のデータが古いのか」

そういうことはよくある。信用調査票の左上に最新調査日時が記載されていた。二年前だ。その二年間に棚橋が引っ越しをしてしまったとも考えられる。

念のためもう一度捜してみたが、棚橋という家はなかった。付近をぐるぐる回って最後に再び、最初の地点に戻ってきた近藤は、さっきよりも深い夕景の中でシルエットを浮かべている煙突のある家を眺めた。

もう一度、表札を眺める。

何かが近藤の中で音をたててつながった。

あらためて眺めてみると、その表札の名前には見覚えがあったからだ。

「嘘だろ」

閑静な住宅街の真ん中で、近藤はひとり呟いた。

4

「やったな。おめでとう」

渡真利が高々とジョッキを掲げ、半沢と乾杯した。

西新宿の居酒屋だ。

この二ヶ月ほど張り詰めていた神経が緩み、どこかほっとした空気が流れている。金融庁検査が終了したのが二日前。伊勢島ホテルという最大の懸案を乗り切ったことで東京中央銀行は窮地を逃れ、巨額引当金の積み増しを予測して低落傾向にあった株価も昨日から一気に跳ね返った。

「それにしても、地下二階が封鎖されたときには万事休すかと思ったぜ。なんで、黒崎はそんな勘違いをしたんだろう」

「勘違いしたわけじゃないさ」

半沢はこたえた。「あそこには、ウチの疎開資料が隠してあった」

「だけど、あの段ボール箱の中からは――」

驚いた渡真利はそこで言葉を切り、「まさか、すり替えておいたのか？」、とあきれたようにきく。

「封鎖される前に運び出して、世田谷にある花の実家に持っていった。タッチの差でな。もっとも、例の報告書は、本店の貸金庫を借りてそこに保管してある。連中がいくら探しても見つかるはずはない」

涼しい顔でジョッキを傾けた半沢に、渡真利はどっと脱力したように肩の力を抜いた。

「そうか、そうだったのか。それにしても危なかった。あんな場所に隠すほうも隠すほうだが、見つけたほうも見つけたほうだ。どういうカラクリだったんだ、半沢」

「あのボイラー室は、金融庁に渡される本部ビル案内図には載ってないんだ。知ってたか」

半沢の意外な問いに、渡真利は目を見開いて顔を横にふった。

「業務に関係ないんで総務部で作成した館内地図からは落としてるわけだ」

「地図にない部屋、か」

「そう。何年か前に総務部で作成したときに、意図的か偶然かそうなって、以来修正されてなかった。行内でそれを知っている者はほとんどいないが、オレは総務部の友達に聞いていたんで、秘密の倉庫代わりに使っていたというわけだ」

「なんで黒崎の奴は、その秘密の倉庫の場所を突きとめた？」

渡真利はきいた。

「奴は行内に情報源を持ってる。たぶん、そいつが知らせたんだと思う」

「その情報源が誰なのか、わかってるのか」

半沢は居酒屋のカウンターに視線を投げた。

「木村部長代理と福山の二人が伊勢島の資料を取りにきたそうだ。そのとき小野寺がボイラー室に案内した」

「木村の野郎、いくらお前に恨みがあるからって裏切りやがったのか。そういやあ、あいつ、やけに黒崎にへいこらしてやがると思ったんだ。まったく――」

「木村じゃないと思う」

半沢のひと言に、渡真利は意外そうな顔を向けてきた。「奴はドサ回りの銀行員で、黒崎との接点がまるでない」

「すると、もしかして――福山か？」

「実は人事部の人見に電話して福山の経歴を確認してみたんだが――」

「どうだった」

勢い込んだ渡真利に、半沢の不可解そうな眼差しが向けられる。

「奴は以前、ＭＯＦ担だったことがある」

「くそったれめ」

渡真利はぎりぎりと奥歯を噛んだ。「裏で情報を流して、お前が検査で失敗するのを画策してやがったんだ」

「オレも最初はそう思った」

半沢はいった。「だけど、ナルセンの破綻情報を奴が事前に察知していたとは思えないんだ」

「なんだって？」

「奴は京橋支店に勤務していた経歴はないし、伊勢島ホテルについては全くの門外漢だ。たしかに大和田に命じられて再建策の検討をはじめたが、それは金融庁がナルセン破綻を指摘した後だった。ナルセン破綻の情報は伊勢島ホテル内でも羽根ら一部の人間しか知らなかった。そんな機密性の高い情報を事前に福山が知っていたとは思えない」

「待て待て、半沢。ってことはどういうことなんだ」

渡真利が慌ててきいた。「ボイラー室の一件は木村か福山か、そのどっちかからしか洩れようがないんだろう」

「二人のうちのどちらかが別な誰かに話したんじゃないかと思う。そいつが黒崎の情報源だ」

「じゃあ、誰なのか結局、わからないまま終息するしかないってことか」

「いや」

半沢は虚空を睨みつけた。「検査は終わっても、情報源は特定する必要があると思う。なにしろ、ナルセンの破綻という当行の与信に関わる重要な情報を隠していたわけだからな」

渡真利は目を見開いた。

「だけど、その情報を得られる人物はそう多くない。もしかしてお前の念頭にあるのは――」

半沢はゆっくりとジョッキのビールを喉に流し込んでからいった。

「そう、大和田だ」

渡真利は愕然とした。

「奴が黒崎の情報源じゃないかとオレは睨んでる」

しばらく渡真利は口がきけなくなってしまったかのように黙りこくった。

その頭の中で様々なことを考え、半沢の仮説と合致しているかチェックしているのがわかる。

「京橋支店が旧Tの名門店舗だったってことは前に話したよな」

やがて渡真利がいった。「小耳に挟んだ話だが、旧T内でも、大和田がその京橋支店でやりたい放題やっていたという噂があるらしい」

「旧Tの連中だって、ほとんどはオレたちと同じまともな銀行員だし、しっかりした見識の持ち主なんだよ」

半沢はいった。「旧Sにだって大和田と同じか、それ以上の勘違い行員はいる。今回はそれが偶然、旧Tの、しかも大和田だったというだけのことで、だから旧Tの連中がダメだとオレは思わないね」

半沢はちらりと時計を覗き込んで、居酒屋の入り口のほうへ視線を走らせた。

「誰か来るのか」

「さっき近藤から電話があった」

「近藤から？」

「ラファイエットの社長の自宅を見にいったらしいが、おもしろいことを発見した。そろそろ、来ると思う」

半沢が言い終わるか終わらないうちに、「いらっしゃいませ」という威勢のいい声に迎えられて、見知った顔が入ってきた。店内を見回し、手を上げて知らせた半沢を見ると、上気した顔でやってきて空けてあった半沢の隣に座る。

「お疲れさん。生ビールでいいか」

「ああ。もらう」

半沢がジョッキを一つ頼み、それが来るのを待って乾杯した。三分の一ほどを一気に飲み干した近藤は、完全にかつての元気を取り戻している。

「で、さっき頼んだ件、どうだった」近藤が半沢にきいた。

「調べたよ」

「おい、何の話だよ」

ひとり蚊帳の外におかれた渡真利に、近藤はその日見たことを簡単に話して聞かせた。


「それで、その表札はどうなってたんだ」

近藤の話を待ちきれなくなって、せっかちな渡真利がきいた。

「意外な人物だった。お前もよく知ってる御仁だ」

「焦《じ》れったいな、誰なんだ」

痺れを切らした渡真利に、「〝大和田〟となっていた」と近藤はいった。

渡真利が押し黙った。

半沢はじっと近藤の顔を見つめたまま、手の中のジョッキの冷たさを指先に感じている。

「大和田……？」

やがて渡真利がつぶやいた。「大和田って、あの大和田か」

「そう。本人かどうかを、さっき半沢に電話して調べてくれないか頼んだわけだ。最初に渡真利に電話したんだが、会議中だったんでな」

「そ、それでどうだったんだ、半沢」

軽い興奮を抑えきれず、渡真利はきいた。

「『紳士録』で調べてみた。というのはあれには係累まで掲載されているんでね」

半沢は近藤に向き直った。「まず結論からいう。棚橋貴子は、大和田の妻だ。棚橋は旧姓で、お前が行った久が原の住所は、大和田の自宅住所と一致している」

「おいおい」

渡真利がそういったきり、黙り込んだ。

半沢がジョッキに三分の一ほど残っていたビールを飲み干し、店員を呼ぶと気に入りの栗焼酎をロックでひとつ頼む。「いや、二つくれ」と横から渡真利が訂正すると、最初のジョッキを早々に飲み干した近藤が「三つだ」と付け加えた。

「つまり、こういうことか」

渡真利がいった。「タミヤ電機はいまから四年前、京橋支店から融資を受けた三千万円をラファイエットという会社に転貸した。そして、その資金は回収されないまま今に至っている。ラファイエットの社長は棚橋貴子という名前で、その女は大和田の妻だったと」

「だから貸したんだな」

納得した口ぶりで近藤がいった。「おかしいと思ったんだ。若い愛人ならともかく、田宮は、そんな年増に金がない時まで貸したままにしておくような男じゃない」

「どんなシナリオだと思う？」

渡真利が尋ねた。そうだな、と考え、近藤が続けた。

「どんな事情かはわからないが、ラファイエットには金が必要で、大和田は妻の会社を助けなければならなかった。ところがラファイエットなんて業績の悪化したちっぽけな会社に、融資してくれる銀行はなかった。そこで田宮社長に頼み込み、京橋支店から融資させた三千万円を転貸させた——というところかな。おおかた大和田に頼まれて田宮社長がひと肌脱いだんだろうよ」

「よくできました」

半沢はいった。「金融庁検査も終わったことだし、いよいよ、残された問題を解決しようと思う。この件も含めてだ。明日、京橋の貝瀬に会ってくる。お前はどうする」

渡真利にきく。

「オレも行きたいところだが、あいにく明日は会議だ。それにこれは近藤と京橋、そして半沢と大和田の戦いでもある。オレは結果を楽しみに待たせてもらう」

「近藤は？」

「何があっても随行させてもらう」

にっと笑って近藤はいった。

「そうこなくちゃな」

新たなグラスが運ばれてきたところで、三人はもう一度乾杯した。

5

半沢が支店二階に上がっていくと、それを待ちかまえていた貝瀬は、飛び上がらんばかりに慌てて席を立ってきた。

すぐに応接室に通される。まるでＶＩＰ待遇だ。

「先日の報告書の件」とだけ伝えてあるが、それが貝瀬にとってどういう意味があるのか、本人が一番よくわかっているはずだ。だが、

「近藤さんもご一緒とは……」

半沢とともに近藤が一緒にきたことに、貝瀬は渋い顔になった。

「実は、タミヤ電機と関係があることについてもお伺いしたいので同席してもらった」

半沢は有無を云わせぬ口調でいい、「先日のファックス、見てもらったと思う。金融庁検査は終了しても、損失隠蔽の事実を見逃すわけにはいかない。なにか弁明があるのなら、いま聞く。そのためにきた」

「ちょっと待ってくれませんか、半沢さん」

弱り切った声を貝瀬は出した。「私にもいろいろと事情がありまして。最初から隠蔽しようと思っていたわけではありません。それは信じて欲しい。どうしようもなかったんです。私だって被害者だ。なんとか助けてくれないか。見逃してくれ、この通りだ」

椅子にかけたまま、貝瀬は深々と頭を下げた。

「あんた、時枝とオレが最初に訪ねたとき、どんな態度をとった」

その薄くなりかかった頭頂部に向かって、半沢はいった。「随分、小馬鹿にした態度だったじゃないか。それを嘘がバレた途端、見逃せだと？　冗談じゃない。徹底的に追及してやるからそう思え。隠蔽はお前の指示か」

「ちょっと待ってください、お願いですから」

貝瀬は顔の前で両手を合わせる。「ですから、私もいろいろと事情があって、どうしようもなかったんです」

「なんで損失を隠蔽するように指示したんだ」

嘆願を無視して、半沢はいった。「誰に頼まれた。羽根か、それとも――」

「いや、たしかに羽根さんからも頼まれたが、それだけじゃないんだ」

貝瀬は複雑な背景をそれとなく匂わせた。その苦悩する男を睨みつけたまま言葉を待つ半沢に、案の定、「大和田」の名が告げられた。

「実は大和田常務から、この件は伏せておいて欲しいといわれて……。いまは損失が出ているが、運用益に転じることも考えられるからという理由だった」

「それは嘘だよな」

半沢はいった。「戸越さんからの話ではもう黒字化はほとんど不可能だったはずだ。そんな甘い見通しが通用するような状態じゃなかったはずだ」

「わかってる。だけども、大和田常務からのたっての要請となれば、無視はできないじゃないか。君だってそれはわかるだろう」

「わかるわけないだろ。ふざけるな」

半沢は突き放した。「それを公にしなかったのは、その後の融資を受けられなくなるという事情があったからじゃないか。しかもあんたは、そのことを伏せたまま法人部に移管した。爆弾を押しつけたわけだ」

「常務の指示だったんだよ」

貝瀬はすがるように訴えた。

「じゃあ、証拠を見せろ」

半沢がいうと、唖然としたような貝瀬の顔が上がった。まるでいまにも破れそうな障子紙のように張り詰めて、真っ白だ。

「証拠……？」

弱々しくいった貝瀬の瞳が揺れた。

「書類があるだろう」

「書類？　そんなもの、ない。口頭で相談して指示を受けただけだ」

「メモは」

半沢はきいた。「そのとき、メモは作成しなかったのか」

「いや、そういうものは一切……」

この莫迦。重要なことを口頭で済ます奴があるか、と半沢は叱りつけてやりたくなった。

「相談したのは大和田だけか」

「古里の報告を受けて、最初に伊勢島ホテルの羽根さんに確認した。そのときは事実を確認してみるという返事だったが、その後、たぶん羽根さんから相談されたんだろう。大和田常務から電話があって、今の段階で表沙汰にする必要はないだろうということで……」

「それは報告書に書かせてもらうぞ」

半沢にいわれ、貝瀬は思いきり顔をしかめた。

「勘弁してくれ。私にも立場がある」

この期に及んで体面を気にする貝瀬の態度に、半沢は失笑した。

「あんたの立場？　そんなもの、もうないも同然なんだ。伊勢島ホテルの損失隠蔽に関する報告書は明日、営業第二部から上へ上げる。せいぜい弁解のセリフでも考えておくんだな」

「なあ、半沢さん」

貝瀬は膝を突き出していった。「大和田常務には私から事情を話す。なんとかこのことは穏便に済ませてくれないか。あんたには悪いようにはしない。あんただって、こんなことを明らかにしたところでメリットはないと思うんだ。どうだろうか」

「あいにく、損得勘定でやってるわけじゃないんでね」半沢は、突っ撥ねる。

「相手は大和田常務だぞ。そんな簡単に追い詰められる相手じゃない。そのぐらいのことはあんただってわかるだろう」

「オレは、基本は性善説だ。だが、やられたら、倍返し――」

貝瀬の顔を冷ややかに見つめながら、半沢はいった。「それがオレのやり方だ。オレがもし隠蔽の事実を暴かなかったら、お前らは最後まで、真実を語ろうとはしなかったはずだ。他人に責任を押しつけて、自分たちだけいい目をすればそれでいい。そう思っていただろう。違うか」

「いや、それは――」

「この期に及んで見苦しいぜ」

言い訳しようとした貝瀬に、半沢はいった。「ただで済むと思うなよ。お前らみたいな腐った奴ら、オレがまとめて面倒みてやる」

貝瀬の眼が見開かれ、手に取れるほどの恐怖が浮かんだ。

「ま、相手が悪かったと思ってあきらめるんだな」

近藤がいい、それから「古里！」とドアに向かって叫んだ。

「そんなところにいないで入ってこいよ」

遠慮がちにドアが開いて、見知った顔がもう一つ現れた。

「さて、今日もう一つおうかがいしたいのは、この件だ」

近藤がテーブルに広げたのは、ラファイエットの信用調査票と振り込み依頼書だ。

「これが何か、あんた知ってるだろ。話してくれ。いまさらつまらん隠し立てができると思うなよ」

古里の顔色が変わった。貝瀬の問うような眼差しに、渋々、いままでの経緯を話す。

「まさか――」

貝瀬は絶句したまま、しばらく声を発することもできなかった。

古里の視線はテーブルの一点に結びつけられ、指先は充血するほど強く組まれている。

「君も転貸されることは知っていたのか」

古里は唇を咬んだ。

「タミヤ電機さんからは、運転資金を融資してくれないかということでした。信じていただけるかどうかはわかりませんが、私が審査した段階では転貸するなんて話、聞いてませんでした。ところが、その後になってその運転資金が第三者に送金されていることがわかって……。私が転貸されたことに気づいたのはその時です」

「そのことは上司に報告したんだろうな」

貝瀬がきいた。「なんで回収しなかった、古里」

融資する資金が何に使われるのかは、銀行融資の根幹だ。企業の発展のために、きちんとした金を必要なだけ貸し付ける――それが融資の鉄則である。

「報告はしたんですが、結局、曖昧になってしまいまして。まあいいだろう、ということに……」

「誰がそんなことを」

思わず貝瀬が声を荒げた。

「当時の岸川支店長の指示です」

問い詰められた古里の口から、その名前が洩れると、貝瀬は息を飲んだ。大和田、そして岸川。

旧Tの〝京橋コンビ〟だ。

京橋支店長をつとめた岸川が、その後業務統括部長として栄転していったのはいうまでもなく、その栄転の陰に、大和田の「引き」があったことも想像できる。いまや岸川は、大和田派閥のサブ・リーダーだ。だが、その背景には、こうした秘密の便宜があったことになる。

「おかしいと思わなかったのか、君は。何を考えてるんだよ！」

貝瀬が唾を飛ばして激昂した。だが――。

「それなら貝瀬支店長はどうなんですか」

思いがけない古里の反論に、貝瀬は息を飲んだ。

「私が伊勢島ホテルの損失を報告したとき、支店長はなんとおっしゃいました。知らないことにしておけと、そうおっしゃったじゃないですか。それはおかしくないんですか」

貝瀬の顔に怒りが滲んだ。だが、その怒りは爆発することなく消え、悔恨の表情に変わる。

「すまん」

支店長の詫びに、古里もはっとし、「いえ」。

「融資代金がラファイエットに転貸されることは岸川さんも了解していたんだな」

やりとりをきいていた半沢がたずねた。

「それ以外には考えられません」

古里はこたえる。「ただ記録は……。転貸されている旨を報告したメモは書きはしましたが、戻ってきませんでした。口頭で、この件はいいから、と。政治決着だと思いました。内容が内容だけに、メモが揉み潰されるのも仕方がないかと」

岸川は賢い。メモを残せば、痕跡が残る。

「岸川がそれに関与した証拠が欲しい」と半沢はいった。

「預金口座の入出金明細では弱いか」

貝瀬がつぶやくようにきいた。

弱い。半沢が思ったとき、古里が意外なことをいった。

「たぶん、当店にも振り込み依頼票が残っていると思います。あのとき、支店長が自ら処理を頼んで検印されたんで、おかしいと思った記憶が……。書庫にあるかも知れません」

「案内してくれ」

半沢が先に立ち上がった。近藤もそれに従う。京橋支店の書庫は、三階にあった。

異様な光景だ。

貝瀬と半沢、そして近藤が見守る中、古里がその古い書類を探し出すまで、息が詰まるような時間が過ぎていく。

やがて古里の手が一枚の書類の上で止まった。

「あった――」

たしかに三千万円の振り込み依頼票だった。依頼人、タミヤ電機。受取人欄はラファイエットになっている。近藤が持ってきた控えと全く同じ内容だ。

「半沢、――検印、見てみろ」近藤が指摘した。

「ああ、確かにな」

処理は、当時営業課にいたという女子行員の印鑑。そして検印欄には、一回り大きな支店長用の印鑑が捺されていた。

岸川だ。

「これは預かる」

半沢はいい、振り込み依頼票の綴りからその一枚を抜き取った。

「それも告発するのか、半沢次長」

貝瀬がいった。「考え直してくれ。ここだけの話、君は大和田さんに目を付けられている。まもなく君の更迭話が出るぞ。それでは困るだろう。——それに近藤さん、あんたにも出向解除の話があるんだ。実は、今日にでも田宮社長にそのことを説明しなければならないところだった。もし——もし、このことを穏便に済ませてくれるのなら、私からおふたりの人事について大和田常務に口をきいてもいい。なんとか君らに対する人事案を撤回するように説得する。命にかけて約束するよ。本当だ。どうだろう。よく考えてくれ。こんな告発しても、いいことは何もないんだ。誰が幸せになる？」

「それは、大和田からの入れ知恵か？　随分、ご立派な提案だな」

半沢はせせらわらった。

「ち、ちがう。私としても精一杯、あんた方のことを考えていってるんだ！」

「それはありがとうよ。だがな、自分に都合の悪い報告書を提出してきた次長を更迭すれば解決すると思うような人間に役員の資格はない。近藤、どうする？」

「オレは——」

一瞬、近藤の顔に迷いが浮かんだのを半沢は見逃さなかった。「銀行に戻れというのなら戻るだけさ。いまさらタミヤ電機に居残れといわれても、もう人間関係の修復は難しいからな」

「というわけだ、貝瀬さん。心遣いありがとう」

がっくりと頭を垂れた貝瀬の肩をぽんとたたき、半沢は京橋支店を出た。

「近藤、良かったのか、さっきの提案、反故《ほご》にしちまって」

後について出てきた近藤にきいた。

「いいさ。どうせ出向は解除されると思っていたし、いまの会社は銀行に恩を売ろうと思って出向者を受け入れてるだけだってこともわかってる。オレを必要としていない以上、いても仕方がない。残された在籍期間でできるだけのことをして、それで潔く銀行に出戻るってわけだ」

そういって近藤は寂しく笑った。

「すまんな、近藤。余計なことに巻き込んじまって」

「なにいってんだよ」

地下鉄の出入り口のところで、近藤は笑顔を作った。「自分の人生は自分で切り拓くさ」

「だけど、本当に欲しいチャンスは摑めよ」

半沢は、ふと真剣な顔になっていった。「もし、さっきの貝瀬の提案が惜しかったらいってくれ。オレも考えるから」

「わかった」

哀愁すら感じさせる目を、近藤はしていた。その男に右手を上げて背中を向けた半沢は、足早に改札口への階段を下りた。

6

京橋支店長の貝瀬から連絡があったのは、午後のことだった。

「随分遅くなりましたが、御社へ出向している近藤さんのことで人事部から回答がありました。

そのご相談をさせていただこうと思いまして」

　この日、支店長室に通された田宮に、貝瀬は開口一番、そう告げた。気のせいか、貝瀬は元気がないように見えたが、理由はわからない。

「お手数をかけて申し訳ない、支店長」

　田宮は幾分ほっとしながら、頭を下げた。「本当はこんなことにしたくなかったんだが、なにしろこちらの指示はまるで聞かないという態度で――」

「それは伺いました」

　貝瀬は、田宮を途中で遮り、代替人事の受け入れを承諾していただけるか、と尋ねた。

「かまいません」

「近藤には人事部から本件について説明します」

　貝瀬はいった。「ですが、田宮社長の口からもなぜ出向解除を願い出ることになったのか、理由はきちんと説明してやってもらえませんか」

「私がですか」

　嫌な仕事だな、と思ったのも束の間、これはおもしろい、と逆に田宮は思い直した。なにかと指示を無視し、社内をかき回してくれた近藤に、自ら引導を渡してくれといわれているのだ。いい気味じゃないか。

「こういってはなんですが、銀行側の事情ではなく、あくまで御社の事情ですので」と貝瀬。

「いいでしょう。私から近藤さんにはしっかりと説明させていただきます」

　田宮は底意地の悪い笑いを浮かべた。「後任人事についてはいつ頃わかりますか」

「まもなく。決まりましたら、すぐにお知らせしますのでよろしくお願いします」

田宮は、その短い面談を切り上げると、徒歩五分のところにある自社に戻った。すると、

「社長、ちょっとお話があるんですが」

田宮の帰社を待っていたかのように、近藤がデスクの前に立った。

「ちょうどよかった。私もね、あなたに折り入ってお話しすることがあったんだ」

立ち上がり、奥の応接室に向かう。

近藤を先に入れ、自分も入室すると他の社員に聞かれないよう、後ろ手でドアをしっかりと閉めた。

ソファにかけた近藤は、どこか切迫したような印象を受けた。何かあったのかきつい表情をしている。

「話というのは、なんでしょうか」

その近藤から尋ねてきた。

「いや、いいんだ。あなたの用件から伺いましょう」

テーブルを挟んでかける。

「例の転貸資金の件です」

田宮は顔をしかめた。

「またか。もうその話は放っといてくれませんか、近藤さん」

もう、これ以上かき回されるのはうんざりだ。「あなたには関係ないんですから」

「いま当社は三千万円必要じゃないですか。東京中央銀行だって、次にいつ融資に応じてくれるかわからないんですよ。この金を返済してもらえばしばらくはひと息つけるでしょう」

「あなたは何もわかっていないんだ」

田宮は天井を仰ぎ見た。「これは私の個人的な知り合いに貸したもので、すぐに返して欲しいとも思っていませんよ」

腹が立つ。だが、このときも田宮は、悟った。腹立ちの半分は差し出がましい近藤に対してだが、後の半分は貸した金を返済してもらえないどうしようもない状況に向けられているということを。

「とにかく、あなたは何もわかっちゃいないんです」

田宮がまた同じことを繰り返したとき、「いいえ、わかってます」という予想外の抗弁があった。

「この金、東京中央銀行の大和田常務に頼まれて貸したものでしょう」

なにか反論してやろうと口を開けた田宮は、そこで言葉を飲み込んだ。

驚きはすぐさま疑念を運んできた。

一体、どうやってそれを調べたのだろう。いや、確信があっていっているのかどうかさえ怪しい。誰かに聞いたとしても、このことを知っている者は限られている。身構えた田宮に、近藤は続けた。

「ラファイエットについて調べているうちにわかったんです。銀行の知り合いにも話しておきましたから、すぐに大問題になるでしょう。そうなれば大和田も終わりだ。あなただって、運転資金だと偽って大和田の身内に転貸したことになる。今後、銀行取引ができなくなる可能性もありますから覚悟しておいた方がいい」

「ちょっと待ってくれ。それは困る」

思いがけない近藤の話に、田宮はうろたえた。

大和田に協力しておけば絶対に損はない、という当時支店長だった岸川の耳打ちを微塵も疑っていなかった。おかげで、大和田とのパイプも継続できている。

「なんとかならないんですか」

田宮はいった。

「結局のところ、利用されただけなんですよ、田宮社長」

近藤は静かな口調で告げた。「この転貸資金の件はまもなく行内で明らかにされるでしょう。このままいけば、タミヤ電機は大和田と結託して銀行を騙したということにもなりかねない。だから、あなたが利用されたということを証明する必要がある」

なんてこった——。

「ちょっと待ってください」

近藤を残してその部屋を出た田宮は、大和田の携帯にかけた。

留守電になりメッセージが流れはじめたところで、相手が出た。

「いま小耳に挟んだんですが、ウチの資金の件、御行の中で露見しそうだと」

単刀直入に田宮はきいた。返事はない。

「誰からききました、そんな話」

「誰だっていいじゃありませんか、常務。どうなんです」

田宮は語気も荒く、問いただした。

「まあ、いろいろあってね」

大和田はいった。「まあお宅に迷惑はかけないから、心配しないで欲しい」

「転貸したことがバレたら大変なことになるって、以前、おっしゃってたでしょう？　だから私もひた隠しにしてきたのに、どういうことなんです」

大和田の前ではいつもお人好しを演じてきた。だが、もうそういう気分ではなかった。尻に火が付いた。

「それはケース・バイ・ケースだから。それに、私が認めない限り、証拠はない。大丈夫ですよ、田宮社長」

「そういう言い訳、通用するんですか」

冷ややかにいった田宮に、沈黙が返ってきた。

大和田は気が短い。その大和田にこんな口のきき方をしたのも初めてだった。相手は苛立ったに違いないが、それを配慮するだけの余裕はもう田宮にはなかった。しかし――。

「どうも誤解があるようですな、田宮社長」

落ち着き払った大和田の声は、田宮の精神状態からすると、突然、空から降ってきた聞いたことのない言語のようだ。「誰から聞いたか知らないが、私としてはあくまで、今回の件、関与していないということで――」

「いつ、返済していただけるんです」

たまらず、田宮はきいた。

「なんですと」

「いつ返済していただけるかと聞いたんです。当初は短期のつなぎだっていう話だったじゃないですか。大和田さんだから協力したのに、もう四年も経ってるんですよ。そろそろお願いできませんか」

「それは妻に伝えておきましょう」

いつも都合が悪くなると、妻だ。

「あなたに貸したと思ってます、私は。奥さんの会社に貸した金でも、あなたの奥さんだから貸したんだ」

携帯電話を通じて、大和田の苛立ちが伝わってきた。

「社長。電話でお話しするようなことでもないし、また今度じっくりと善後策について話し合いませんか」

「常務、ウチもそれほどの余裕はないんですよ、善後策ってどんな策なんです」

「今打ち合わせ中なのでね」

失礼、という声とともに、電話は一方的に切れた。

ふと気づくと、不通音の鳴りだした携帯電話を握りしめている自分の傍らに、近藤が立っていた。話を聞いていたらしい社員たちが顔を上げてこちらを見ていたが、田宮が顔を上げるとそそくさとデスクワークに戻っていく。

「笑いたいなら笑え」

田宮はいった。電話を切った途端、なにか途轍《とてつ》もなく自分が情けない存在に思えてきた。

「あいにく、人のことを笑っていられる状況じゃないんでね」

近藤もまた自嘲するような顔になる。「そろそろ人事部から何かいってきたんじゃありませんか」

「なかなかいい勘だ」

「そうですか」

近藤は寂しげにいい、「最後に一つだけ、力を合わせて三千万円、回収しませんか。大和田常務の奥さんから」といった。

携帯電話を折りたたみ、ポケットに戻す。

「どうやって」

「簡単です。今までの経緯を話してくれたらそれでいい。報告書にして私が銀行に提出する」

「どうするつもりなんです」

「大和田を更迭する重要な資料になる。事情はつまびらかになり、おそらく、三千万円はなんらかの形で戻されるでしょう。東京中央銀行のプライドにかけてね」

あんぐりと口を開いたまま、田宮はその提案を咀嚼《そしやく》する。

やがて、ふっと笑って、尋ねた。

「銀行員にプライドなんかあるんですか」

「ありますよ、それは」

近藤はこたえる。「大したプライドじゃないですが」

「そうか」

田宮は、しばしその場に立ちつくし、なにか新しく発見した地平でも眺めるような眼差しで自分の会社のフロアを眺めていた。

「もうあんたの顔を見なくてすむと思うと正直、ほっとする。だが、あんたがいなくなるかと思うと、ちょっと寂しい気もしますね。事業計画なんぞ立てて、会社を再生しようとしたのはあんただけだった」

思い切り皮肉をいってやろうと思ったのに、出てきたのは自分でも気づかなかった本音だった。

「縁がなかったということでしょう」

近藤はいった。「だけど、おかげで私は忘れていた自分を思い出しました」

近藤の表情は、どこかさっぱりしていて、まるでいま窓の外に見えている明るい空のようだ。

田宮は、改めて近藤を眺めた。

「銀行に戻ったら、どうされるんです」

「さあね。ただ、どこに行ったとしても、ここよりはマシですよ」

「いってくれるじゃないですか」

「最後ですから」

近藤は笑って背後の応接室を右手の親指でさした。「さて、伺いましょうか」

7

「報告書ですと?」

急激に押し寄せてきた危機感に大和田の内面はさざめいた。「それを書いたんですか」

「まあ書いたというか、私は話しただけで、それを近藤さんが報告書にまとめたんですが」

「なんで、ひと言私に相談してくれなかったんです」

座敷で対面していた大和田は苦渋の表情を浮かべた。だが、このときばかりは田宮も「申し訳ありません」という気にはなれなかった。

「相談はしたじゃないですか、大和田さん。あなた、なんていいました?」

がっしりした体つきの大和田が小さく見える。田宮は続けた。「妻にいっておくとか、善後策を練ろうとか、そんなことばかりだ。私が知りたいのは、いつ返済してもらえるかということなのに、結局あなたはそれを後回しにしているだけじゃないですか」

田宮の非難に、大和田はこたえる術を持たなかった。

その通りだからだ。

本当なら、三千万円ぐらいの資金、ぽんと返済してやりたい。だが、そうすることは出来なかった。

妻が自分の好きな仕事をしたいといってきたとき、それを応援したのはつい軽い気持ちだった。女性だろうと、主婦だろうと、世の中にどんどん進出していけばいい——そんな当たり前といえば当たり前の考えを大和田は持っていた。

そもそも、妻の貴子は大学時代、テニス部のキャプテンを務めた勝ち気な性格で、子供の手が離れてからも家を守っているような内向的な女性ではないとわかっていた。

大和田は妻を評価していた。

少し金を出してやれば、うまく商売するだろうと信頼していたし、実際に好きなアパレルの会社を設立するとき、「あなたには迷惑はかけないから」といって、それまで貯めていた自分の資金で設立にかかる費用全てを賄《まかな》うということをやってのけた。

頼もしい妻のはずだった。堅実な妻でもあった。だから背伸びをせず、自分の守備範囲の中で、コツコツと会社を経営するに違いない。そう思っていた。だが、その予想は外れたのだ。

「実は妻の会社がどうも思うように行ってないようでね」

大和田は、田宮に本当のことを告げた。今までラファイエットという会社の業績についてあまり詳細を教えたことはなかった。三千万円もの資金を融資してもらっているのに、業績ひとつまともに報告しなかったのだ。経営者としての田宮の甘さに、大和田はつけ込んだのである。

「たぶんそんなことだろうと思ってました」

田宮のような立場の人間に個人的な弱みを話すのは、銀行の役員として本意ではない。だが、田宮に事情を理解してもらうためには、打ち明ける必要がある。

「今まで黙っていてすまなかったが、妻の会社はずっと赤字続きで、とても三千万円もの金を返済する目途がたたない。どうかもう少し待ってくれないか」

田宮にしてみれば、神格化されていた大和田ブランドの光沢が急激に薄れ、鉄の地肌がのぞいた瞬間だった。

「だったら常務、あなたが返済してくださいよ。私は常務に頼まれて融資したんだから。常務の奥さんじゃなかったらそんな金、最初から貸しはしません」

田宮は容赦なく迫る。

「もうしばらく待ってもらえないか」

返すとはいえない事情が、大和田にはあった。

妻の事業は赤字を抱えたまま迷走していた。大した売上もないのに一等地に事務所を借り、社員を雇い始める。自分で店舗を持ち、気に入ったデザイナーと契約してオリジナル・ブランドとして売り始めたものの、顧客はついてこない。

赤字の垂れ流し。どんどん借金が膨らんでいったのに、妻はそれがどうにもならなくなるまで、大和田に黙っていた。

実績もなく、しかも創業以来の赤字を継続する会社に融資する銀行などどこにもない。かといって、夫に迷惑はかけたくないという一念にとらわれ、妻が借りに行った先は、唯一相手にしてくれたノンバンクだ。

大和田がそれを知ったのは、たまたま休みの日にとった商工ローン業者からの電話だった。

「ウチは結構だ」

セールスだと勘違いした大和田に、「ふざけんなよ」と相手はいった。ドスの利いた声だ。

「散々延滞しておきながら、そんな態度があるのかよ」

そのときすでに妻の会社は一億円を超える借金を抱えて迷走していた。

問い詰めた妻は涙ながらに謝罪し、自己破産するしかないといった。

「売上も立ってきたし、高利の借金さえなければなんとかなるのに」

そういう妻に、大和田は自分の金融資産の大部分を投じて借金を返済したのだった。

その言葉を信じて。

だが、その後もラファイエットの赤字は増え続けている。

事情を話した大和田に、田宮は深く嘆息してみせた。

「だめじゃないですか、全然。これ以上話をしても仕方がないということですね」

傍らにあった鞄を引き寄せ、立ち上がる。

「ちょっと待ってくれないか、田宮社長」

上座から大和田が追いすがった。「なんとかするから、その報告書、近藤から回収してもらえないか。この通りだ」

足元に土下座した大和田を、田宮は困惑して見下ろした。だが、次にその目に浮かんだのは、同情ではなく、苛立ちだ。

「銀行の役員かなにか知らないが、こうなっちゃ終わりだな」

そういって、田宮はさっさとその座敷を後にした。

誰もいなくなったその座敷で、大和田は頭を畳にこすりつけたまま、声を立てずに泣いた。

悔やんでも悔やみ切れない。

妻のせいだ。

くそったれめ。俺のせいじゃない。こんなことでコケてたまるか。こんなことで——。

起き上がった大和田は、涙と鼻水でくしゃくしゃになった顔をテーブルのおしぼりで拭いた。畳にべったりと胡座《あぐら》をかき、ズボンの裾が捲《まく》れ上がっているのも構わずポケットから携帯電話を取り出す。

岸川にかけた。

「どうされました、常務」

「いま京橋にいる」

大和田は、まだ先付けが出たばかりのテーブルに虚ろな視線を向けた。「面倒なことになった」

8

「田宮が口外しやがった」

大和田が吐き捨てると、岸川は恐怖の色を浮かべた。田宮との話が物別れに終わった後、大和田がとった行動は、即座に本店に引き返すことだ。

執務室には大和田から指示を受けた岸川がすでに来て、待っていた。

いまその岸川は愕然とし、「はあっ」とまるで魂が唇から零れ落ちてしまいそうな声を出した。

「万が一、あの話が明るみに出るようなことになれば、とんでもないことになります、常務」

すがるようにいう。

「わかってる」

じっと、虚空の一点を見据えたまま大和田はぎりぎりと奥歯を嚙みしめた。

「どうされるおつもりですか。お考えは――」

「報告書を潰すしかないだろう」

大和田は即座に返答した。「間もなく、その男――近藤とかいったな――出向解除になるらしい。ならば説得してもみ消すのみだ。半沢が回収していったという振り込み依頼票だけならなんとかかわせる。妻と田宮の個人的関係でやりとりされたものだと主張すればなんとかなるはずだ。連絡先、わかったか」

先ほど、田宮が退席した後、大和田が岸川に指示したのは、人事部へ行って近藤の連絡先を調べることだった。

「これでよろしいでしょうか」

近藤の人事ファイルの概要表を岸川は出す。個人情報と旧産業中央銀行に入行してからの職歴、人事評価の変遷などが記載された書類だった。

「休職歴有り、か」

本来なら銀行の一線にいてもおかしくない年齢だ。それなのに取引先に出向している理由を、大和田は瞬時に理解した。

「子供もまだ小さいな。しかも二人だ。これからまだ金がかかるだろう。どういう意味かわかるか」

岸川に問う。返事の代わりに、戸惑いとも驚きともつかない目が大和田を見た。

「こういう奴は人事でなんとかなるってことだ。背に腹は替えられないからな。――この男の携帯に連絡を入れてくれ」

「今ですか」

岸川は驚いた顔になった。

「早い方がいい。明日にでも報告書が上げられないとも限らない。一刻の猶予もない。すぐにだ」

短い返答とともに、岸川は自分の携帯電話を取りだし、書類に記載された番号にかけた。じっと大和田が見守るなか、静かな執務室にかすかな呼び出し音が鳴り続ける。

すぐに男の声が出た。

「私、業務統括部の岸川といいますが、いまちょっとよろしいですか」

相手は一瞬押し黙り、それから「ええ」と戸惑うような返事がある。

「タミヤ電機の件で、あなたに折り入ってご相談したいことがあります。急ですが、これからお会いできませんか」

これからですか、という驚きの反応は、かすかに大和田にも聞こえた。

「あなたにとっても重要なことです」

岸川はいい、どうやらまだ会社に残っているらしい近藤を説得した。

「これからこちらに来るそうです」

携帯電話を切った岸川は、ほっとした表情を浮かべて報告した。

「わかった」

静かにこたえた大和田は、厳しい表情のまま瞑目した。

9

その電話は、残業中に突然、かかってきた。

長く本店を離れているので部課長名には疎くなっているが、岸川だけは別だった。タミヤ電機の転貸資金を融資した当時の支店長だからだ。

その日の夜、田宮社長が大和田と会食したことは知っていた。

大和田とどんな話になったかは知らない。

だが、電話の岸川からはひしひしと緊張感が伝わってきた。断ろうかと思ったが、当の岸川から転貸経緯を聞いて報告書に盛り込むこともできれば、より好都合ではないか。そんなふうに近藤は考え、帰り支度をすると会社の前からタクシーに乗り込み、一路本店へと向かったのであった。だが――。

「大和田常務の執務室に来てくれないか」

行員通用口にある受付で来訪を告げた近藤に、岸川は意外なことをいった。

心臓がどくどくと打ち始めるのを感じた。岸川ひとりならともかく、大和田も一緒となると――。

「やあ、近藤さんですか。お忙しいところわざわざ呼びつけてすまなかった」

大和田の執務室のドアをノックすると、ドアを開けた男が上っ面だけのねぎらいを口にした。岸川だ。

いいえ、と短くこたえた近藤は、応接セットの肘掛け椅子にもう一人の男がかけているのを見て緊張した。紹介されなくても、それが大和田だということはわかる。

「まあ、かけてくれ」

岸川に勧められテーブルを挟んで二人とは反対側のソファにかけた近藤は、息を潜めてどちらかが話を切り出すのを待った。

すると、

「どうですか、出向生活は」

おもむろに口を開いたのは大和田のほうだった。椅子の背もたれに斜めにかけ、足を組んでいる大和田は、エリート臭をぷんぷんさせたいかにも洗練されたバンカーに見える。土臭い支店には似合わないタイプだ。

「ええまあ」

近藤は曖昧にいった。どうといわれても、銀行への出戻りが決まっている身だ。こたえようがない。だが、そんな近藤の身の上を大和田はすでに知っていた。

「出向解除になると聞きました」

そのひと言に黙りこくった近藤だが、大和田が継いだ言葉に顔色を変えた。

「今度の出向先は引っ越しを伴うものになるんじゃないかな」

そう大和田はいったのである。

「もう決まっているということですか」

たまらず、近藤はきいた。声に不安が入り混じるのをどうすることもできない。それは近藤にとって最も避けたい事態だったからだ。

「いや。まだ調整段階だと思う」

近藤はいま、心の奥底で忘れていた感覚が動き出すのを感じた。

それは——困る。

愕然とした近藤の胸に真っ先に浮かんだのは、家や家族のことだ。大阪から東京に転勤になり、妻も子供たちも、やっと友達が出来て落ち着いたところなのに。再び東京を離れ、どこかの地方へ転出しなければならないというのか。自分はいい。だが、家族がどれだけ辛い思いをするか……。

「それでは君も困るだろう」

大和田の発言に近藤は顔を上げた。冷徹な二つの目が、じっと近藤を見据えている。

「場合によっては、その人事、私の力でなんとかしてもいい」

近藤はすっと息を吸い込み、手元を見つめた。呼吸する自分の音が聞こえる。このとき、近藤は、大和田のいわんとすることをようやく理解した。

大和田は続けた。

「それには条件がある。もし君が興味があるのなら、いまそれについて話し合いたい」

大和田の視線を受け止めた近藤は、しばしその目を見返した。多くのことを考えなければならないという気がしたが、具体的には何一つ思い浮かばなかった。あまりの現実をつきつけられ、近藤は自分さえ見失いそうになっていた。

「条件とはなんです」

「いま君が抱えている報告書を表に出さないで欲しい。タミヤ電機の転貸資金に関する報告書だ」

「もし、私がそれを出さなくても、すでに転貸の事実は一部に知られているんじゃありませんか」

少なくとも半沢たちは知っている。渡真利もだ。仮に近藤が報告書を出さないとしても、大和田や岸川が逃げ切れるかどうかは微妙だ。

「そっちはなんとでもなる」

だが、大和田は自信たっぷりにいった。「田宮社長の証言さえなければ画竜点睛《がりょうてんせい》を欠くようなものだからな。もうひとついわせてもらえば、その報告書を出さなくても、君にとってなんのデメリットもない。その逆だ」

大和田は、近藤の気持ちを次第にたぐり寄せるかのような沈黙を挟んで続けた。「私は、君を銀行本体に戻すこともできる。出向じゃなく、ね。どこがいい。本店、支店。融資部、審査部。いや入行当時の君は、広報部を希望していたな。その方向で調整できるかも知れない。君の病気はもう治ったんだろう。だったらどうだ、もう一度やってみないか。君の歳での出向は少々早過ぎると思うが」

驚いて、近藤は常務の顔を見た。出向は当然だと思っていたからだ。それなのに、また銀行員として働くことができるなんて、もう絶対にないと思っていた。だが、大和田はそれを近藤に持ちかけたのだ。

「もう一度、やってみないか」

「そんなことが――、できるんですか」

「できる」

大和田は力強く断言した。

「何もしなければいい」

大和田はいった。「君がタミヤ電機という出向先で聞いたことは全て忘れてくれ。それだけでいい」

内面に湧き上がった激しい葛藤に、いま近藤は翻弄されそうになっていた。まさかこんなことが待ち受けていようとは。半沢や渡真利の顔が浮かび、胃の辺りが捻り上げられるような息苦しさを感じた。だが、すぐにそれは妻や子供達の笑顔にとって代わる。

「君にもバンカーとしての矜持《きょうじ》があるとは思う。だが、あえてそれを曲げて欲しい。それだけのことはする。頼む」

そういうと大和田が頭を下げた。旧Tの常務が一介の出向者に頭を下げるという事実より、このとき近藤の胸に浮かんだのは、「銀行員の矜持ってなんだ」という思いだった。

確かに、あの報告書で近藤がなしえようとしているのは、バンカーとしての筋道を通すことだ。だが、当の銀行はいままで近藤に何をしてくれたか。厳しいノルマを課され、人生を狂わされた。プライドも夢もズタズタにされ、ただ生きていくための職場生活だけが残された。しかも、束の間、得たと思った中小企業の職場さえ手元からすり抜けていく。

オレはなんのために働いているんだ。いまさら、バンカーとしての矜持だ？　ばかばかしい。オレにはもうそんなものどうだってよくなっていたはずだ。ただ、あるのは半沢や渡真利たちへの友情と義理だけだ。だが、彼らは出世のレールに乗ったエリートであり、同窓同期といっても立場はまるで違う。

出向した者が再び立ち直るためには、相応の理由が必要になる。

「いま、ここで返事が欲しい」

大和田は真っ直ぐに近藤の目を見つめていった。さっきから岸川は息を飲んでやりとりを見守っている。

洋弼が塾に行きたいっていうのよ——。

いつだったか、妻の由紀子がいったことを思い出した。いいよといったものの、毎月数万円の塾代だけではなく、この夏休みには十万円を超える夏期講習代金も支払わされて、近藤家の家計を圧迫している。銀行に籍を置いたままとはいえ、出向の身分で実質的に大幅に年収がダウンした現状で、それだけのお金を捻出するのは苦しかった。それだけではなく、退職後の年金受給額も支店長経験者などと比べたら雲泥の差だ。

「どうだ、近藤君。もう一度、やってみないか」

大和田の誘いに乗ることは、彼らの不正を隠蔽するのと同じことだ。それは銀行員としての一線を踏み越える選択といっていい。

「君はまだやれるだろう。家族だって、きっとよろこぶぞ。君が考えるべきことは家族の幸せなんじゃないか。自分の夢を優先したまえ。そのためにはなりふり構わず、チャンスを摑め」

思いがけず、大和田は半沢と同じことをいった。

だけど、本当に欲しいチャンスは摑めよ——。たしか、半沢はそういったはずだ。

その通りだ。

半沢、すまん——。

「よろしく、お願いします」

そういった瞬間、大和田は大きく相好を崩し、岸川と視線を交わすのがわかった。

さっと差し出された右手を、そのとき近藤は握りしめた。

これでいいはずだ。

近藤は自分に言い聞かせた。

だが、閉ざされていた自分の将来がようやく開けたというのに、うれしくもなんともない。疲弊した感情の海ばかりが、近藤の眼前に広がっているような気がするのだ。それは寂莫《せきばく》たる海だった。

第八章　ディープスロートの憂鬱

1

早朝だというのに強烈な真夏の陽射しがアスファルトを焦がしていた。

銀行ビルの脇にある専用通路から地下に入り、行員通用口から本店ビル二階にある本店営業部へ行った半沢は、八時半からのチーム内の打ち合わせを終え、未決裁箱にたまった書類に目を通しはじめた。

嵐のような検査期間が過ぎ去っても、本店営業第二部の仕事が暇になることはない。予定していた夏休みは取り損ね、結局、盆に五日ほど休むことにしたものの、当初の見込みが外れて旅行はお預け、どこに行くという当てもなかった。おかげで妻の花はカリカリして機嫌が悪く、新聞で金融庁の文字を見つけるたびに、「許せないわね、ほんとに」と怒りを燃やし続けている。

渡真利から電話がかかってきたのは、午前九時を五分ほど回った頃だった。

「ちょっといいか。緊急に知らせておきたいことがある」

強張った声でいった渡真利は、これからそっちへ行くから、と一方的にいって電話を切った。

五分後、その渡真利と営業部の会議室で半沢は向かい合っていた。

「金融庁から頭取宛てにお手紙が届いた。マズイことになるかも知れない」

いつになく厳しい表情だ。

「手紙？　なんだそれ。業務改善命令か」

「ちがう。そんなんじゃない。差出人は検査局長で、検査の受け入れ態度について、内々の改善要求らしい。どういうことかわかるか」

「どうせ、そんなくだらんことをするのは黒崎ぐらいだろ」

どうでもよさそうな口調で半沢がこたえると、「その通り！」と半ば自棄《やけ》クソになった渡真利はいい、声を潜める。

「お前の責任を問おうって動きが出てる、半沢。岸川部長から処分案が出るという話だ。あいつらを野放しにしておいたら、まずいぞ。例の件はどうなった。早くしろ。このままじゃやられちまう」

「そう慌てるな」

身を乗りだして唾を飛ばした渡真利に、半沢は平然としていった。「報告書はこれから提出する。オレが直接、人事部長のところへ持っていくことで内藤部長と話がついている」

「慎重にやれよ」

渡真利が不安そうな顔をした。「証拠不十分で逃げられてみろ、自分で自分の首を絞めることになるぜ。次長の分際で大和田常務のクビをとろうなんてアホは、この行内に半沢、お前ただ一人しかいないからな！」

渡真利の言い草に半沢はにやりと笑い、黙って席を立った。

「ああ、それとな――」

ふと思いついたように渡真利が声をかけた。「近藤が戻ってくるぞ。聞いて驚くな。広報部調査役で戻るらしい。病気が治ったと人事部から認められたんだ」

「知ってる。近藤から聞いた」

こたえると渡真利はきょとんとした顔になり、「そうか」とだけいった。

何時になってもいいから会いたい――そう近藤がいってきたのは近藤と京橋支店を訪問した夜のことだった。電話をもらったとき、丁度帰り支度をしていた半沢は、新宿の居酒屋で待ち合わせて、近藤と会った。

その場で近藤は、大和田との取引を打ち明け、半沢に謝罪したのである。

「あのな、近藤」

目に涙を浮かべて「すまん」を連発する近藤に、そのとき半沢はいった。

「オレはお前のことを責められない。お前にとって広報部は、夢だったんだろう。なにはともあれ、それを手に入れたんだ。いいじゃないか、それで」

「だが、オレはそのために、お前らを裏切った。次は広報部だといわれても全然嬉しくなかった」

「裏切られたとは思わない」

半沢は、きっぱりといった。「お前は銀行員として当然の選択をしたにすぎない。人間ってのは生きていかなきゃいけない。だが、そのためには金も夢も必要だ。それを手に入れようとするのは当然のことだと思う。報告書なんかわざわざお前が出すことはない。そんなことをしなくても、オレはなんとかする。だから、心配するな。――おめでとう」

「ありがとうな、半沢。お前――お前、ほんとに良い奴だなあ」

誰憚《はばか》ることなく近藤はそういい、男泣きしたのだった。

「近藤も無事、銀行に戻ったことだし、今度はお前が左遷、なんてことにならないようにくれぐれも頼むぜ」

渡真利は半沢を激励すると、親指を立ててみせた。


半沢が、人事部長の伊藤にその報告書を持ち込んだのは、その日の午後二時のことである。

「少し甘いな」

内容を一読した伊藤の感想は、あくまで冷静だった。「ここに挙げてあるものはどれもあくまで状況証拠に過ぎん。実際、限りなく黒に近い灰色だと思うが、言い逃れできなくもない。タミヤ電機社長の証言はとれないか」

「それはできませんでした」

半沢がこたえると、伊藤は難しい顔になって腕組みをした。

「率直なところ、部長はどう思われますか？」半沢はきいた。

「私の直感だが、大和田常務が奥さんの会社のためにタミヤ電機を利用したのは間違いないだろうな。〝浮き貸し〟の疑いもある」

〝浮き貸し〟というのは、銀行が貸せないようなろくでもない相手に、顧客を通じて貸す行為である。れっきとした犯罪だ。

「だが、所詮それは直感に過ぎない」

伊藤はいった。

「疑わしきは罰せずですか。疑わしきは罰するのが銀行だと思ってましたが」

「時代は変わったんだ、半沢」

伊藤は知的な風貌に厳しい眼差しをのせた。「それとも、君は時代に挑戦してみるか。それもいいかも知れない」

「そういう莫迦がいてもいいでしょう」

半沢はいった。「私はこの報告書で当行のモラルに賭けてみようと思います」

「それはまったく当てにならんな。モラルなんぞクソだ」

組織というものを知悉《ちしつ》している伊藤の返事はみもふたもない。これが人事部長である。

「まあ、君にそんなことをいっても釈迦に説法だろうがね」

伊藤は大きなため息をひとつ吐き、半沢の報告書に閲覧印を捺した。それで正式に報告書は半沢の手を離れた。

「取締役会には君も呼ばれることになると思う。それと、もう一つ。これは君にとって不利な話になるが、その同じ取締役会で、先般の金融庁検査のことが議題に上ることになっている。不愉快な結果になるかも知れない」

「覚悟の上です」

伊藤は半沢を睨みつけるようにしたまま、小さくうなずいた。

営業第二部に戻ると、デスクに伝言メモが一枚挟まっていた。小野寺の書いたメモだ。

〝折り返し〟の欄にマルが付けられていた。電話の相手は、東京経済新聞の松岡。そのまま、ゴミ箱に捨てようとした半沢は、ふとその手をとめた。

——黒崎氏の件。

通信欄にひと言、そう記されているのが目に飛び込んできた。松岡の、どこか粘着質な雰囲気のある顔を思い出した半沢は、一瞬逡巡した後、そこに記されている番号にかけた。

2

「半沢の報告書が、人事部長に提出されたようです。どうすればいいんでしょうか」

電話の声はか細い糸に似て、いまにもぷつりと切れそうだった。苛々するほど頼りなく、弱々しいその声に、貝瀬という人間のもろさが透けて見える。

損失隠蔽の報告書を半沢に握られたばかりか、次の役員会では、妻の会社への転貸までもが不正として指摘される。

自らの行動に対して後悔こそすれ、反省する気など毛頭ない大和田にしてみれば、そのどれもが貝瀬のだらしなさのせいだという見当違いの怒りに結び付いていた。

後悔と反省とは別物である。

この男さえもう少し強ければ、半沢ごとき押さえ込めたはずだという思いが、拭いがたく胸にこみ上げてきた。

その感情は、

「君、自分のしたことには責任をとりなさいよ」

という容赦ない言葉に置き換わって唇から出てきた。

大和田に温情を期待していたに違いない電話の向こうが、静まりかえった。

「しかし、伊勢島ホテルの運用損失はいま表沙汰にすることではないと、常務が指示を――」

「貝瀬君」

やれやれといわんばかりの口調で大和田はいった。「何か勘違いしているようだが、私は〝運用〟なのだから〝益〟がでることもあるんじゃないかと、あくまで個人的意見をいったまでだ。君にそうしろと指示をしたつもりはない」

「そんな――」貝瀬の反論を、大和田は遮る。

「第一、私は君に指示するような立場でもないだろう。そんなことはわかっているはずじゃないか。損失を隠蔽したのは、あくまで君の判断だ。今頃になって私がいったからなどという理由が通ると思うのか。いったい君の年収はいくらだい。情けないことをいわないでくれ」

「でも、あのときは確かに――」

「そんなことを命令する立場に私はない。君が相談すべきは融資部であり、しかるべき与信セクションのはずだ。私がそこに口を出す必要性も合理性もない。それとももう一つ――」

プレゼンテーションの得意な大和田らしく、言葉はとめどなく流れ出てきた。「半沢の報告書がどうあれ、取引先に妻の会社に転貸を頼んだなどということもない。それは岸川君がきちんと証言してくれるはずだ。それにしても、君には失望したよ、貝瀬君。ただ、取締役会には出なくて済むよう取り計らっておいたから、有り難く思い給え」

大和田は恩着せがましくいったものの、本当のところは、貝瀬が取締役会でつまらぬことを口走っては困るので、根回しして貝瀬の出席を阻んだのである。

電話を切った大和田は、はっと短い息を吐き、憤然とデスクで腕組みをした。

貝瀬も貝瀬だが、一次長の分際で自分に歯向かってくる半沢にも怒りが湧き上がってくる。

だが、大和田には勝算があった。

近藤の報告書はすでに押さえてある。妻の会社とタミヤ電機は同じ法人会に所属しており、金銭の貸し借りについては当事者同士の了解のもとでやっているという理屈でなんら問題ない。そもそも妻の会社への融資は、大和田が京橋支店長から離任した後のことなので、支店長の優先的地位を利用した浮き貸しという構図もあてはまらない。

状況証拠がいくら積み重なっても、直接的な証拠はない。半沢の報告書がどう書かれていようと、自分が責任を追及されることはまず考えられなかった。

ここに登り詰めるまで、大和田が踏みつけにしてきたライバル、敵は無数にある。いま半沢もその死屍《しし》累々《るいるい》たる敗北者のひとりに名を連ねるときだ。

「返り討ちにしてやる。莫迦め」

大和田は、執務室のデスクで、ひとり呟いた。

3

「慣れているはずのオレでさえ、今回のお前のやり方には啞然とさせられるぜ。なにしろ、取締役会に乗り込んでいって大和田常務を追い詰めようっていうんだからな」

八重洲の地下ショッピングモールにある喫茶店で、渡真利はいった。渡真利の前には、半沢が提出した報告書の写しが一通載っている。

「オレが伊勢島ホテルを担当するっていうことはそういうことさ。頭取がそこまで考えていたとは思わないがな」

「やるとなったら徹底的か。それもまた半沢流ではある。ただ、どうかな」

渡真利は真面目な顔をして体を乗りだした。「大和田はそう甘い相手じゃないぞ。この報告書に対して、必ずそれらしい反論を用意しているはずだ。いや、それで済めばよし、奴らにもお前に対する攻撃材料がある」

「金融庁からのお手紙か」半沢はきいた。

「業務統括部で問題視する向きが多いらしい。今後の検査に支障をきたすというような理由だが、この報告書が出るとすれば、大和田の援護射撃という意味がそれに加わっちまったな。岸川部長は、大和田の懐刀《ふところがたな》のようなものだ。手強いぞ」

そのとき、背の高い、ひょろりとしたスーツ姿の男が、額の汗をハンカチで拭いながら、店に入ってきた。東京経済新聞記者の松岡だ。

「検査、お疲れ様でした」

松岡はいい、渡真利の隣にかけると、「それにしてもさすがですね」、と感嘆の眼差しを向けてくる。

「予定稿、書き直しだったんじゃないか」

渡真利の軽口に、「洒落になってませんよ」、と真顔になった松岡だが、

「あやうく、検査忌避になるところだったとお伺いしました」

と話をふってきた。

「今日の目的はそれか」半沢がきいた。

「ええ。実は、金融庁検査の実態を検証するという企画を担当することになりまして。とくに、メガバンクで軒並み巨額の引当金を積ませた黒崎検査官のやり方には注目していたんです。そんな中で、今回の件は、ＡＦＪ、白水銀行と立て続けに追い詰めた、悪名高い検査官の喫した敗北ですからね。予想外のインパクトがありました。他行でもこの噂で持ちきりですよ」

「検査忌避になるようなことは何もしてないさ」

半沢はとぼけた。「そういう先入観で検査しているから、錯誤することになる」

そのときの様子を語る半沢の話を興味深そうにきいた松岡は、「どうして、黒崎検査官は、その段ボール箱に資料が隠蔽されていると思ったんでしょうか」と、きいた。

核心をついた質問だ。「その点について、半沢次長は何かご存知ですか」

「さあね――」

黒崎氏の件、となっていた伝言メモのことを思い出しながら半沢はいった。「逆に聞きたい。何か知ってることがあるのなら、教えてくれないか。それを話してくれるつもりだったんだろう」

松岡は、にんまりとした笑いをその顔に浮かべた。

「半沢次長にはいつも情報を頂いている恩がありますから。たまにはお返ししようと思いまして」

「それはありがたい」

「これは、先日取材をしていて小耳に挟んだ話です。あくまで噂という前提ですし、なにかと障害があって裏はとれていません。ただ、情報をくれた人は信頼できるスジだとだけ申し上げておきます」

松岡は一呼吸入れ、声を潜めた。「黒崎検査官は、御行のある行員と個人的につながりがあるようです。もしかすると、そこから御行の情報を得ていたのではないでしょうか」

渡真利が驚いた顔を上げた。

「個人的つながり、か。当行の誰が黒崎と――」

「名前はちょっと申し上げられません。役員か、それに近い存在と申し上げておきます」

「役員？　おい、半沢。もしかして——」

渡真利がちらりと半沢を見る。

「もうご存知だったんですか」

松岡が驚いてきいた。

「その行員について他に情報はあるか」

半沢がきくと、意外な話が飛び出してきた。

「この行員のお嬢さんが、黒崎検査官の婚約者だという話でした。週末は、頻繁にその婚約者の家へ遊びに行っているとか。私の情報は以上ですが——あまりお役に立たなかったのなら謝ります」

「いや、そんなことはない。ありがとう。今日は私のおごりだ」

半沢はいうと、レシートを持って立ち上がった。

渡真利と共に店を出、丸の内にある東京中央銀行本店に向かって地下道を歩き始める。

「ただのオネエじゃなかったんだ、奴は。お前が考えてることはわかるぜ。大和田だろ、やっぱり」

それまでずっと考え込んでいた渡真利がいった。「今回の金融庁検査で伊勢島ホテルが分類され、ついでに検査忌避となれば中野渡頭取のクビが飛ぶ。羽根と親しい大和田なら、ナルセンの件も聞き及んでいたに違いない」

だが、

「いや——大和田じゃない」

半沢はいった。

「なんだと？」

「黒崎に情報を垂れ流しているのは、大和田じゃない」半沢はもう一度、いった。

渡真利が思わず立ち止まる。

「なんでそうわかる」

半沢は渡真利に向き直り、決定的な事実を口にした。

「大和田に娘はいない」

4

その翌日、半沢が外出から戻ったそのタイミングで、デスクの電話が鳴った。

「電話をもらっていたようだが、どのような用件だろうか」

電話の主は、業務統括部長の岸川だった。午前中から続いていた会議がようやく終わったらしい。警戒した声を聞くまでもなく、すでに半沢が書いた報告書のことを耳にしているのは間違いない。

「実は、岸川部長に確認したいことがございまして」

「私に確認？　なんだ」

「電話ではちょっと」

半沢はいった。「これからお伺いしてよろしいでしょうか」

返事より先に舌打ちが聞こえた。

「時間がかかるのか」

いえ、と半沢がこたえると、「五分程度で頼む。忙しいんでな」といってその電話は切れた。


半沢が部長室を訪ねると、ご丁寧に木村まで呼ばれてそこにいた。相変わらず、敵意を剝き出しにした態度で部長の隣にかけている木村は、「営業第二部の君が部長に直接なにを確認するつもりだ。そんなのは手続き違反だろう」とさっそく〝口撃〟を開始してきた。

「必要に迫られてのことです」

半沢は軽く受け流し、「本件は木村部長代理には関係がありませんから、席を外していただけませんか」、と岸川の目を見たままいった。

その目に刹那、逡巡が浮かんだように見えた。「まあいいだろう。木村部代、ちょっと席を外してくれ。用があったら呼ぶから」

不満を顔に表しながら木村は出て行く。

ドアが閉まるのを待って、岸川は口を開いた。

「最初にいっておくが、もって回った話はよして欲しい、半沢次長。忙しいんでね。話があるのなら手短にしてくれないか」

「部長が京橋支店長時代に行った融資についてお尋ねしたいことがあります」

大方の予測はしていたのだろう。硬い表情になった岸川は、半沢の言葉を待っている。

話す代わり、半沢は、持ってきた書類を広げ始めた。四年前の融資稟議書で、融資部内にある控えを渡真利に頼んでコピーしたものだ。

「これはあなたが京橋支店長時代に承認した融資です。タミヤ電機という会社を覚えていらっしゃるでしょう」

「タミヤ電機……？」

岸川はとぼけてみせた。「さあな、なにしろあの支店は取引社数が多いから。それより、なんの話なんだ、いったい。さっさと用件を言い給え」

半沢は新たな書類をテーブルの上に出した。

人事部長の伊藤に提出した報告書の写しである。半沢は、岸川の目を真っ直ぐに見ながらいった。

「すでに報告書をご覧になったかも知れませんが。その融資は、その後転貸されているんです。転貸先はこの会社――」

ラファイエットの信用調査票を見つめる岸川の表情には、感情の欠片も浮かんではいない。

「これがどういう会社か、ご存知ですね、部長」

「さあ。知らないな、私は」

岸川はこたえた。「こんな古い融資案件を持ち出してきて、いったいどういうつもりなんだ、君は。おまけに、訳のわからん報告書まで作成して」

「京橋支店で確認したところ、融資の後、タミヤ電機からこのラファイエットという会社に転貸された事実に気づいた担当者から当時の支店長に――つまりあなたに報告したそうです。ところが、あなたはもみ消されたとか」

「誰かね、そんなことをいっているのは」

岸川は無関心を装った。

「古里という担当者です。昨日確認してきました」

「古里？　ああ、あの課長代理か」

岸川は、小馬鹿にしたような言い方をした。「大方、自分のしでかしたミスを上司に押しつけようとでもしているんじゃないのかね。取引先に対する融資が転貸されていたなんて、担当者として許されないことだからな。だけどね、君」

岸川は苛立ちを見せた。「私がもみ消しただなんて、証拠もないのによくいうね。何年も前の話だし、もうこの融資はとっくに回収されているんじゃないのか」

「確かに、回収はされています」

半沢は静かにいった。「ところが、このラファイエットという会社は、三千万円をそっくり借りたままタミヤ電機に返済していない。これがどういうことかわかりますか」

「だから、いったい何年前の話をしてるんだ、君は。こんなことで大和田常務や私を貶《おとし》めようというのか知らないが、銀行はそんなに甘くないんだ」

「ふざけるなよ」

そのひと言は、低く、そろりと半沢の口からこぼれてきた。

はっと、岸川が顔を上げる。なにかいいかけたが――

「銀行に時効はない」

半沢のその言葉で、まるで消音スイッチが入ったかのように岸川が押し黙った。怒りにぎらつく眼差しを向けたまま半沢を見ていたが、すぐにデスクの電話をとった。

「ああ、木村君か。半沢次長がそろそろお帰り――なにをする！」

電話器の通話ボタンを押した半沢に、岸川は怒鳴った。

「君はその件を報告書にしたんだろう。だったら、私の話など今さら聞きにくる必要はないじゃないか。なんのために君はここに来たんだね。それとも報告書にはしたものの証明する自信がなくなったのか」

憎々しげに岸川はせせら笑った。

「自信？　まさか。あんたの意思を確認するためだ」

半沢は静かにいった。

「私の意思だと？　なんのことだ」

「もしあんたがまともなバンカーなら、おそらく自分のしたことを後悔しているはずだ。この報告書の内容を素直に認めるつもりがあるのかないのか、それを確かめにきた。認めるのなら、取締役会で証言してもらいたい」

「誰に向かっていってるんだ」

岸川はいった。「一介の次長ごときにそんな口の利き方をされる憶えはない！　お前のほうこそ金融庁から指摘されている問題次長じゃないか。そんな輩《やから》がなにをいうか。でたらめな報告書のことを私にいってくる暇があったら、自分の弁明でも考えておいたほうがいいんじゃないのかね」

半沢は冷ややかな口調で言い返した。

「検査で問題がある行動をした者がいるとすれば、黒崎と内通していた情報提供者のほうじゃないのか」

「情報提供者？」

岸川は吐き捨てた。「なに寝言をいってるんだ、君は。自分の不手際を、存在もしない情報提供者をでっちあげて回避しようというんじゃないだろうな」

「まさか」

半沢は静かに首を横に振った。「私の得た情報によると、黒崎は当行のある重役の娘と結婚するそうだ」

岸川の目が見開かれた。半沢は続ける。「お宅の娘さんのことじゃないか」

岸川の周りで、その瞬間、時間が錆びつき、停止したように見えた。

「娘婿を可愛がるのはいいが、本来営業第二部に知らせるべき破綻情報を黒崎に知らせる。そんなことをしていいのかな。黒崎にも問題がある。個人的関係のある金融機関であることを隠して主任検査官として赴任してきたやり方は、もし知られたらタダじゃ済まない。あんたもな、岸川。さて、この問題が明るみにでたら、娘さんはさぞかし残念がるだろうなあ。せっかく金融庁のエリートと結婚したと思ったのに、結婚する前にスピンアウトとはな」

岸川の視線がせわしなく動き始めた。激しい狼狽は、血の気の完全に失せた顔が証明している。

「取締役会では、黒崎とあんたの関係も公にするつもりだ。東京経済新聞の記者がこの件を嗅ぎ回ってる。私が話せばきっと喜んで書くだろう。そうなったら、一番の被害者は娘さんじゃないかな」

岸川がはっと顔を上げ、何かを話そうとしたが、声は渇いた喉に張り付いてしまったかのように出てはこなかった。

その様子を半沢は、冷徹な眼差しで眺めている。

「そ、それは困る。玲奈は——娘はこの件とは関係ない」

「関係ないさ。その関係ない娘さんまで困らせることをしたのは、あんたと黒崎だ」

「ま、待ってくれ、半沢」

動揺を隠しきれずに、岸川はいった。「娘は銀行の検査のことも、私が情報を提供したことも何も知らないんだ。これは黒崎君のためによかれと思って私が独断でやったことで、娘は断じて関係ない。いままでのことは謝る」

岸川は深々と頭を下げた。「だからこの件は、口外しないでもらえないか」

半沢の手を、岸川は両手で握りしめる。半沢はその意外な力に内心驚き、この男なりの必死さを感じ取った。

「いいだろう」

岸川の顔に安堵が浮かんだ。

「だがその前に、ひとつ約束して欲しい」

怯えたような眼差しが、半沢に向けられた。

5

その取締役会は、水曜日の朝九時から、役員フロアにある会議室で開催された。

会議テーブルを囲んだ取締役の後方、壁際に設けられた席に補佐役の調査役や次長たちが並んでいる。その中に半沢はいて、静かに開会の時を待っていた。目の前には上司の内藤の背中があるが、この日の議事を懸念してか、さっきから表情は曇りがちだ。

「勝負に勝って試合に負けるようなことにならなければいいが」

それが、この取締役会に臨む前、内藤が呟いた言葉だった。

定時に、中野渡頭取が登場すると、ざわついていた会議室が水を打ったように静まりかえった。

予《あらかじ》め決められた議事進行に従い、先月一ヶ月間の収支実績が発表され、八月の取締役会はいよいよその幕を開けたのであった。

まずは半沢とは無関係な議題が取り上げられていく。先送りになっているシステム統合の進捗状況がシステム部長から発表され、さらに営業第二部の内藤を始め、各与信部門のトップから大口案件が報告されると一件ずつ検討と承認が繰り返された。

あっというまに二時間が過ぎ、その間、一度の休憩を挟んで、半沢はまるで壁の一部にでもなったかのように淡々と進む議事を眺めて過ごした。

緊張もしなければ、肩に力が入ることもない。

銀行にいると数多くの人事を目の当たりにし、時にその理不尽さに腹を立て、的確さに拍手したくなるものである。そうした人の浮き沈みには無常を感じないわけにはいかないのだが、同時に、それにはたしてどれだけの意味や価値があるのか、という根本的な疑問も感じないわけにはいかなかった。

銀行には一つのまやかしがあるような気が、半沢にはしていた。

それは、あたかもこの銀行という組織だけが全てであると錯覚させるまやかしだ。それに根ざすものはエリート意識だったり選民思想だったりするのだろうが、そのどれもが滑稽だと半沢は思う。

銀行から離れたとしても、全く問題なく人は生きていける。

銀行だけが全てではない。

目の前の人事一つで全てが決まるわけでは決してなく、人生というものは結局のところ自分で切り拓くものである。

肝心なことは、その時々に自分が全力を尽くし、納得できるように振るまうことだ。半沢にとって、大和田や岸川らの不正は、平たくいえば売られたケンカだ。やられたら倍にしてやり返す。その信条にしたがって頭取宛てに上奏した報告書は、まさに半沢の信念に基づくものだった。結果を恐れて何もしないという選択肢は、半沢の中には存在しない。

同時に、半沢の報告書は、いわば東京中央銀行という銀行に差し出す、一枚の踏み絵でもあった。

誰もが内面で「黒」と思うものを、詭弁《きべん》を弄して「白」にすれば、おそらくは消えない後味の悪さが残るだろう。それには、バンカーとしてのプライドとモラルがかかっている。人事部長の伊藤がいうように、それをこのテーブルを囲んでいる取締役達に期待するのは酷なのだろうか。

「さて、主だった議事はこれで済んだ」

中野渡が宣言し、いよいよ報告書が議題に上がる順番が近づいてきた。半沢はそっと目を開け、よどんだ空気の漂い始めた取締役会の光景を眺め渡した。ここにいる誰もが、これから判断すべきことが、この東京中央銀行のもっとも敏感な部分に触れるとわかっている。

「半沢次長、これは君から直接、発表してもらったほうがいいだろう」

中野渡の発言を受けて、半沢はゆっくりと立ち上がった。待機していた小野寺らが素早く入室し、全取締役に半沢が作成した報告書を手際よく配付して消えた。

会議室に、どよめきが起きていた。

『京橋支店で惹起した「浮き貸し事件」に関する報告』

半沢の報告書は、事件の本質に真正面から切り込んだ表題が冠されている。

「四年前、当時の東京第一銀行京橋支店を舞台にした浮き貸し事件についてこれから発表いたします――」

半沢が発言したとき、

「ちょっと待て――」

取締役の一人が制した。資金債券部長の乾《いぬい》。旧Tの論客である。

「頭取、失礼します。この報告書の発表の前に、ひとつはっきりさせておきたい。半沢次長、君は、営業第二部の次長だ。その君がどうして京橋の事件について発表するのかね。性質上、こういうものは人事部できちんと調査して――」

「私が担当している伊勢島ホテルは昨年まで京橋支店で与信管理していました。同社の損失隠蔽を調べているうちに発見したので、当部で報告書をまとめました」

半沢は乾の発言を遮ってこたえた。

「細かいことはいい」

納得していないふうの乾の発言を封ずる形で、中野渡が苛立った声を立てた。「続けてくれ。形式論はいいから」

すでに雲行きは怪しい。半沢がこれから発表する内容は、人事部長の伊藤を通じて中野渡頭取には根回しされていた。中野渡の反応が冷ややかだったという話は伊藤から直接耳打ちされている。

理由は簡単。半沢の報告は、頭取の目指す行内融和に逆行するからだ。

同時に、この取締役会には、見えないハンデがあった。貝瀬が出席していないことだ。これは大和田の根回しだと渡真利からきいている。「どこまでも汚い野郎だ」というコメント付きで。

乾が押し黙ったのを見て、半沢は続けた。

「京橋支店の取引先であるタミヤ電機に対し、当時融資した資金三千万円が当行関係者に転貸されている事実を摑みました。転貸先は株式会社ラファイエット、代表者は棚橋貴子。この人物がはたして何者なのか――」

半沢は取締役の面々をひとと通り見回した。「本名、大和田貴子。大和田常務の奥さんです」

そう言い放った瞬間、大和田がもの凄い形相で半沢を睨みつけてきた。その視線をやりすごし、報告書に明記した詳細について半沢は説明していく。

「このような事態は、コンプライアンス、ならびに金融機関役員としての信義則に違反する事実であり、公になれば当行の社会的信用を毀損するでしょう。本件の対応について、取締役会の判断を仰ぎたいと存じます」

会議室は重い沈黙に支配された。

「大和田常務、どうなんだ」

頭取が発言を促すと、「まったくの事実誤認としかいいようがありません。説明させていただきます」と間《かん》、髪《はつ》を入れぬ大和田の発言が続いた。

「私が確認したところ、資金の流れとしては確かにここに指摘された通りです。ですが、妻の会社は京橋支店がタミヤ電機に融資する何年も前に設立しており、一経営者として全く独自に事業を展開しております。半沢次長は認知していないようですが、実は妻は田宮社長と同じ法人会に属していまして、当初から出資話が進んでいたと聞いております。ただし、それを出資の形にすると回収が曖昧になるので、融資という形に切り替えたという話は聞きましたが、あくまで経営者である妻が私とは関係のないところでやっていることで、私が操作したなどというのは全くの誤解です。それに、この報告書には重大な欠陥があります」

大和田は勘どころを突いてきた。「半沢次長、君は田宮社長に直接、確認したのか」

「いいえ」

半沢はこたえた。「直接、確認しようと思いましたが、応じていただけませんでした」

「そんな一方的な調査で、浮き貸しだと断定するのかね、君は」

大和田は生真面目な顔できいてくる。「それはあまりにも一方的な見解じゃないか。もし、田宮社長に事情を聞いてもらったら、誤解はすぐに解けただろうに」

取締役の何人かが、頷いた。場の雰囲気が大きく大和田に傾いていくのがわかる。

「私にはどうも、この報告書自体が、旧閥意識にとらわれた言いがかりにみえて仕方がありません。君のような者の目には、出身行が違うだけでどんな事実も歪曲されて映るんじゃないのか」

大和田は半沢の指摘を、旧Tと旧Sの軋轢にからめて解釈してみせた。取締役の賛意を自分に引き付けたと確信したらしい大和田は、自信にあふれた口調で中野渡を振り向く。

「これ以上、この件について私から特に申し上げることはございません。妻は会社を経営しており、その貸借に私が口を挟むのは控えてきました。それが偶然にこんな形になってしまったことは驚いていますが、妻に尋ねたところ、田宮社長とは以前から懇意で、少なくとも私が京橋の支店長を務めていた頃には、迷惑がかかると思って直接資金の取引はしなかったつもりだといっています。また、この三千万円については、あまり長くなってしまったので出資に切り替えてもらうか、一度返済するかするつもりだという話でした。不測の事態とはいえ、余計なご心配をおかけしまして、申し訳ありません」

そういって大和田は謙虚に頭を下げてみせる。

内藤の横顔に厳しさが増した。伊藤も、蒼ざめた顔を半沢に向けたまま腕組みしている。どうするんだ、とその眼は問うているようでもあった。

勝ち目は、ない。

それぞれの言い分を黙ってきいていた中野渡が天井を仰ぎ、この事態をどう収束したものか考えはじめた。

行内融和を前面に出しつつも、元来短気な中野渡の表情には、面倒を起こした半沢への怒りがすでに滲み出ており、もはや半沢がどう抗弁しようと形勢は動かし難いように見える。

「いまの大和田常務の話を否定できるだけの証拠は、少なくともこの報告書には見当たらないな」

中野渡の苛立った顔が半沢を向いた。「半沢次長、君はいったい――」

「お待ちください」

半沢は鋭く、頭取を遮った。「大和田常務、そんな子供だましの話で終わりにしようだなんて、どうかしてませんか。妻がやったことだから知らないだなんて、あなたはいつからそんな政治家のような見え透いた弁明をするようになったんですか」

半沢の舌鋒は鋭かった。「銀行員の常識として、妻がそんな取引をしていれば止めさせるのは当然だし、知らなかったのひと言で納得しろだなんて、そんな莫迦げた釈明は聞いたことがありません。第一、三千万円を出資に切り替えるだの、返済するだの、そもそも常務のおっしゃっていることはまるで現実味がありません。タミヤ電機は資金繰りで苦しんでいるんですよ。なのに三千万円の資金を出資に切り替えるなんて貸した金を諦めろというような話だし、そもそも返済するにしてもラファイエットは大赤字、青息吐息だ。それに常務自身、かなり身銭を切って支えておられるようですし、どこにそんな余裕資金があるんですか。返済原資はなんですか」

「妻の会社に出資してくれる先があると聞いている」

半沢の鋭い反撃に、大和田は言い逃れを口にした。

「それはなんという会社ですか。それとも個人ですか」

半沢は突っ込む。「あなたは当然、出資者が誰か確認したんでしょうね。こたえてください」

「それは――」

大和田が口ごもった。

「お聞きになってないんですか？」

半沢は鋭く問い詰めた。「だったらいまここで奥さんに電話をして聞いてください」

「失礼だろ、君！　頭取、こんなやり方には抗議します」

大和田は訴えた。「大事なことなんですから、きちんとした書類で報告させてください」

「だったらその前に、まだ話を聞いていない関係者がいるんじゃないですか」

半沢の指摘に、瞑目して聞いていた中野渡は目を開いた。

いまその視線は、テーブルを囲んでいるひとつの顔に向けられている。岸川だ。見つめられた瞬間、岸川は大きく息を吸い込み、ぐっと唇をひいた。

「岸川君。君もこの報告書の当事者だな」

中野渡はいった。「この件について、君の話が聞きたい」

岸川の、戸惑いというより恐怖を映した視線が半沢を一瞥したのがわかった。

立ち上がった岸川は、いまにも倒れそうなほど蒼ざめている。それはこれから起きることの重大さを十分に承知している証しでもあった。普段、気取った雰囲気を纏《まと》っている岸川だが、いま、その面影はまるでない。

「私は、この報告書にありますように四年前、京橋支店におりまして、タミヤ電機に三千万円の融資を実行いたしました。しかし——」

岸川はふいに唇を噛んだ。何かを感じ取ったか、大和田が燃えるような目つきで岸川を見ている。半沢が見ている岸川の唇は、そのとき小刻みに震えていた。

「大和田常務、申し訳ない」

岸川から出てきたのは、詫びの言葉だった。大和田がはっとしたとき、岸川の口からはすでに続きの言葉がこぼれでていた。

「この融資は、大和田常務の奥さんの会社を救うための転貸資金で、この報告書の内容に間違いありません。大和田常務から田宮社長にお願いして転貸するという話がまとまり、それに応じて、私が融資したものです」

あんぐりと口を開けたまま、大和田は動けなくなった。いや、大和田だけでなく、この取締役会の席上全体が瞬間冷却されたかのように凍り付いた。

「事実無根です、頭取！」

狼狽した大和田がいった。「岸川、貴様、何デタラメをいってるんだ！　撤回しろ！　私を嵌めるつもりか！」

「事実か、岸川部長」

再び静寂が訪れた会議室で、中野渡が確認する。

「事実です。申し訳ございませんでした」

深々と岸川は頭を下げ、そして一旦顔を上げると今度は大和田を振り向き、もう一度、黙って頭を下げた。

それを無視した大和田の視線が会議室の虚空を彷徨《さまよ》いはじめる。

「反論があるのなら聞こう、大和田君」

だが、大和田からはついにその反論は聞かれなかった。

「人事部長はいまの事実関係について、行内に調査委員会を設置し、きちんと調査して報告してください。当事者にもよく事情を聞くように。それと、伊勢島ホテルの粉飾隠蔽の件についても同委員会で調べ、速やかに報告のこと」

中野渡は伊藤から半沢にちらりと視線をやってから付け足す。「では最後の議事だが——」といいかけ、憐れなほど憔悴しきっている岸川を一瞥した。

岸川はいま最後の力を振り絞るかのように、弱々しく挙手をした。

「金融庁からの指摘事項ですが、当部で検討した結果、該当する事実はないと判断いたしました。ご承認頂きたいと存じます」

「異議は？」

頭取がきいたが、異様な空気が張り詰めた会議室から、ついに異議を唱える声は出てこなかった。

議事の終了とともに、レリーフに填め込まれていた人物たちが動き出すように出席者たちが立ち上がる。

「よくやった」

内藤が小声でいい、会議室から退出していく。

テーブルの向こうからは、人事部長の伊藤が呆れたような顔をみせていた。いったいどうやったんだ？　そう問うているようにも見える。会釈でこたえた半沢は、さっきから微動だにしない大和田と岸川の二人に一瞥をくれると、何事もなかったかのように会議室を後にした。

6

「よかったな、近藤。おめでとう」

近藤の異動を祝うささやかな飲み会は、世の中の夏休みムードが終息しようとしている八月最後の水曜日に神宮前にある、いつもの焼き鳥屋で催された。

近藤の新しいポストは、広報部調査役だ。

それに先立ち、役員の人事異動が大々的に行われ、大和田は常務取締役からただの取締役になった。これは要するに、出向待ちを意味する。

「懲戒でもおかしくないが、やっぱり中野渡さんは甘いな」

そんなことを、渡真利はいった。

「だが、あまりに旧Tに一方的じゃないかっていう意見も根強い」

すでに行内の情報通としての頭角を現して、近藤がいった。「とくに役員会での半沢の立ち回りには、賛否両論だ。あそこまでやることはないだろうという意見もあるらしい。それを大和田本人が主張して回ってるっていうんだから笑える」

「自分たちが不正を犯しておきながら、それはないよな」

渡真利があきれた口調でいった。「大和田なんざ、刑事告発されても文句はいえなかったんだ」

調査委員会の調べに対して、転貸は自分の意思でもあったと田宮が証言したために、大和田は最悪の事態を免れていた。岸川と京橋支店の貝瀬の二人はすでに人事部付けとなり、こちらも出向待ち。古里は、近藤の後任としてタミヤ電機へ送り込まれることになっていた。

一方、損失隠蔽が明らかになったことで、法人部の時枝らに対する処分は、当然のことながら、見送りになった。

「ところで半沢――」

「お前、今日、人事部の伊藤さんに呼ばれてなかったか」

半沢は渡真利の早耳にあきれた顔を上げた。

「よく知ってるな」

「小耳に挟んだんだが、営業第二部で近々人事異動があるらしいな。まさかお前じゃあるまい？」

何かいいかけた半沢は、そのとき入ってきた新たな客を見て立ち上がった。

戸越だ。

フォスター傘下に入ることが決まった伊勢島ホテルは、羽根や原田ら、運用損失隠蔽を画策した役員を更迭し、戸越を出向先から呼び戻して財務部長に据える人事をすでに固めている。

全員に生ビールが運ばれてくるのを待って、乾杯した。

「財務部長就任、おめでとうございます」

半沢がいい、少し神妙な顔をしている近藤にも「夢がかなったな」と告げた。

「すまなかった、半沢」

「もういいじゃないか、そんなことは」

半沢は笑って近藤の肩をぽんと叩く。人生を諦めかけていた友人が再び輝くのを見るのはいいものだ。どんな事情があるにせよ、近藤は自らの手でその夢を実現させたのだ。

「そういえば、黒崎っていう検査官の記事、今日の東京経済新聞に出てたな」

戸越にいわれ、半沢も思い出した。松岡の書いた特集記事で、手段を選ばない黒崎のやり方に対する金融界の疑問がそのまま文面になっていた。

「黒崎の検査態度については、頭取名で金融庁に意見書を提出するらしい」

渡真利がいった。それは半沢も聞いている。だからといって金融庁検査が変わるわけでもあるまいが、行動しなければ変化は望めない。

「今回は半沢さんのおかげで伊勢島ホテルは九死に一生を得た。ありがとう」

戸越がふいに真面目な顔になって半沢に礼をいった。

「どんな窮地にあっても必ずどこかに解決策はあるもんです。湯浅社長のおかげですよ」

「でも、その解決策を授けてくれたのは、あんただ」

戸越の言葉はうれしかった。だが、「これからもよろしく頼む」——そういわれたとき、半沢は曖昧な返事しかできなかった。

人事部長の伊藤から、呼び出しを受けたのはその日の午後のことであった。

部長室には伊藤と、そして内藤の二人がいて半沢を待っていた。

入った瞬間、二人の間にたちこめているピリピリとしたムードは手に取るようにわかった。

「申し訳ないが、今回の君のやり方に対する批判が高まっていてね」

そう切り出したのは、伊藤だった。「特に役員の間で、旧Tばかりをねらい撃ちにしたような処分はおかしいのではないかという声が無視できなくなってきているんだ。どういう意味かわかるか」

半沢は黙っていた。内藤は苦り切った顔をこちらに向けている。

「そこでだ、頭取ともご相談したんだが、彼らの批判をかわす必要があるという結論になった」

伊藤は、半沢に本題を切り出した。「君には一旦、営業第二部のラインから外れてもらうことになった。それがいいだろうという頭取の意見だ」

「ラインを、外れる？」

寝耳に水の話だ。「何か私が間違ったことをしたんでしょうか。伊勢島ホテルは分類から守りましたし、不正を犯した連中を追及したのは当然のことだと思いますが」

「まあ君も知っての通り、当行もいろいろとあるのでね。やはり、行内融和を考えるとそうしたほうがよかろうということで、いま内藤部長とも意見が一致した」

「君は本当によくやってくれた、半沢」

半沢の視線にさらされ、苦り切った内藤が声を絞り出した。「だが、政治力の点で私も少々力が及ばないところがあったようだ。すまない」

「どういう処分なんでしょうか」

半沢は、自分でも驚くほど客観的に、いまの状況を分析しようとしていた。

「処分じゃない」

伊藤がいった。「あくまで、これは単なる異動だ。君だからいう。大和田常務を追い落とした君が、このまま営業第二部の次長として居座ることに拒否反応を示している連中がいてね。あくまで、その批判をかわすのが狙いだ」

理由はどうとでも、いえる。

「どこへ」

半沢はきいた。

「異動先については、これから人事部で詰める。これは君のためでもある。わかって欲しい」

それ以前に組織のためだということも、半沢はわかっていた。行員は所詮、組織にとってコマに過ぎない。代わりはいくらでもいる。

「人事異動に口出しができるとは思いませんでした」

半沢は、これ以上ないしかめ面をしている二人に端然としていった。「いわれるままに動くのが銀行員でしょう。だったら、私に事前にアナウンスする必要はないのではありませんか」

「まあ、そういうな、半沢。我々だって苦しいんだ」

伊藤はそういうと、人事部らしい体裁を気にする言葉を続けた。「ただこれは、あくまで異例の内示なので、正式な異動が発令されるまでは口外しないでもらいたい。いま話した君への批判云々についても、内密に頼む――」

「戻ってこい、半沢」

伊藤を遮って、内藤がいった。「いや、オレが必ずお前を引き戻す。それまで、大人しくしておけ。雌伏の時だ」

おいおい。

半沢は黙って上司たちを見つめながら、胸中でつぶやいた。

あんたたちは何一つ、責任をとるわけでもないじゃないか。全てはオレ一人におしつけようという話かよ――と。

「お帰りなさい」

その夜、半沢を出迎えた花は、さすがに半沢の変化に気づいたようだ。

「何かあったの？　また金融庁？」

「まあ、そんなところかな」

「だったら、こてんぱんにやっつけてやんなきゃ」花は見えない敵にパンチを繰り出した。

「お前はいいよな、気楽で」

半沢はいい、出されたお茶を一口飲んで壁のカレンダーを眺める。「二、三日なら休みがとれるから、どこかへ旅行にでも行くか」

乗ってくるかと思った花は、意外にも「いいわよ、もう」とそっけない。

「それよりさ、私、会社でもやろうかと思ってるのよ」

半沢は思わず茶にむせた。

「お前が会社？　勘弁してくれ」

「友達とね、子供服をデザインして売る仕事できないかって話してるの」

「やめたほうがいい」

思わず大和田の妻のことを思い出して、半沢はいった。ラファイエットの社長がどんな人物かは知らないが、こと金銭感覚に関するかぎり、どう考えても花よりはマシに違いない。

「頼むからやめてくれ」

「なんでよ」

「やるなら、まず子供服の会社にでも入って修業したらどうだ」

「そんなんじゃいつになるのかわからないじゃない」

花はあきらかに不満そうな顔でいうと、「あなたに話したのが間違いだったわ」という捨て台詞とともに別室へ行ってしまった。やがて、友達と携帯で話しているらしい花の会話がきれぎれに聞こえてきたが、もうそれに構う気力は残っていない。

どこへも行かないのなら、オレひとりでたまには田舎に帰ってみるか。ふとそんなことを考えてみる。

一人になって、もう一度自分の人生を考えるときがあるとすれば、それは今だと半沢は思った。

人生は一度しかない。

たとえどんな理由で組織に振り回されようと、人生は一度しかない。

ふて腐れているだけ、時間の無駄だ。前を見よう。歩き出せ。

どこかに解決策はあるはずだ。

それを信じて進め。それが、人生だ。

初出誌　別冊文藝春秋２６３号〜２７２号

池井戸 潤

1963年岐阜県生まれ。慶応義塾大学卒業。
98年『果つる底なき』で江戸川乱歩賞、
2010年『鉄の骨』で吉川英治文学新人賞、
11年『下町ロケット』で直木三十五賞を受賞。
主な作品に、半沢直樹シリーズ『オレたちバブル入行組』
『オレたち花のバブル組』『ロスジェネの逆襲』、
『空飛ぶタイヤ』『不祥事』『シャイロックの子供たち』
『ルーズヴェルト・ゲーム』『七つの会議』『ようこそ、わが家へ』
などがある。

オレたち花《はな》のバブル組《ぐみ》

二〇〇八年 六 月十五日 第一刷発行
二〇二〇年 四 月 五 日 第五刷発行

著　者 池井戸《いけいど》 潤《じゅん》
発行者 大川繁樹
発行所 株式会社 文藝春秋
〒102-8008 東京都千代田区紀尾井町三―二三
電話 〇三―三二六五―一二一一
印刷所 凸版印刷
製本所 新広社

万一、落丁・乱丁の場合は送料当方負担でお取替えいたします。
小社製作部宛、お送り下さい。定価はカバーに表示してあります。

ISBN978-4-16-326700-5

私は、勉強はあまり得意ではないかわりに、ものを作ることが大好きだという能力に恵まれた。パパは、試験にも強くて博士にもなったけど、私がさっとうまく絵を描《か》いたりすると、「いいな、ミッチーがうらやましくてしょうがない」といつも言う。私は、この「私だけの能力」をもっと社会の中でも生かしていきたい。

もし、この本を読んでくれたみんなの中で、自分の力がわからない、自信がないな、っていう人がいたら、旅に出たり、なんでも試してみるといいと思う。「私はこれが得意なような気がする」と、自分の中にある能力を見つけたら、とにかくそれに夢中になってみよう。情熱をもって一生懸命《いっしょうけんめい》努力していると、人生がきっと楽しくてしょうがなくなるはずだよ！　私もやってみる。みんなも挑戦してみてね！

これまでずっと読みついでくれている読者のみなさん、私の本に登場してくれた友人たち、そして私の日本語力を忍耐《にんたい》強くカバーしてくれた母に、とても感謝しています。

Thanks everybody!

じゃあ、また！

ショート・みちる

ショート・みちる
Michy Short
1980年、北海道生まれ。父のケビン・ショート氏はアメリカ人のナチュラリストで作家、母は日本人。1983年、両親とともにアメリカ、カリフォルニア州へ渡り、1985年に日本に帰国。千葉県で小学校時代を過ごし、1993年3月、卒業と同時に再びアメリカへ。カリフォルニア州サンディエゴで、母、弟、従兄弟、ゴールデンレトリバーの愛犬クマとともに暮らし、中学校、高校生活を送る。現在は、友人たちといっしょに暮らしながら、サンディエゴ州立大学芸術学部で、絵や造形などアート全般を学んでいる。
著書に『みちるのアメリカ留学記』『みちるのハイスクール日記』（小峰書店）がある。

装幀・編集協力＝株式会社凱風舎

カリフォルニア留学記 ちょっとスローにみちる流

2005年7月11日　第1刷発行

著者　ショート・みちる
発行者　小峰紀雄
発行所　株式会社小峰書店
〒162-0066 小峰書店　東京都新宿区市谷台町4-15
電話 03-3357-3521　Fax 03-3357-1027
http://www.komineshoten.co.jp/

組版　株式会社タイプアンドたいぽ
印刷　株式会社厚徳社
製本　小高製本工業株式会社

ISBN4-338-08146-5 NDC916 20cm 231p